U0735412

你又回到我心上

怀旧卷

我曾经的读书梦
那天下午我在旧居烧信
铁箫声幽
偷渡计划
绵延21日的宴
软卧车厢里的人生
光影流年中的电影院
我的秦腔记忆
故意印错的杂志
除夕情怀
忽然想起了棉花
那些生活已然消逝

主编◎要力石　何芸

新华出版社　“枕边书”系列

图书在版编目（CIP）数据

你又回到我心上/要力石，何芸主编
北京：新华出版社，2014.12
ISBN 978－7－5166－1374－0
Ⅰ.①你… Ⅱ.①要…②何… Ⅲ.①故事—作品集—世界
Ⅳ.①I14
中国版本图书馆 CIP 数据核字（2014）第 287509 号

你又回到我心上
主　　编：要力石　何　芸

出 版 人：张百新　　**责任编辑：**曾　曦
封面设计：马文丽　　**责任印制：**廖成华

出版发行：新华出版社
地　　址：北京石景山区京原路 8 号　**邮　　编：**100040
网　　址：http：//www.xinhuapub.com　http：//press.xinhuanet.com
经　　销：新华书店
购书热线：010－63077122　　**中国新闻书店购书热线：**010－63072012

照　　排：新华出版社照排中心
印　　刷：北京新魏印刷厂

成品尺寸：145mm×210mm　　**开　　本：**32
印　　张：10.625　　**字　　数：**150 千字
版　　次：2015 年 1 月第一版　　**印　　次：**2015 年 1 月第一次印刷

书　　号：ISBN 978－7－5166－1374－0
定　　价：35.00 元

目 录

第一辑：那些歌声洋溢的日子

第二辑：暖心

第三辑：再多海水，也无法淹没

第四辑：最浓密的情感

第一辑：那些歌声洋溢的日子

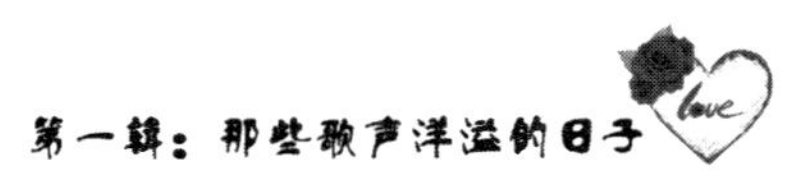

草木鱼虫

莫言

好多文章把三年困难时期写得一团漆黑，毫无乐趣，我认为是不对的。在那个特殊的时期里，也还是有欢乐，当然所有的欢乐大概都与得到食物有关。那时候，我六七八岁，与村中的孩子们一起，四处游荡着觅食，活似一群小精灵。我们像传说中的神农一样，几乎尝遍了田野里的百草百虫，为丰富人类的食谱作出了贡献。那时候的孩子都挺着一个大肚子，小腿细如柴棒，脑袋大得出奇。我当然也不例外。

我们的村子外是一片相当辽阔的草甸子，地势低洼，水汪子很多，荒草没膝。那里既是我们的食库，又是我们的乐园。春天时，我们在那里挖草根剜野菜，边挖边吃，边吃边唱，部分像牛羊，部分像歌手。我们是那个年代的牛羊歌手。我们最喜欢唱的一支歌是我们自己创作的，曲调千变万化，但歌词总是那几句：1960 年，真是不平凡；吃着茅草饼，喝着地瓜蔓……歌中的茅草饼，就是把茅草的白色的甜根，洗净，切成寸长的段，放到鏊子上烘干，然后放到石磨里磨成粉，再用水和成面状，做成饼，放到鏊子上烘熟。茅草饼是高级食品，并不是天天人人都能吃上。

我歌唱过一千遍茅草饼，但到头来只吃过一次茅草饼，还是三十年之后，在大宴上饱餐了鸡鸭鱼肉之后，作为一种富有地方风味的小点心吃到的。地瓜蔓就是红薯的藤蔓，用石磨粉碎后熬成粥，再加点盐。这粥在当时也是稀罕物，不是人人天天都能喝上。我们歌唱这两种食物，正说明我们想吃又捞不到吃，就像一个青年男子爱慕一个姑娘但是得不到，只好千遍万遍地歌唱那姑娘的名字。

我们只能大口吃着随手揪来的野菜，嘴角上流着绿色的汁液。我们头大身子小，活像那种还没生出翅膀的山蚂蚱。我什么都忘了，也忘不了那种火红色的、周身发亮的油蚂蚱。这种蚂蚱含油量忒高，放到锅里一炒嗞啦嗞啦响，颜色火红，香气扑鼻，撒上几粒盐，味道实在是好极了。蚂蚱季节里，大人和小孩子都提着葫芦头，到草地里捉蚂蚱。开始时，蚂蚱傻乎乎的，很好捉，但很快就被捉精了。开始时大家都能满葫芦而归，到后来连半葫芦也捉不了了。只有我保持着天天满葫芦的辉煌纪录。我有一个决窍：开始捉蚂蚱前，先用草汁把手染绿。就是这么简单。油蚂蚱被捉精了，人一伸手它就蹦。它们有两条极其发达的后腿，还有双层的翅膀，一蹦一飞，人难近它的身了。它们大概能嗅到人手上的气味，用草汁一涂，就把人味给遮住了。我的诀窍连爷爷也不告诉，因为我奶奶搞的是按劳分配，谁捉到的蚂蚱多，谁分到的吃食也就多。

吃罢蚂蚱，很快就把夏天迎来了。夏天食物丰富，是我们的好时光。那三年雨水特大，一进六月，天就像漏了似的，大一阵小一阵，没完没了地淅沥。庄稼全涝死了。洼地里处处积水，成了一片汪洋。有水就有鱼。各种各样的鱼好像从天上掉下来似的，品种很多，有一些鱼连百岁的老人都没看到过。我捕到过一条奇怪又妖冶的鱼，它周身翠绿，翅羽鲜红，能贴着水面滑翔。它的脊上生着一些好像羽毛的东西，肚皮上生着鱼鳞。所以它究竟是一条鱼还是一只鸟，至今我也说不清。前面之所以说它是条鱼，不过是为了方便。这个奇异的生物也许是个新物种，也许是一个杂种，反正是够怪的，如果能养活到现在，很可能成为宝贝，但在那个时代，只能杀了吃。可是它好看不好吃，又腥又臭，连猫都不闻。

其实最好吃的鱼是最不好看的土泥鳅。这些年我在北京市场上看到的那些泥鳅，瘦得像铅笔杆似的，那也叫泥鳅？我想起六十年代我家乡的泥鳅，一根根，金黄色，像棒槌似的。

秋天是收获的季节。茫茫大地鱼虾尽，又有螃蟹横行来。俗话说“豆叶黄，秋风凉，蟹脚痒”。在秋风飒飒的夜晚，成群结队的螃蟹沿河下行，爷爷说它们是到东海去产卵，我认为它们更像是要去参加什么盛大的会议。螃蟹形态笨拙，但在水中运动起来，如风如影，神鬼莫测，要想擒它，决非易事。想捉螃蟹，最好夜里。我曾跟随本家六叔去捉过一次螃蟹，可谓新奇神秘，趣味无穷。

白天，六叔就看好了地形，悄悄地不出声。傍晚，人散光了

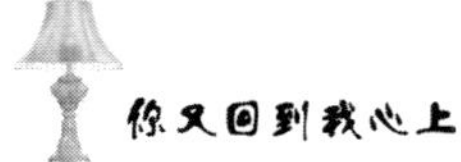

就用高粱杆在河沟里扎上一道栅栏，留上一个口子，口子上支一个口袋网。前半夜人脚不静，螃蟹们不动。耐心等候到后半夜，夜气浓重，细雨蒙蒙，河面上长升着一团团雾，把身体缩在大蓑衣里，说冷不是冷，说热不是热，听着噼噼嗤嗤的神秘声响，嗅着水的气味草的气味泥土的气味，借着昏黄的马灯光芒，看到它们来了。它们来了，时候到了，它们终于来了。它们沿着高粱杆扎成的障子哧哧溜溜往上爬，极个别的英雄能爬上去，绝大多数爬不上去，爬不上去的就只好从水流疾速的口子里走，那它们就成了我和六叔的俘虏。

那一夜，我和六叔捉了一麻袋螃蟹。那时已是 1963 年，人民的生活正在好转。我们把大部分螃蟹五分钱一只卖掉，换回十几斤麸皮，奶奶非常高兴，为了奖励我们，她老人家把剩下的螃蟹用刀劈成两半，蘸上麸皮，在热锅里滴上十几滴油，煎给我们吃。满壳的蟹黄和索索落落的麸皮，那味道和感觉无法用语言形容。

秋天，除了螃蟹之外，好吃的虫儿也很多。蚂蚱、豆虫、蝈蝈、蟋蟀……深秋的蟋蟀颜色黑得发红，膀大腰圆，肚子里全是子儿，炒熟了吃，有一种独特的香气，无法类比。还有一种虫儿，现在我才知道它的学名叫金龟子，是蛴螬的成虫，像杏核般大，颜色黑亮，趋光，往灯上扑，俗名“瞎眼闯”。晚上，我们摸着黑去撸“瞎眼闯”，一晚上能撸一面口袋。此虫炒熟后，滋味又与蚂蚱和蟋蟀大大地不同。还有豆虫，中秋节后下蛰。此虫下蛰后，肚子里全是白色的脂油，一粒屎也没

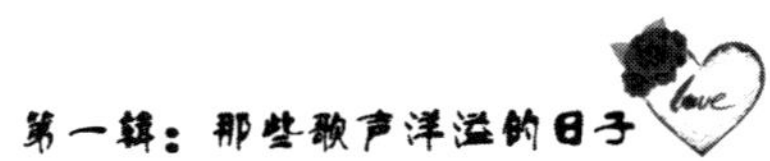

有，全是高蛋白。

进入冬季就有点惨了。冬天草木凋零，冰冻三尺，地里有虫挖不出来，水里有鱼捞不上来，但人的智慧是无穷的，尤其是在吃的方面。我们很快便发现，上过水的洼地面上，有一层干结的青苔，像揭饼样一张张揭下来，放到水里泡一泡，再放到锅里烘干，酥如锅巴，味若鱼片。吃光了青苔，便剥树皮。剥来树皮，刀砍斧剁，再放到石头上砸，然后放到缸里泡，泡烂了就用棍子搅，一直搅成糨糊状，捞出来，一勺一勺，摊在鏊子上，像摊煎饼一样。从吃的角度来看榆树皮是上品，柳树皮次之，槐树皮更次之。我们吃树皮的过程跟蔡伦造纸的过程很相似，但我们不是蔡伦，我们造出来的也不是纸。

偷渡计划

【日】高仓健

幸福在海的对岸。

不在自己出生的煤矿附近，总觉得在遥远的地方，越远越有它的存在……

于是在怀着这种想法的我的孩提时代有一个念头，就是要去美国看看，哪怕一次也好。

我在东筑中学读初二时，美军把“美国”带进了日本。在电影里我为维维安·李、亨利·方达等影星所倾倒，而拳击更是我热衷的运动，那时我的热情超过了崇拜，我甚至还在学校里和几个同学一起创立了拳击俱乐部。作为次轻量级选手，我创下了七战六胜一败的成绩。

在东筑中学高中部我有个最要好的朋友是敷田稔，他现任联合国刑事长官、法务省的法务综合研究所所长。

当时的他在给美国驻军打一份杂务工，给四五个人干些擦鞋洗刷的活儿，这样的工作并不累，而且能学英语还有钱赚，所以想干的人很多，竞争是很激烈的。

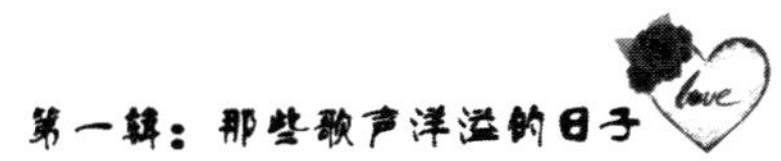

而他呢，不仅得到了一份工作，且是做最令人羡慕的将校家的杂务工，因此他的英语突飞猛进，也结交了不少美国朋友。

喜爱拳击的我也有缘同驻在小仓的美军司令官之子成了朋友。周末常去他家玩，我的英语也长进了不少。

嘴里蹦得出英语来，心里对美国的向往就更不是一点点了。真想去美国啊——我把自己的想法毫不隐瞒地告诉了敷田君，他与我一拍即合。

我们把目光对准了外国船来来往往的若松港，兴奋地想，能乘上那些船，就能去美国、去别的地方了——要知道当时出国可不像现在这样轻巧啊。

“真想去……”

“去！”

我们的兴奋变成了决定。不知是谁说了一句：“好像只有偷渡了。”

正好我的父亲那时在若松港任职。要是通过父亲的话，很简单地就能了解何月何日何船驶往何处，可我又不能向父亲直说。

于是找到在父亲手下的工头，问他怎样的船我们可以容身，他说一般都没问题，一旦出航了也不会专为把你们两个赶下来而返回的。

我们听得乐不可支。

去美国，毫无方向，但总觉得船到桥头自然直，能去就能成，再说语言上也没问题，我们的心情非常乐观。

年轻真是天不怕地不怕呀。

那个工头悄悄告诉我们说，现在停着的那艘驶往圣地亚哥的船似乎有指望。

我们终于等到了它的出航日，兴冲冲地走出去，却被工头拉住了。

“少爷，不行啊，若被人知道是我放你们跑的，非被杀了不可，而且至今为止还没有过偷渡成功的先例哪！”

我们的美国梦就这样破灭了。

此后，敷田君进了九州大学法学部，我想做贸易商便进了明大的商学部，我一直以为敷田会做个外交官的，可他在大二时通过了司法考试，毕业后进了神户地方检察院。

随后他又被选为留学生进了哈佛——曾经梦想与憧憬的地方。我像自己的事一样为他实现梦想而欢欣不已。

他可能没想到我会成为演员吧，正如我没想到他会做检察官一样。

敷田后来做了京都地方检察院院长，又活跃在联合国的舞台上。而我们两人只要一见面就仿佛又回到了当年两个梦想偷渡的少年。

1990 年联合国刑事会议在古巴召开，敷田君邀我同往，说要我看看他的工作状况。我想去古巴，也想看看好友的工作情况，但不巧那时正好得去内蒙古，真是遗憾。

不过那年还是和他一起去了川越的少年刑务所，向近千人

的受刑者打招呼，并为在北丸科学院举行的改造成果会剪彩。

敷田说如今想做检察官的人正有减无增，你能不能拍些让大家了解和理解这工作的电影？

“拍检察工作并不难，检察官都是一些工作严谨的人。我拍过近200部片子，只有《追捕》是刑侦片，但也不是检察官的工作内容，检察工作的精华如搜查取证等，都是幕后的，而且不宜公开，电影也难以表现。”

“看来没希望了。”他有些沮丧。我们商量着，两个人要去旅行，实现小时候的梦想，一路谈天论地，收一本集子……

梦，就让它是梦吧，也许那样才是最美的。

圣诞的密码：TOCEP

【美】丹·布朗

每个家庭都有自己的过节传统，我们布朗家也是如此。每逢圣诞节，我们家总是少不了美味佳肴、歌咏自娱、色彩斑斓的礼物和绞尽脑汁的密码。

是的，密码。

小的时候，我们几兄妹每年圣诞节的早晨总是少不了要搜奇探宝。每次找到圣诞树下的最后一份礼物后，我们都清楚，家里的什么地方还藏着一个“大”礼物等着我们去搜寻，而确定这个礼物所在的唯一希望，就是一个密码提供的线索。密码通常是放在一个长长的信封里，信封通常是放在高高的圣诞树上，我们是够不到也摸不着。

有一年圣诞节，藏密码的信封里装着一个特别让人难以捉摸的寻宝线索，我们兄妹几人至今还记忆犹新，就是那个圣诞密码：TOCEP。（事实上，《达·芬奇密码》第111页上的情节就是直接受到这个寻宝线索的启发。）

那年，正好有个交换的留学生和我们住在一起，她叫碧，来自南非，我们对美国圣诞节的那种狂热的期盼搞得她都有点难以忍受，这也可以理解。但她还是非常热心地和我们一道装饰房屋，唱歌跳舞，烹煮食物，这使得那个节日对我们来说就倍感特殊。圣诞节的那天早晨，所有的礼物都见分晓后，父母亲怀着极大的喜悦心情，把那个神秘的信封交给了碧，并把布朗家的寻宝传统一五一十地向她说了一遍。

竟有这样过节的，碧看上去很惊奇，她兴奋地打开了信封。信封里面的那首诗说，今年的寻宝首先要找到藏在屋子各处的五个字母。从诗的最后一节我们知道，第一个要找的字母是“T”。

遍寻角落找一个字母，

这的确很难寻觅，

在你仔细查找的各处，

只有一个地方能找到“T”。

只有一个地方能找到“T”？

我的小弟弟最先猜出了个中究竟，他一跃而起，径直奔入厨房。我们也鱼贯而入，只见他拎起一个凳子，拖到吃早饭的角落，爬上台子，一把拿过妈妈装着一包包茶叶的小盒子。果然不出所料，里面的一个精美卡片上写着字母“T”。

真是妙极！

从字母“T”这里，我们找到了另一个线索，这一线索巧妙地把我们引领到了地下室，我们在那里找到了粘在形状像“O”的呼啦圈的字母“O”。

又是绝顶聪明！

地下室的一些线索指引着我们在房屋的各处又寻觅了一番。我们在厨房里找到了字母“C”，原来塞在维生素“C”的小瓶子里。我在衣帽间找到了字母“E”，就藏在我的埃克赛特垒球队的队帽里（Exeter就提供了这个字母）。

现在我们已经找到了四个字母（T—O—C—E），但我们一点也不觉得离猜破那个神秘的礼物不远了。我们希望这第五个字母，也就是最后一个字母，能一下揭开谜底。然而，找寻这最后一个字母的线索却让我们一时丈二和尚摸不着头脑。

你要找的这最后一个字母，

没法说有多么容易，

它就藏在一个特殊的房屋，

那很自然地提供了一个“P”。

一个特殊的房屋很自然地提供了一个“P”。

我在食品室里把罐装豌豆仔细审视了一遍。没有。

我的小弟弟在卧室里把自己的菲利斯牌帽子搜查了一遍。没有。一个给“P”提供的自然之所？

这回，是碧，我们那个交换留学生（他已经学会了不少美国俚语）突然气喘吁吁地站起身来，一下子冲到了楼上。一时间，我们兄妹几个还以为她哪儿不舒服呢……但我们随后就听到她高兴地尖叫起来。我们三步并作两步地跑到了楼上，发现碧在洗手间里，正歇斯底里地笑呢，一边还用手指着马桶。我们定睛往里一看，在那儿，我们太高兴了，我们找到了字母

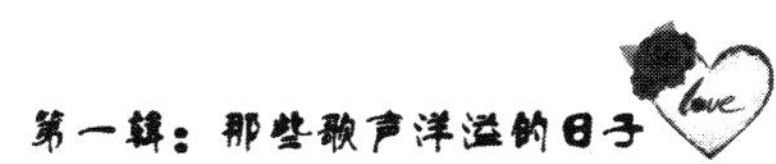

“P”，就粘在马桶的内侧。

太好玩了，我们四个孩子笑得在地板上滚作一团。当然了，最高兴的莫过于我的父母亲。终于，我们总算能喘过气来，便赶忙回到起居室，开始破解这五个神秘的字母。

T—O—C—E—P?

我们把这五个字母摊在起居室的地板上，眼睛睁得大大的，看着。

T…O…C…E…P?

我们看不出任何意义。

这回是小妹瓦莱丽最先看出了门道。她不敢相信地转过头看着父母亲。“不可能。”她喊道，“真的吗?”

父母亲莞尔一笑。“是真的，我们明天一早就出发。”

小妹瓦莱丽凯旋般地把T—O—C—E—P这五个字母重新排了序，我们几个则心醉神迷地注视着……

他竟拼出了一个令人着迷的单词：EPCOT！刹那，四个孩子在起居室里翩跹起舞，又唱又跳，欣喜若狂高声喊叫，唱起了：“埃普考特，埃普考特。”连我们的交换留学生碧都听说过沃尔沃特迪斯尼世界埃普考特（Epcot）中心。她也和我们一道跳了起来。我们的美梦成真了！第二天早晨，我们一个不剩，都登上了飞往埃普考特的航班。

这是我印象最深的圣诞节。

我曾经的读书梦

莫言

一个作家读另一个作家的书，实际上是一次对话，甚至是一次恋爱。如果谈得成功，很可能成为终身伴侣；如果话不投机，大家就各奔前程。在我的心目中，一个好的作家是长生不死的，他的肉体当然也与常人一样迟早要化为泥土，但他的精神却会因为他的作品的流传而永垂不朽。

几十年前，当我还是一个在故乡的草地上放牧牛羊的顽童时，就开始了阅读生涯。那时候在我们那个偏僻落后的地方，书籍是十分罕见的奢侈品。在我们高密东北乡那十几个村子里，谁家有本什么样的书我基本上都知道。为了得到阅读这些书的权利，我经常给有书的人家去干活。我们邻村一个石匠家里有一套带插图的《封神演义》，这套书好像是在讲述两千年前的中国历史，但实际上讲述的是许多超人的故事。这样的书对我这个整天沉浸在幻想中的儿童，具有难以抵御的吸引力。为了阅读这套书，我给石匠家里拉磨磨面，磨一上午面，可以阅读这套书两个小时，而且必须在他家的磨坊里读。我读书时，石匠的女儿就站在我的背后监督着我，时间一到，马上收走。如果我想继续阅读，那就要继续拉磨。那时在我们那里根本就没有钟表，所以所谓的两个小时，全看石匠女儿的情绪。她情绪好时，时间就走得缓慢；她情绪不好时，时间就走得飞快。为了让这个小姑娘保持愉快的心情，我只好到邻居家的杏树上偷杏子给她吃。像我这样的馋鬼，能把偷来的杏子送给别人吃，简直就像让馋猫把嘴里的鱼吐出来一样，但我还是将得之不易的杏子送给了那个女孩。当然，石匠的女儿很好看也是一个重要的原因。总之，在我的童年时代，我付出了巨大的代价，把我们周围那十几个村子里的书都读完了。那时候我的记忆力很好，不但阅读的速度惊人，而且几乎是过目不忘。至于把读书看成与作者的交流，在当时是谈不上的，当时纯粹是为了看故事，而且非常地投入，经常因为书中的人物而痛哭流涕，也经常爱上书中那些可爱的女性。

我把周围村子里的十几本书读完之后，十几年里，几乎再没读过书。我以为世界上的书就是这十几本，把它们读完，就等于把天下的书读完了。那一段时间我在农村劳动，与牛羊打交道的机会比与人打交道的机会多，我在学校里学会的那些字也几乎忘光了。但我的心里还是充满了幻想，希望能成为一个作家，过上幸福的生活。

我 15 岁时，石匠的女儿已经长成了一个很漂亮的大姑娘。她扎着一条垂到臀部的大辫子，生着两只毛茸茸的眼睛，一副睡眼蒙眬的样子。我对她十分着迷，经常用自己艰苦劳动换来

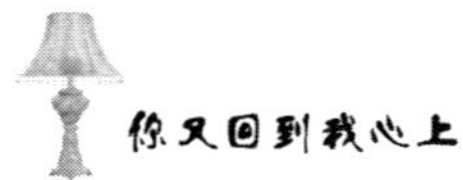

的小钱买糖果送给她吃。她家的菜园子与我家的菜园子紧靠着，傍晚的时候，我们都到河里担水浇菜。当我看到她担着水桶、大辫子在背后飞舞着从河堤上飘然而下时，我的心里百感交集。我感到她是地球上最美丽的女人。我跟在她的身后，用自己的赤脚去踩她留在河滩上的脚印，仿佛有一股电流从我的脚直达我的脑袋，我心中充满了幸福。我鼓足了勇气，在一个黄昏时刻，对她说我爱她，并且希望她能嫁给我。她吃了一惊，然后便哈哈大笑。她说："你简直是癞蛤蟆想吃天鹅肉！"我感到自尊心受到了沉重的打击，但痴心不改，又托了一个大嫂去她家提亲。她让大嫂带话给我，说我只要能写出一本像她家那套《封神演义》一样的书她就嫁给我。我到她家去看她，想对她表示一下我的雄心壮志。她不出来见我，她家那条凶猛的大狗却像老虎似的冲了出来。

前几天在斯坦福大学演讲时我曾经说，我是因为想过上一天三次吃饺子那样的幸福日子才发奋写作的。其实，鼓舞我写作的，除了饺子之外，还有石匠家那个睡眼蒙眬的姑娘。我至今也没能写出一本像《封神演义》那样的书，而石匠家的女儿也早已嫁给铁匠的儿子，并且成了三个孩子的母亲。

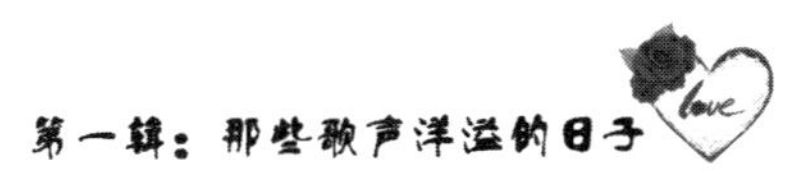

那些歌声洋溢的日子

崔永元

1971年，我八岁，小学一年级。我读的是农村小学，我的同学也大多是农村孩子。二十多年后，我想起他们，依然可以清晰地感觉到他们的淳朴和可爱。值得自豪的是，那时学生承受来自学习的压力远没有今朝这般沉重，有了悠闲你才能觉出天很蓝，水也很清。

学校里没有自来水，只有一口井，井口和珍妃跳下的那口一般大小。传达室刘大爷身兼数职，下课前，他会从井里打出两桶水来。上课或下课都听他摇铃铛。刘大爷长得很凶，烟也吸得很凶，但他通常是笑，一笑，烟便从嘴角溢出，飘在空气里。学校是个大四合院，传达室设在院门口，每天到了门口，一迈上台阶，闻到浓烈的烟味，就意味着今天的学习开始了。

学习的事如今基本上都忘了，隐隐约约只想起了几件。

一次是语文观摩课，由年级组年纪最大的常老师为我们授课，外校的老师观摩。这事很重要，所以要提前几天彩排。

我被指定读课文的前一段，课文的名字是《一条破棉絮》。

我怯生生站起来：一条破棉絮……

常老师打断道，这怎么可以，这是一篇控诉旧社会罪恶的课文，应该怀着深厚的感情来读，来，跟我念。

一条破棉絮。

一条破棉絮。

我始终没听出，两条破棉絮有何不同。

正式上观摩课时，常老师亲自念了课文的大半。我印象中，她的声音很厚实，略有些沙哑，因而很有感染力。我们坐在下边，情绪很激动，因有人围观，也很紧张，感动加紧张，整整一堂课，心都在怦怦跳。

印象最深的就是音乐课了，学了多少歌无法统计，只是每当听到熟悉的旋律，脑海中总能浮现当年的场景：放学后，文艺骨干围在院子当中，大树下程老师一挥手，歌声飞上了天。

程老师视力不好，似乎是严重的斜视，总搞不清他在看谁。头发花白，永远是一身深蓝色的制服，领子旁边的肩上永远有粉笔末。

除了歌，还有舞。每次逢年过节文艺演出，总在各班文艺骨干中一再挑选，自然是强中选强。节目也丰富，独唱、合唱、表演唱、天津快板、舞蹈都有。

我参加排练的是群舞《地道战》，构思很巧，二十多个学生手拉手在旋律中变换队形。由于表演难度过大，经常出现满拧的场面，只好不断调换主要演员，最终我落选了。

其实，生活中安知非福的事情总有，那次盛大的演出，我

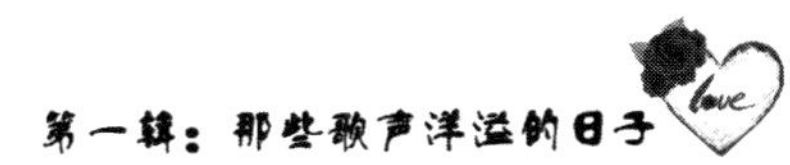

最终出演了压轴节目的主角。在歌舞剧《野营路上》中我扮演部队指导员。

故事并不复杂：解放军野营拉练，是日艳阳高照，战士们因供水不足口渴了，恰好路过老乡的甜瓜地，有人提议花钱买瓜，指导员我谆谆教诲，打锦州时我军住苹果园而不吃苹果，今朝我们路过瓜地也绝不吃瓜。这一幕被老乡看见，老爷爷摘了两筐瓜率孙子、孙女一路追将上来，群众非让吃，子弟兵就不吃，于是出现了一幕感人的场面。

我穿的是父亲找来的军装，他在部队做政委。父亲拿的大概也是部队小文艺兵的演出服，帽子尤其大，帽檐经常和眼睛不呈一个方向。戏的结尾是高潮。老大爷说吃吧，战士说不能吃，相互推让了几个来回，僵持不下时，指导员我迈上了一个台阶：同志们，让我们一起唱首歌吧。于是我指挥，歌声起。

歌声中，戏结束了。到傍晚入睡时，我还在想，那瓜到底吃没吃呢？二十年后，我把这道题出给一起工作的同事，他们异口同声地说：当然。

演出格外成功，于是第二轮到附近的大队、部队、家属院巡回演出。到父亲所在部队演出时，他作为政委在我们谢幕后走上台逐一和演员握手，祝贺演出成功，当然也握了“指导员”的手。我印象中，我们父子正式握手只有这么一次。

文娱活动搞得有声有色，程老师的音乐课自然也成了观摩课，自然也有彩排。表演的是音乐基础教学内容，彩排时程老师先在黑板上画出台阶，标上1、2、3、4、5、6、7，然后叫

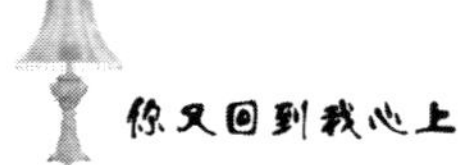

起一事先指定的同学问，这是什么，那同学说，台阶。程老师纠正说，错了，这是音阶。又问，这念什么，那同学便说一二三四五六七。程老师又说，错了，这念哆来咪发索拉西。这段对答既机智又显节奏，是课堂教学鼓励参与的范本。

正式观摩时，意外发生了，程老师画毕台阶，标好数字，转身笑吟吟地发问，这是什么，那同学倏地站起居然紧张地说，音阶。一时间，课堂死一般寂静。后来请教过相声业内人士，行话称此为“砍牛头”；如能继续应答，脱离设计称为“现挂”。这等绝活儿，非大师所不能为也。

我在农村小学上了三年，后随军迁往市内。

我掰着手指称颂和感激这些一生一世普普通通的人，他们的确是我的启蒙之师，常老师教我朗读要声情并茂，程老师教我唱歌要用心唱而不单单是用嘴。

班主任王老师更是教我们学认字也学做人，她让班里的一个后进生和我结成对子，让我们互帮互助。到了期末，这位农家子弟尝到了考试成绩优秀的乐趣，我学会了辨别麦糠和锯末的同时，还因帮助别人，内心升腾起崇高感。初写作文，王老师没因我写扫墓时用了“敲锣打鼓”字样而讽刺挖苦，只是问我，仔细想想，敲锣打鼓了吗？不久，我在另一篇作文中描写运动会，用上了“运动员们像离弦的箭一样冲出起跑线”，被她大加赞赏，当成范文。这些都使我体会到，成功的确让人心旷神怡。

考上大学后，我曾揣着衣锦还乡的念头去看她。她真高兴，顺着梯子爬到家里的地窖去给我拿好吃的，当我看到拿上来的只是一盘廉价水果糖的时候，我掉泪了。我知道，她的日子一直很清贫，想一想，王老师已经是近五十岁的人了。

现在的学生真苦，虽然他们眼界开阔，知识也很丰富充足，那时的我站在现在的他们面前，只是个傻子乡巴佬而已。可他们真亏，他们没过上踏进校门还少有压力的日子，不可能每天在清澈的河边遍尝野果、吃自己摸来的鱼、一年享受四个假期，不可能花大量时间专门唱歌，不可能基本上不受老师批评，不可能错了一道 5 分的题却因卷面整洁又加 5 分而重获 100 分，不可能拍着胸脯说："我受的是素质教育。"

我把写完的文章拿给同事看，他表情一会儿凝重，一会儿轻松。看罢，他发问，什么叫素质教育？我胸有成竹，素质教育就是一边学书本，一边玩。在书本上认字，在玩的时候学书本上没有讲到的人生道理。

我是不是显得既保守又落伍？

不说了，如果尊重个性，就应该允许一拨有一拨的活法。

下面这段文字，写给我自己所属的这拨。

"把枪交给吉尔吉，这次任务你不能去。"

"我真想把你扔到河里去。"

"你永远也过不了国境线。"

"吃心补心，吃肝补肝，吃眼睛眼睛发亮。"

"蓝蓝的天空飘着白云，我们的心中充满欢乐。"

想起来了吗？想起了什么？我敢保证，想起的那些，不管是什么，都是你的第一次。

什么叫素质教育？素质教育就是一边学书本，一边玩。在书本上认字。在玩的时候学书本上没有讲到的人生道理。

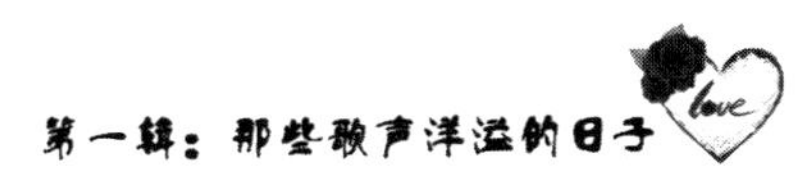

令人怀念的小馆子

威灵仙

我是个爱吃的人，不知道怎么办的时候，便默默地去吃一顿，胃里满足后，手脚就有了新力量。我有我的理论：饿肚子时和吃饱饭后的世界观、人生观是不一样的。而最利于发展世界观和人生观的地方，莫过于那些小馆子。最令人怀念的也是那些小馆子。

上大学的前两年，基本上混熟了学校附近的小馆子。到现在仍然记得东门胡同里那家东北菜馆的红烧日本豆腐和干煸豆角，8块钱一份，真正味美量足。老板娘大约50多岁，爽朗又利落，一张巧嘴，又爱笑，手脚勤快，永远生气勃勃。秋天的黄昏和朋友一道去，还没进门就被她搭住胳膊，指着我脚上的船鞋说："姑娘，这样可不行，天冷了，脚上一定得暖和，要不然回头会生病的，可不能光图好看。""要不然"的"然"字带着浓重的东北口音。临出门又是同样一番话，热情得过于直率，像是对待自己的姑娘一般，却并不惹人厌烦。

她家有一道菜，叫"勾魂媳妇"，用五花肉切成薄片，加花生和红辣椒爆炒，花生脆，肉极香，辣椒并不辣，只是一味脆与香。满盘红艳艳，热闹也热闹得俏。多年后，菜的滋味大都忘得差不多了，只是一想到“媳妇”总忍不住想到那老板娘，似乎她便代表着世俗生活的热闹与俏丽。

也就是在那段时间，我大约把我这辈子的拔丝地瓜都吃完了。一起吃饭的朋友最爱这道菜，每餐必点。于是我们便常常一边扯着细长透亮的丝，一边抱怨种种的不如意，似乎种种都是过不去的坎儿，苦恼极了，可是香甜的拔丝地瓜还照旧吃得。

其实那时并不怎么快乐。夏天的夜里，时常走很远的路去吃一顿饭。细细打扮起来，穿了好看的鞋子，却总是走在沙地上。下过雨的夜，燥热的暑气压在湿气下只令人更加不安，像压抑的青春和狂想。小馆子脏而乱，下了班的公交车司机坐满了周围的桌子，豁了口的大汤碗热气腾腾地端上来，男人们高声与服务员开着玩笑。一切像极了港台片中的镜头，我时常疑心他们中的某个人会突然掀翻桌子，然后展开一场火并。然而没有，他们只是疲倦而坦然地享受着他们的生活，也诧异而惊奇地观望着我的并没有什么好吃的菜，汤油腻的。回去的路仍然远，曲曲折折的小巷子到处是水坑和沙土，然而我却留恋到不行，宁愿走慢一点，再慢一点。到底还是走了出来，上了大街，一片令人不能适应的热闹与辉煌。

夏天的时候，烤串也很好。小城里有一种自助式的，摊子摆在树荫下，铁架和炭火就支在桌子上，剥着毛豆角和盐水花生，看细细的烟气腾起，闻着越来越浓的鸡翅香味……不知多少个黄昏就这样消磨过去。捧着圆滚滚的肚子往回走，打着饱嗝儿，头顶的杨树叶子哗啦啦响，一下子时光就成了过去时。

离开故乡，所有的分离都经过了争吵哭泣和决绝的铺垫，然后越走越远，在一个坚硬而陌生的地方慢慢扎下自己的根须。

三联书店后面有一个小小的云南馆子，那是到北京第二年之后常去的地方。冬天的夜纯是干冷，没什么风，一切都灰扑扑的，干净极了，也安静极了。这种时候最好捧一袋糖炒栗子，找个小小的馆子，喝那么一两杯小酒。云南馆子有一种好喝的米酒，冰过之后清凉甘甜，配热腾腾的鱼刚刚好。更妙的是，店主不炒菜的时候还会主动抱一把吉他在桌子边唱歌，唱完之后随手又把吉他递给吃饭的人："你来！"似乎我们只是到他家跟他一起玩一样，愉快而坦诚。

有一回吃完饭要走，正赶上他有朋友来，非拉着我们不让走，说是彝族新年，一年最热闹的时候，一定要多坐一会儿。酒喝到半夜，对面圆圆脸的男生抱起吉他唱歌："时光一去永不回，往事只能回味……"我这才知道原来还有这样美的声音，温柔又有力，疲倦又执拗。一切都舍不得放手，又似乎一切都漫不经心。他淡淡地唱着，没有人问他想起了谁，唱完后递过一瓶酒，大家继续往下唱。

又两年过去了，那一晚温柔的声音，始终令人无限依恋。

疲惫的秋夜，一个人在住所附近的小馆子吃烤串，堆了半

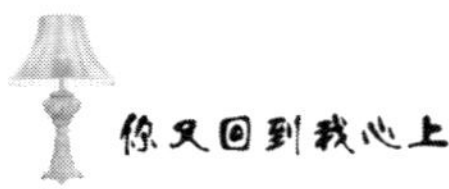

桌的鸡骨头。有人推门进来，一个壮而胖的中年人，戴一顶巴拿马帽，穿着仿旧的美式飞行员皮夹克，抱一把独奏吉他。“点一首歌吧，点首老歌？”他像开玩笑一样问。

“《往事只能回味》吧。”

“时光一去永不回，往事只能回味……”唱得用力极了，可是太卖力了，耀技的成分居多，不见一点真心。我失望极了，却也只好默默听完，也不知道是不是该给他钱，窘极了。只好转身去跟老板要了瓶啤酒，冲他扬扬手，将啤酒放在桌角：“请你的。”然后便出了门。

还没来得及走很远，又听到身后的歌声：“外面的世界很精彩，外面的世界很无奈……”没有任何花哨，就那样随随便便唱了，却妥帖而自然。啊，他看出我不喜欢前一首。在门外听了半晌，并不想再回店里，就在歌声里回家去。秋夜的风真是凉啊！生命这样短，世界精彩又无奈，谁没有一两件心事？还好，夜里总有一两家小馆子亮着温暖的灯。

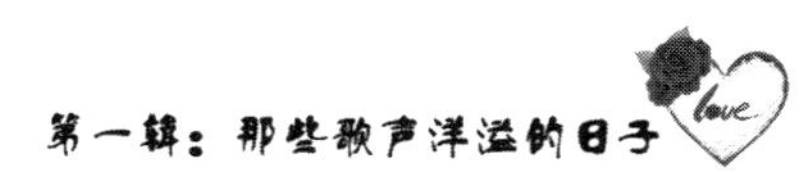

《牛虻》：我无法释怀的爱情

何畅

那个乌云渐渐四合的下午，天暗暗的，我坐在教室的第一排里，安静地品尝她的声音，“Spring ；Summer ；Autumn ；Winter……”我跟着哼唱，入神地看着她。她的眼睛深深的，亮亮的，像熟透饱满的黑葡萄粒，散放着恬柔美丽的光。

我喜欢上她的英语课。和其他教过我们的老师不一样，她有时会在课上用一种低低的厚厚的却极其轻柔、略带着中音的嗓子，唱一些好听的英文歌给我们听。20出头的她，对我们这些刚上初中的孩子，刚好是一个大姐姐的年龄。

那天课后，同学们都飞快地走了，教室里只剩下我，我坐在那儿，不知为何却不想回家。她收拾教案，看了我一会儿，然后问：“你要不要到我办公室里坐一会儿?”

我点点头，跟在她身后去了办公室。

大概是要下雨的缘故，整个外语教研组办公室，就只剩下了她和我两个人。她整理办公桌，我看到桌上有一本书，封面上大大地写着两个字：《牛虻》。当时我以为那个字读“氓”，她立刻纠正了我，并打开书的最后一页，读出声来：

“明天太阳升起的时候，我就要被枪毙了，因此我现在必须履行‘告诉你一切’的诺言……至于我，将怀着轻松的心情走上刑场，好像一个小学生放假回家一样。我已经做了我应做的工作，这次死刑判决就是我恪尽职守的证明。他们要杀我，是因为他们害怕我，一个人能够这样，还能再有什么别的心愿呢？”

我听得傻了，她有声有色的朗读，把我带入了一个懵懂神秘的世界。

“我是爱你的，琼玛，当你还是一只丑小鸭，穿一件花格子罩衫，背拖一条小辫子的时候，我就已经爱上你了，我现在仍然还爱着你。”

我想告诉她：“你读得可真好。”可我却什么都没有说出来——我的全部思想已经沉浸在她朗读的那个世界里去了。

“无论我活着，
还是失去生命，
都将是一只，
快乐的牛虻！”

合上书的时候，我看到她黑葡萄粒一样的眼睛里，有晶莹的泪光闪动。

看着我好奇的眼光，她说：“这个世界上没有牛虻，他是文学作品中的人物。但是我要找他，哪怕走遍天涯海角，哪怕他即将失去生命，我也要找他那样的人，嫁给他。”

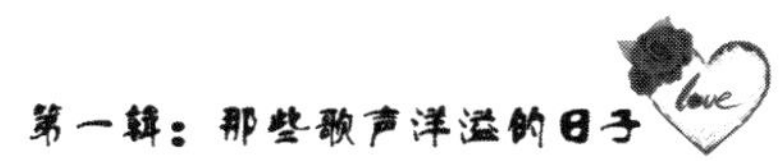

外面已经开始下雨，很大。她让我背好书包，拿了伞送我回家。“走吧，”她说，“不然你爸妈会着急担心的。”

我们很快期末考试了，再开学时，她已经不在学校任教。那年恢复全国高考，听说她上了北京外国语大学。后来，再无她的消息。

初中即将毕业时，我在二姐的枕头下面发现一本《牛虻》。于是，那个夏天，那个乌云四合、大雨如注的下午，突然间清晰地出现在我的脑海里。趁她不在，我贪婪地读了起来。

19 岁的亚瑟，有着“长长的睫毛，敏感的嘴角和娇小的手脚，身体各个部位都显得过分精致，轮廓格外分明”。他还有着深蓝色的、梦一般神秘的眼睛，有着纯真的感情和热气蒸腾的理想。跟随着英国女作家艾捷尔·丽莲·伏尼契的脚步，进入到牛虻的世界时，我慢慢沉浸在一种无法言说的快乐与伤悲中。无论是开始那个有着欢快步伐的少年亚瑟·勃尔顿，还是后来那个经历了重重磨难，受尽身心折磨的里瓦雷士，都让我痴迷。那时的我正处在一个试图辨别人世善恶并试图思考人性善恶的年龄，同样热情、真诚，认为世间的事情原本是应该有因有果，人与人之间应该清澈透明、简单而美丽的。因此，当我看到亚瑟在得知敬爱的神父竟是自己的亲生父亲，冒充神父的警方密探在他忏悔时诱骗他透露了战友的行动计划和名字而致使他们锒铛入狱，青梅竹马的恋人琼玛也不再相信他……他必须选择远离他们，开始颠沛流离、坎坷艰辛的生活时，心便痛楚地扭结起来。再读到 13 年后重回意大利，亚瑟已经炼就成为刚强、无畏的革命者里瓦雷士……为了争取国家独立统一的斗争，他不惜献出了自己的生命……而琼玛在牛虻的遗书中看到了他们儿时熟稔的小诗，才知道，牛虻就是自己曾经爱过的亚瑟，他们就那样擦肩而过，用死亡作为了离别的方式……我早已泪雨滂沱。

我想到了英语老师，想到了我去她办公室的那个下午，想到了她读书、说话的样子。当时的她，在我眼里就像一阵不可捉摸的风，一团解不开的谜，一个握不住的影子，一个瞬间消隐的梦中之梦。可是，看完那本书，我突然间明白了她理解了她，好像我们是千年的好姐妹好朋友，我们心心相通。那一晚，我一直都没睡着，一直在伤心地流泪——我的心被《牛虻》填充得满满的，和我的英语老师一样，我坚定地爱上了他。

在一个太阳刚刚升起的早晨，牛虻微笑着去了。然而，他对生命的热爱，对理想的执着，他钢铁一般的意志与极富感染力的人格魅力却永远留了下来。从那以后，牛虻成为我生命中一面飘扬的旗帜。岁月在静默的无言中流逝着，而我，一直在心中存留着关于亚瑟与琼玛，同时也是我对于牛虻的无法释怀的爱情。

“无论我活着，
还是失去生命，
都将是一只，
快乐的牛虻！”

只有你知道我的迷惘

绿妖

1992 年我在上技校。课本上往外蹦的都是干巴巴带着静电的词儿：高压电、涡轮增压、线圈电流……这些词完全不进入我的记忆系统。最大的慰藉是跟朋友互相写很长的信，除了开头一两页，后面十几页全是抄书、抄诗、抄歌词。那时大家都穷，买到一本书，自己看完，就很小心地走平邮，传给最好的朋友看。但每个月也只能买一本书。所以这封包着书的平邮，如果路上丢了，就会悲痛万分。周末晚上，跟宿舍女孩去跳舞。穿着十几块钱做的黑裙子，化了妆，粉很劣质，一边走一边感觉它在往下剥落。深夜回宿舍，照照镜子，把脸洗干净，连舞厅也不去了。那两年，世界于我，是一个黑白默片，我经常听不到别人叫我。这时听到 BEYOND。

街头的磁带店，十块钱一盒。盗版七块。他们的是七块。一个钢琴前奏，清冷如雪，“今天我，寒夜里看雪飘过，怀着冷却的心窝飘远方。风雨里追赶，雾里看不清影踪，天空海阔你与我可会变”。

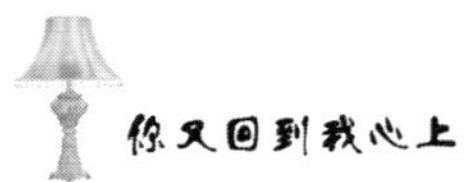

我写那么多，试图使你知道，音乐响起，鼓和贝斯，重重的节拍合着心跳时我的感受。那时没网络，对一个遥远歌手的了解只能靠磁带封面，印刷模糊的一张四人照片。我努力分辨，也无法知道谁是黄家驹。但他们的歌，像一个午夜太阳，清冷冷灰蒙蒙地出现在我更加灰暗的生活里。虽然是冷光，却也有温度。

1996 年，用工资买了当时罕见的 VCD，三碟连放，5500 元，是生活中的奢侈品。看演唱会。这时候，才知道哪个是黄家驹，原来不是那个长头发的。歌里有些词反复出现：空虚、灰色、被逼、挣扎、唏嘘。那正是少年荷尔蒙最旺盛时的共通感受，用一句他们的歌词形容就是：总有挫折打碎我的心，不会放弃高唱这首歌。你要问我：不放弃什么？我答不出。我只知道，活着不止眼前所见，一定还有另一种。那是他们在音乐里制造的一个“远方”。

短头发的黄家驹，抱着吉他在舞台上欢乐地跑来跑去，跟人飙琴。他穿一件金色背心，汗一滴滴落在棕色的皮肤上，也是欢乐的。

我身边的年轻人，没有不喜欢 BEYOND 的。表弟借走 VCD，很快，隔壁响起他大声跟着唱的声音：“我们虽不在同一个地方，没有相同的地方，可是你知道我的迷惘。”

同年，因为有 VCD 机，家里开了一个露天卡拉 OK，记得是三块钱唱首歌。表弟雀跃道：太好了！把 BEYOND 拿去放吧。我感觉被背叛：这怎么行?！他困惑地：可是……那再买一张好了，拿新的去放总可以吧。但对我来说，无关新旧，这音乐是神殿，怎能用于卖钱？

还是被拿到街头播放，点唱率超过张国荣张学友刘德华。无聊的男生们骑着摩托过来唱首歌，骑上车沿县城转一圈，再回来唱。这是他们下班后为数不多的娱乐。县城的生活是很枯燥的。唱这些歌时，平时愣呵呵的男孩子，紧紧咬着挣扎、愤怒、空虚、自由这些词儿，手攥成拳头，一下一下地重重挥舞，脸变得有些狰狞。这时他们真好看啊。

2012 年，看王小妮《上课记》，她的学生很多来自农村、县城，读过的作家里排名最靠前的是路遥和余秋雨。后来她发现，只要放 BEYOND 的歌，大家冷漠的眼神会集体闪亮。我想象那画面，以及那些，不曾谋面但已知道他们过去的少年，他们的空虚、愤怒、挣扎，他们的远方在哪里？我该为黄家驹仍未过时而欣喜，还是悲哀？

很多年里，我为成长的贫瘠荒凉耿耿于怀。为什么，我不能在小时候就听到莫扎特，看到《红楼梦》与《百年孤独》？但这就是命运，给你什么你只能双手接受。年纪渐长，我开始想荒凉何尝不是一种营养。当然，它不通向优雅光滑的人生，但它给予的粗粝中饱含力量。少年时，上天没给我莫扎特，而是黄家驹，但我同样喝到了生命最初的那一口水。对一个少年，这就够了。

铁箫声幽

宗璞

常觉得我们这一代人很幸运。旧书虽念得不多，还知道些；西书了解不深，总也接触过。精神尚不贫乏，肉体未受虐待，经历更是非凡。我们的生活很丰富，其中有一项看来普通，现在却让人羡慕的，值得大书特书的，那就是，我们有兄弟姊妹。

传统文化讲五伦，其中之一是兄弟。常听见现在的中年人说，他们最羡慕别人有兄弟姊妹。想想我的童年，如果没有我的哥哥和弟弟，我将不会长成现在的我。

我们兄弟姊妹四人，大姐钟琏长我九岁，所以接触较少。哥哥钟辽长我四岁，弟弟钟越小我三岁，我整个的童年是和哥哥、弟弟一起度过的。抗战胜利，我们回到北平，回到白米斜街旧宅中，这座房屋是父母的唯一房产。有一间屋子堆满了东西，和走的时候完全一样。

那时冬日取暖用很高的铁炉，称为洋炉子。烧硬煤，热力很大，便有炉挡，是洋铁皮做成的，从前常在上面烤衣服。我们看到那铁炉依旧，炉挡依旧。最有趣的是炉挡上面写了两行字，也赫然依旧。这两行字是："立约人：冯钟辽、冯钟璞。只许她打他，不许他打她。"

当时在场的人无不失笑。父亲说："这是什么不平等条约！"那时哥哥已经去美国求学，那条约也因炉挡的启用擦去了，他没有再见到我们的不平等条约。

我已不记得怎么会立下了不平等条约，好像全无必要。因为我们从来没有打过架。不过，这也是一种姿态。另有些事倒是历历如在目前。清华园乙所的住宅中有一间储藏室，靠东墙冬天常摆着几盆米酒，夏天常摆着两排西瓜。中间有一个小桌，孩子们有时在那里做些父母不鼓励的事。记得一天中午，趁父母午睡，哥哥在那里做"试验"，我在旁边看。他的试验是点一支蜡烛烧什么东西，试验目的我不明白。不久听见母亲说话。他急忙一口气噗地吹灭了蜡烛，烛泪溅在我身上。我还没有叫出来，他就捂住我的嘴，小声说："带你去骑车。"

于是我们从后门溜出。哥哥的自行车很小，前后轮都光秃秃没有挡泥板，但却是一辆正式的车。我总是坐在大梁上左顾右盼游览校园。哥哥知道我喜欢坐大梁，便用这"游览"换得我不揭发。那天的"试验"也就混过去了。

后来我要自己骑车了。我想那时的年纪不会超过九岁，大概是八岁。因为九岁那年夏天开始抗战，我们离开了清华园。我学会骑自行车完全是哥哥的力量。那时在清华园内甲、乙、丙三所之间有一个网球场，我们好像从来没有打过网球，只在

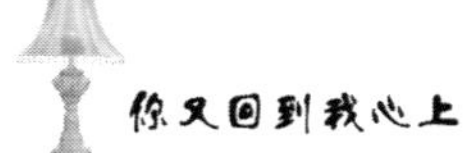

地上弹玻璃球。我在这场地上学骑自行车，用的是哥哥的那辆小车，我骑车，他在后面扶着座位跟着跑。头一天跑了几圈，第二天又跑了几圈。我忽然看见他不跟着车了，而是站在场地旁边笑。我本来骑得很平稳了，一见他没有扶，立刻觉得要摔倒，便大叫起来。哥哥跑过来扶住车，我跳下来，便捏紧拳头照他身上乱捶。他只是笑，说："你不是会骑了吗？"

到昆明以后，哥哥上中学，我和小弟上小学。我们所上的南箐学校因为躲避日机的空袭，迁到昆明郊外岗头村，我们都住校。家还在城里，后来家迁到东郊龙泉镇，我们又在城里住校。不记得是怎么回事了，总之有很长一段时间我们常在周末从乡下走进城，或从城里走到乡下，一次的距离大约是 20 里左右。我们三个人一路走一路说话，讲故事，猜谜语，对小说的回目，还有一项重要内容是讲自己创作的故事，轮流主讲。

我上联大附中时，一度在城里住校。那时联大附中没有宿舍，甚至没有校舍，都是趁别人不用教室时上课，有时就在室外树下上课。有一段时间，不知是借的哪里的一个大房间，大家打地铺。一次我生病了，别人都去上课，我昏昏沉沉地躺在空荡荡的大房间里。"妹。"是哥哥的声音，睁眼只见他蹲在我的"床"边。他送来一碗米线，碗里还有一个鸡蛋。

我家有一只铁箫。

那是真正的铁箫。一段顽铁，凿有七孔，拿着十分沉重，吹着却易发声。声音较竹箫厚实、悠远，如同哀怨的呜咽，又如同低沉的歌唱。听的人大概很难想象这声音发自一段顽铁。

铁质硬于石，箫声柔如水；铁不能弯，箫声曲折。顽铁自有了比干七窍之心，便将美好的声音送往晴空和月下，在松阴与竹影中飘荡，透入人的躯壳，然后把躯壳抛开了。

哦，还有个吹箫人呢，那吹箫人，在哪里？

吹箫人可以吹出不同的曲调，而铁箫只有一个。

是谁制作了这只铁箫，制作了这只可以从箫声和箫的本身引出许多联想的铁箫？那就是我的哥哥——冯钟辽。

箫属于中国文化，可以引起许多中国式的联想。都是陈货，也就不必说了。制箫的材料是多种多样的，也许也曾有过铁箫，但是我不知道，只能说哥哥的这一只。铁箫既是乐器又可以做武器，我常想最好能有一位女侠，用的兵器是铁箫：抡圆了可以自卫救人，扫尽人间不平事；吹响了可以自娱娱人，此曲只应天上来。也许哪天真写出一篇没有武功的冒牌的武侠小说来。

在昆明时生活很艰难，最常用的乐器只是口琴。箫、笛虽也方便，却少人吹。母亲在乙所时便吹箫，到昆明后得了两只玉屏箫，声音很好。母亲时常吹奏的乐曲是《苏武牧羊》。哥哥制作铁箫便是受竹箫的启发，用一根现成的废铁管，根据一点点中学物理知识，钻几个洞，居然可以吹出曲调，大家都很高兴。我们就是这样因陋就简，在清苦的日子里，使得生活充实而丰富。

那天下午我在旧居烧信

荞麦

1999年的夏天，世纪末的告别。说起来，那是我此生唯一能经历的一个世纪末。高三结束的暑假，皮肤晒得漆黑，知了没完没了地叫，还有铺张的阳光……但回想起来总有一种新生的快感：终于告别了暗无天日的高中时光，可以去读悠闲的大学了。因为填报志愿保守，数学考试发挥不好，考上的大学并不令人满意，但都无所谓了。只要能熬过那段时间就是胜利。只要没有掉队，没有被扔进不可想象的结果中（落榜或者重读）就是胜利。

迈上崭新旅途的一个仪式，便是烧掉秘密抽屉里的所有信件。宁静得没有一丝风的午后，我在屋子后面的树荫下，挖了一个不大的坑，准备好了火柴。

信件那个时候在乡下是多么奇特的东西啊。初中时任何一封无意义的信件都会让我兴奋很久，也让老师们惊恐莫名——信件！老师们都会先拆开看一遍。但这样的情形不会出现很多，几乎没有人会给我们写信。信件简直是神圣的。

高一刚开学的时候，同宿舍的人都有初中同学来信，我内心羡慕，却想不出有谁会寄信给我。结果还是收到了信，别人递过来时我几乎不能相信这是真的。写信的人在情理之中，但我却也没有预料到。他是初三时我们班的体育委员。我对他的印象就是早晨站在前面给全校领操，手臂伸得笔直，我不知道还有谁能把自己绷得那样直。一起出黑板报的时候，他趁别人不注意，笑眯眯地看着我，一边快速在黑板上写了我的名字，又迅速擦掉了。

他给我写信，字体宽大工整，内容乏味。而我回复的目的只不过是为了保持这种通信行为，免得成为一个收不到信的可怜人。那是高一，每个人都在跟初中同学恋恋不舍地写信，但这并没有持续多久，高中的新生活慢慢展开，旧相识很快变得无话可说。有一天我回最后一封信给他，敷衍说："学业要紧。有缘再见。希望以后我们能上同一所大学。"内心当然觉得不可能（谁知道后来他真的跟我上了同一所大学，并且在我肌肉拉伤时送来两张信纸，正反两面都写满了字，写的是——肌肉拉伤要注意的若干事项）。

大概是高二的时候，忽然有一天，我的桌上堆满了信件。

当时我只觉得莫名其妙，打开信件读了几封才知道是因为我投稿的一篇文章发表了，发表在很多高中生都会订阅的一份作文杂志上，并附有通信地址。我被那么多信件震惊了，心情澎湃地连夜给全国各地的人回信。第二天，更多的信件摆到了我的桌子上。班主任站在讲台上面冷冷地看着我和我面前的信件。

连续几天之后，我已经不想再给任何人回信，也不再拆开那些信了。信件多得变成了负担。来信持续了很长时间，直到好久之后我去传达室玩，还偶然看到一堆班主任扣住扔在那边的信。我也没有拿回来。

信件就是这样慢慢失去了魔力。我一下子被陌生人的好意喂饱了。

把这些信烧掉，没什么可惜的。扔进火里，一会儿就成了灰。我很认真地烧，每封信都拆开，先烧信封，再一张信纸一张信纸地烧掉。

最后烧到 Z 写给我的几封信。其实我们在同一个城市，没有必要写信。但是，你知道，信件是一种古典的抒情。

Z 陪伴我度过了高三最难熬的阶段。经过高三上学期漫长的炼狱之后，到了下学期我们整个班级都存在一种崩溃的情绪：快结束吧，随便怎样。有一度我们几个人已经处于放弃的状态：东游西荡，找各种东西消磨时间，对高考采取一种听天由命的态度。我迷恋一本关于游戏和漫画的杂志，就是在那上面，我读到 Z 写的文章，署名后面竟然还留着电话。

通过两通电话的愉快闲聊之后，我们见了面，打了一次羽毛球。大概源于我的情绪压抑，急需排解，每个周末有限空闲的下午，我们便会约了一起游荡，随便聊些什么。他说有一家面店很好吃，只是很远，我们好像去吃过一次，想来却宛如梦境：我们真的去那么遥远的地方吃过一碗面吗？

但我确实记得两个人曾经在微微春雨中跑去看油菜花，他还帮我带了一副望远镜。结果雨越下越大，我们便站在屋檐下躲雨，看着春天里的麦田。在回忆中，这一切像是一部悠长而没有结尾的日本电影。我并不觉得那是恋爱，只是读书读得快厌倦死了的叛逆行为。

有一天晚自习的时候，隔壁班的一个男生走进来，递给我一封信，是Z写的。写到他在楼下的操场上，仰头看着这一排教室的灯光，想到我就在其中一间的灯下……

那是他写给我的第一封信，后来还有好几封类似的：情意绵绵又语焉不详。

我把他写的信都认真看了一遍，有些还读了第二遍，然后我一咬牙，统统都扔进了火里。扔进去的瞬间，一种轻松和对自己决绝的赞许油然而生。

就是那个暑假，Z骑着自行车，从市区出发，花了半天的时间，经过遥远的路途，问了很多人，竟然找到了我乡下的家。快到的时候他给我打了一个电话，我匆匆跨上一辆车，在半路截住他。我们站在炙热的太阳底下，说了几句无关紧要的话。他满头大汗，似乎有很多话想说，而我只是劝他回去。于是他无奈地站了一会儿，便掉头又骑着自行车踏上漫长的归途。

那年我才18岁。今后我将收到更多的信，会有更多的人来爱我。当时我毫不怀疑这些：新生活即将开始，我会去更远的地方，过一种不可想象的生活。

我想起那天午后，还年少的自己趁大人们都不在，默默在树下埋头烧信，心怀着少年的冷酷和不切实际的幻想。当时烧信的我并不知道，今后漫长的时间里，我也不过收到过寥寥几封信，并且也都遗失或者损毁了。我更加不知道，几年之后，人们已经很少提笔写信，纸质的信件成了旧时印迹，一个按钮就可以删除所有的电子邮件。

到如今，邮局早已不再神秘，而是变得暗沉、空旷，座位上坐满老年人。即使电子邮箱那么方便，我们也并没有像《电子情书》里面的汤姆·汉克斯和梅格·瑞恩一样写电子邮件互诉衷肠。我们表达情感的方式变得更为简洁，只需要微信、微博上短短几句话即可。

作家阿乙在一篇写给“实体存在的人”的信中，最后说道：有一天，我不识字的妈妈翻出来看见了——我很奇怪她怎么就知道这是情书——她说：“将这些烧了吧，免得以后女子看见不好。”我便将所有写给你的信烧了。烧的时候感叹号四溅，我感到痛惜，心想以后你要是回头找我，我如何提供这么多年还在爱你的证据啊。

多年之前，被未来蛊惑的我没有能想到这些：我们如何给未来的自己提供证据？证明你曾这样被爱过，或者爱过别人？

我什么都没有想，只是一封一封地，烧掉了。

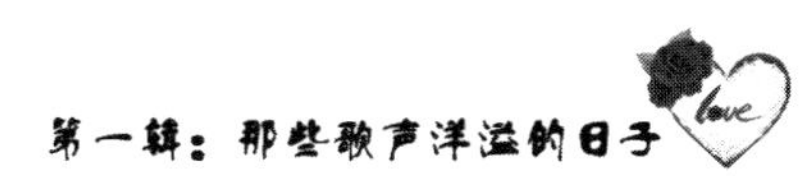

1980 年，我的大学

格桑亚西

28 年前的整个 8 月，我是在一种忐忑不安的心绪中度过的。

高考已毕，尘埃落定，志愿也稀里糊涂地填过了。听大哥说学经济好，吃香，就狂选有“经济”二字的院系专业，重点非重点，一口气整了 14 个。远到北京，近至成都，工业经济、农业经济、商业经济、政治经济，一水的经济，满纸的经济，梦话都在吼经济。

其实当年的我，对经济的内涵完全懵懂无知。生在偏远的县城，又逢物质匮乏的计划经济年代，孤陋寡闻，印象中和经济相关的是一种劣质香烟，就叫经济烟，九分钱一包。

高考和志愿决定命运，老师说事关今生穿皮鞋还是草鞋，不得已写了那么多的经济，眼前生动的，倒只有名号经济的烟卷，心里悄悄向往的，还是朝阳桥、牡丹，而中华，太高不可攀了，索性不去想。

该做的都做了。余下就是两个字：等待。

8月的故乡，和过去一样，中午燥热，早晚凉爽，东灵山多雾，大渡河汹涌。终于可以不做假期作业，不写作文，不解方程。处于暂停状态的我，第一次有了边缘人的轻松，也有了边缘人的闲愁。

徜徉在熟稔的山水田间，心中淡淡的，就有了些惜别的情愫。朦胧又有些清晰地知道，中学时代怕是无可挽留地要永远结束了，在家里的日子也是不会太长了，年龄不大，竟少年老成地生出些明年今日我在何方的迷茫，还有惆怅，当然更多的，还是对未来生活的新奇、向往，当然也有万一落榜的恐慌。

然后，8月末的一个下午，完全没有预兆的，一个牛皮纸信封平静地送到了我的手中。录取我的学校在北方，很远。报到的时间很近，3天以后就得上路。

赶到小县城仅有的裁缝铺做衣服，我们的匆忙把老裁缝也弄得紧张起来。草绿色涤卡上装、米黄的确良长裤、老羊皮大衣，铺盖，枕头，粮食关系，副食关系，全国粮票，户口，车票……忙忙乱乱的3天，一个个机关单位奔走，谈不上欢快，也没时间烦躁，我只是有些麻木地跟着大人们，机械地办理各种手续。

最后一个晚上，我是在闹钟的嘀嗒声中，辗转到黎明的。

母亲没有送我多远，她只是站在从小伴我长大的老枇杷树下，一遍遍地叮嘱着渐行渐远的我。走出好远，在黎明微弱的光线里，已经看不见母亲的身影，但还能听到她的声音。

我一遍遍地应着，有些哽咽。

从我家到县城的车站有很长一段依山傍水的路，父亲陪着我，父子俩沉默地走着。

车轮转动，1980 年的故乡沉默地留在我身后，我只来得及对着车窗外的父亲挥了挥手。从此关于我少年时代的所有记忆，那些山水树木，夜半雨后孤单的萤火虫，直立河中央的巨大礁石，冻红的双手，那些和一个贫寒的少年人有关的所有故事，都被我的故乡永久地悄悄收藏着了。

就这样由汽车而火车，黑白颠倒地摇晃了几天几夜。

斜挎一个黄色的帆布书包，穿一双簇新扎眼的草绿色胶鞋，小小的我有些神情恍惚地随着人流走出车站。

我的入学通知书上，除了录取的院系和专业的名称，还有到北京后的乘车路线，其中的一句话让我一直很迷糊：到北京火车站后，转乘 103 路快车和 332 路慢车到魏公村站下车。我就琢磨，这大学可够远的，坐几天火车到了北京，还得换两次火车，并且学校大约是在一个村子里。

生长在偏僻小县城的我全然不知大城市的公交汽车也是要分快慢车的，至于魏公村，也不是一个村子，而是个挺大的镇。

好在走出北京站大门，我一眼就认准了夜色中一面红色大旗，上面是龙飞凤舞的金色的大字，书写着亲切的校名。旗下有笑意盈盈的脸，后面停着漂亮的校车。我努力摆脱迷幻的感觉，踉跄着走上前去，这一来，103 和 332 都不必担心了。

校车飞快驶过宽宽的长安街，驶过天安门，我清楚地记得长安街和天安门在路灯的照射下，呈现出一种暖暖的橘黄色，行人和车辆都不多，整个气氛是静谧的。

我在学校里安顿下来了，但也渐渐感到一种陌生和孤独。天南海北来的同学，操着蹩脚的普通话，和中学里最不一样的是再没谁管你，全靠自理。水土不服，鼻孔流血，饮食也不习惯，除了馒头还是馒头，一个月才 8 斤大米。数学老师在课堂上用一连串清脆卷舌的北京话大讲微积分，而在高中我是学文科的，每天在教室里坐飞机的感觉真让人沮丧。我甚至想要能转学回四川就好了，离家近，中学同学多。还有白米饭和回锅肉。

就因为想家和孤独，女生宿舍里上演过一个人哭了，其他人劝，结果连锁反应，一个房间接一个房间，而后一层楼、一幢楼，哭成一团的故事。还好，我总算没有哭，但也仅仅是强忍着，若有个风吹草动，肯定就翻江倒海，泪如雨下了。

这种境况的改变是在 10 月的一个中午。

那天下课回来，情绪低落的我收到了好几封来信，有两封是中学女同学的，其中一位在信中写道："听说香山的红叶很美，能否寄回几片……"

正是这几封来信使我猛然醒悟：我这是在上大学呢！胸前白色的校徽和大街上那些羡慕的目光都在提醒我，大学生的自豪感一下子充满了我 16 岁的心。接下来，我走出了初入大学的迷茫，真正融入了我的大学。

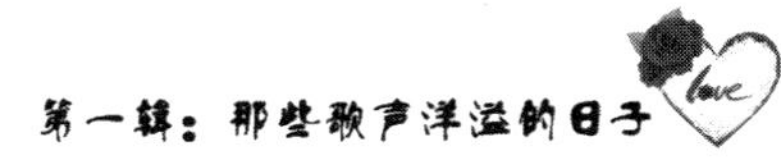

后来，在回家的日子里，我去了那个女同学的家。

我很惊异，昔日黄毛丫头如今已亭亭玉立，我们的相处是拘谨的，谈了些什么全忘了。只记得告辞出来后，同去的朋友说："你注意到了吗，她的床头上大大地写着几个数字，100081。"

那是我学校的邮政编码。

斗转星移，人生若梦，二十多年的岁月就这样不露声色地流逝了，我的儿子也到了该读大学的年龄。

父母都不在了，当年那个和我一起彻夜不眠的闹钟已经老得不能再走动，但我至今仍然保留着。总感觉它是个有灵性的物件，尤其它曾精确地记录了我离开故乡的时间，也诚实地见证了我 16 岁以前所有的日子里，那些过早的辛酸和单纯的快乐。

我总在猜想，倘若有朝一日，我修好它，就在它的时针分针重新沙沙走动起来的时候，是否会电闪雷鸣，大雨滂沱，或者万籁俱寂，月白风清，那该是昔日重来的序曲啊！那些逝去的亲朋，那些凋萎的花朵，那些枯死的树木，还有专属于 1980 年的所有浪花和云朵，它们必定在那一刻重新振作并鲜活起来，与我叙旧、握手，同我流泪、唱歌，而我最终必定会被一声声熟悉又亲切的召唤所吸引，我会形单影只地循着声音，走向那幽暗又温暖的远处，那是我 1980 年的母亲啊！她站在故乡的那棵树下，正在送别她最小的儿子离家，初秋黎明的寒气里，她有着模糊而苍老的面容。

怀念她，就像怀念发黄的日记

王开岭

人是。有些对别人很无所谓的事物，于自己却显得珍贵而且美好得不可思议。大概这和一个人的特殊心路有关，与其天生的敏感体质、生命类型、某个季节的精神气候有关。

邓丽君。

一个我深深喜爱的名字。我在任何时候都愿意充当她的报幕人：《小城之恋》、《在水一方》、《山茶花》、《独上西楼》、《再见，我的爱人》、《你在我梦里》……丝毫不会为公然赞美她而羞愧，更不惮被那些“阳春白雪”的音乐士大夫所嘲笑。

为爱而生，为爱而死。她的使命是在一个普遍淡漠爱的年代里表达爱情。她的事业是让一抹黑衣女子的背影走过男人的窗外……

在单身的夜晚，在寂寞雨天，在合书小憩的午后，她的歌声从遥远的海岛踏雾而来，像颤动的丝绸，像袅袅皎月，像荷叶露珠，像飘逝的一叶扁舟……

不错，太甜了。但并非所有的甜蜜都堪称“甘美”，并非任何一种姿色都闪耀着泪光，含着颤抖的蕊。她是甘草和秋露的甜，苦难之夜的甜，不加糖的甜，荡气回肠的甜。不错，她太烂漫，甚至称得上轻婀与摇曳，但在一个绝少烂漫的灰色年代，一个黯淡而不见生动的枯槁岁月，这摇曳曾给人带来多么大的惊喜和闪光……

其实，任何一个懂她的人，都会从甜中品出那份深藏的苦艾，从清冷和幽怨里读出那份善良与洁白，这正是我最感动的东西。一个妩媚的女人，一个易受伤的女人，一个欢颜示人的女人……却纤尘不染，一点不浑浊，不憔悴，不萎靡——多么珍贵！

她适于离情伤逝怀旧，适于游子的望穿，适于无眠灯下的昏黄，适于雨滴石阶，人在窗前的孤独……她是疾病时代的健康。恋爱里的恋爱。你我中的你我。

“邓丽君”，她使自己的名字听起来仿佛一曲词牌。凭歌声，凭她那如诉如泣的颤音，那深涧流瀑的心律，我断定她星光般的美丽。

她纯洁得永远像春天，像蝴蝶。躲进她的歌，就像躲进姐妹的长发，躲进母亲的旗袍里。

不必羞愧，不必。

有那么几年，每临深夜，我的功课即戴着耳塞，躲在被窝里听收音机。一个频率，或许是台湾吧，每逢黄昏的某个时分，总会播放她的歌，片头片尾都是。很多时候她是用粤语唱的，虽不甚懂，但对我来说，她已成了一道和月光，大海，思念……有关的女性背景。

我想，或许有一天，她会到海的这边来，带着她的长发和旗袍。

可，就在那一个深夜，1995 年 5 月 9 日，大约凌晨 1 点钟，一个滚雷突然炸响：一代歌后猝然辞逝，泰国清迈……当晚的那档节目，全被一种黑天鹅的气息覆盖住了。她的歌，她的笑，她的柔软，她的耳语，她独特的颤声……

邓丽君邓丽君……

一部嵌进我身体里的柔软。一个我听了多年的女人。

她被上帝接走了。永远的“在水一方”。永远停在了海的那边。

如今，我怀念她，就像怀念逝去的青春和发黄的日记。就像怀念前世生生死死的爱人。

不羞愧。一点不。

我在无数场合听过有人唱邓丽君的歌，那些我黑夜再熟悉不过的词牌。亦无数次听见身边有个声音：“庸俗！”不错，是庸俗。很奇怪，为什么同样的调子，换了张嘴就成了庸俗？就像不是从生命而是从肚子里发出来的？但我想，若这指责是冲着邓丽君，我一定会愤怒，给他一拳。或者，那时我会把庸俗理解成一个很高贵很美好的词……

有年冬天，在北京，一间酒吧，朋友在向我淡淡地介绍一对朋友，他指着女子说：“就是她，大陆唱邓丽君最好的，曾有人拿她的歌做盗版……”我一惊，很用心地凝视那个女子。

的确，她很像我记忆中的邓丽君的模样——精神模样。自始至终，她几乎不开口，只有气息，很安静很清淡，黑夜中薄荷的气息……后来，那女子应邀唱了一首，我深深震颤了，这是我第一次听到邓丽君的歌声由一个大陆女子的身上飘出来。不，不是模仿。她源自一具鲜活的青春的躯体，自然的，就像月光从海面升起那样。

那个阳光还算灿烂的下午，我的确感受到了一股来自当年黑夜的潮涌，一股角落里的苦艾的沁凉。感谢她。我相信朋友的话，邓丽君是一个密码，而她天生理解这个密码，所以很本色就唱出了她。其实，她只需唱出自己就够了。

她们是生命的同类，精神的姐妹。

走出酒吧的那一刹那，我被遽然刺来的阳光吓了一跳。闭上眼，我想起了我的收音机。它已经很老，退役多年了。

1976 年的歌唱之美

王 陆

一

前几天，看到一个法国片，叫 *Les Choristes*。字面上应该翻译为《合唱》，不知是谁给译成了《放牛班的春天》。实在说，这个译名并不准，容易让人误解，但细想一想，放牛班的春天，这个名字比起法文原名来更有感情，更好。我想，一定是译者看完电影，受了感动，动了心思。只因为来了一个音乐老师，一群野孩子就开始有了歌唱，性情也跟着歌唱美好起来。这种美好的开始不正意味着春天吗？看到电影最后那个马图老师要离开学校，学生们从窗口向他投掷一张又一张写着错别字或音符的纸叠飞机，我的感情也随之翻跃。我想起我的音乐老师谷明坤。

电影里那个马图老师胖胖乎乎的，而谷老师不一样，他很高，很瘦，身骨和脸面都是有棱角的；马图老师的眼睛是圆圆乎乎的，和老母鸡一样，看着很暖和，而谷老师的眼睛是大的，是冷的，他喜欢看着天空，不大理会四周。我们第一次上他的音乐课，都很安静，可能是喜欢他英俊的样子，也可能是有点怕他冰冷的神气。那天，他先是讲革命音乐怎样开展对修正主义的批判，然后把大歌单挂在黑板上，教唱《萨丽哈最听毛主席的话》。他要求我们唱这首哈萨克歌曲的时候要有力度感，唱到力量的时候要像松树，唱到美丽的时候要像蒲公英。什么是哈萨克风格，什么是力度感，我们都不懂。我那时调皮，就在下面喊：老师要不然你先给我们唱一遍吧，你怎么力度，我们就怎么力度呗。这下，男生和女生就跟我起了哄。谷老师慢慢拉开手风琴，高山淙流一样，然后突然一转，是 667 12 1 323 6。紧接是一个优美的奔跃。他的歌声不是当时流行的那种坚定和高大，而是一股飒飒的风在丛林中起伏穿行。我们从小就唱样板戏，唱革命歌，都是比洪亮，比豪迈，比坚定，他却是那般姿态、那番味道，我们都听得很呆。

我至今还记得那首歌的歌词，前面是“东方升起金彩霞，草原盛开向阳花。哈萨克青年有志气啊，萨丽哈”，后面是“哎耶耶耶，萨丽哈”。我还能记起那天的情景，他身上是一架破旧的红色手风琴，他的头发像火焰一般跳动。但那时，我们都是野小子，找不到美好的词汇来描绘他。但课后，我们议论他是议论最多的，说他最多的词是“邪牛 B”。话是粗话，却是歆羡之意。我们还争着模仿他那种有节奏甩起头发的样子。班里有一个女生，是海军子弟，读了许多书，她说谷老师最像马雅可夫斯基。我们问她马雅可夫斯基是谁。她说马雅可夫斯基会写诗，也是卷发，也很帅，斯大林原来很喜欢他，后来就不喜欢了，他就自杀了。那是1976年的早春，我们都是十六七岁，对样板戏也好，对革命文章也好，必须学而又学，都挺腻烦的了，而深藏的心思却不可抑制，四处窥寻美丽的气味和表达的方向，凿凿之心甚至不惜一切。后来，老同学聚会，有许多女同学说，她们少女时心萌初动的方向就是谷老师那种样子、那种声音和那种气息，这种方向让她们很久都向前努力着。谷老师那时大概不到四十岁吧。

二

那个年月，学校是不怎么上课的，不是种“五七”田，就是军训，或者是去工厂劳动。即使上课，也没有个上课的样子。在大连第十一中学，我们那个班是最乱的，开始是起哄和随便窜座位，后来是抽烟和打架，男生的食指和拇指差不多都有点烟黄。班主任管不住，也不愿管。所有给我们上课的老师差不多都给起了外号。我点子多，很多老师外号都是我给起的。像教化学的盾老师，人长得很白净，两颗门牙稍有一点突出，我就叫她“大白兔”。她在前面板书，我们就在下面突然起哄：大白兔，白又白，又发情来又发呆。盾老师是一个秀声秀气的人，说一口标准的普通话，那天她却破了口开了骂：你们的妈妈才是大白兔！你们的爸爸和妈妈都是大白兔！我在思索呢，他们都是怎么养出你们这些小兔崽子的！我们开始很吃惊，而后是哈哈大笑，觉得这种文绉绉的骂很逗。盾老师是抑止不住地哭，很伤心。那时我们对老师什么尊重都没有，是风气，也是人心。

谷老师呢，他也有外号，叫谷大头，这个外号是老早的时候我姐姐那批学生给起的。我呢，老是想着那个马雅可夫斯基，就给他的外号升了一级，叫“谷大头斯基”。但在我们的心里，他和别的老师是不一样的。不一样在哪里呢？他来上课，很少说什么形势啊，政治啊，他只是用手风琴安静着我们，用旋律带领着我们，我们却觉得饱满。每周两节音乐课，我们都很期盼。他教过我们《大红枣》、《医疗队员在坦桑》，还有朝鲜歌剧《卖花姑娘》里哥哥唱的《满天的星星已经沉睡了》。这些词儿也是革命词儿，但音儿却很有意，比起来，听着舒服，唱着也舒服。那些个落黑落寞的夜晚，我们几个少年死党在甘井子先锋影院门前那条街上晃荡着，一遍又一遍地哼唱这些旋律。但，这么几首歌曲怎么够呢？于是，总想着东抄西抄这样或那样的歌曲，我最喜欢的有苏联歌曲《山楂树》，有新疆民歌《可爱的一朵玫瑰花》。那时，这些歌曲都叫黄色歌曲，所以抄和唱都是偷偷摸摸的。但少年的心事总是一往无前的，是挡不住的。

不久，音乐课停了，有两个半月，我们都在大连石油七厂劳动。我们班有三个老师带队，我们那一组是谷老师带。我们先是集中听工人讲师团，讲厂史，讲哲学，然后分组听工人师

傅讲车床，又一个个上去操作。在工厂是快乐的，我们都愿意去，能挣到补助粮票和保健饭不说，中午休息还能打扑克，还能在车间洗澡。那次，澡堂里人不多，我躺在池子里，提着小嗓唱，一会儿唱这个，一会儿唱那个，都是有始无终。但我喜欢我的声音随着蒸汽无拘无束地飘荡，又随着心无边无际地回荡。好像大家也喜欢。有个工人怂恿我唱下去。我就放开了嗓门儿，唱了“那天我在达连山上骑着马，听到你在山下歌声婉转如云下……”。唱了一大半，看澡堂子师傅突然进来，指着我：你他妈再唱黄色歌曲，我给你鸡巴揪下来！

我从池子里钻出来时，发现谷老师就在旁边。回组劳动时，班主任查老师把我叫去，谷老师也在旁边。但谷老师没提澡堂子的事。他第一句话是问我喜不喜欢到文艺队来唱歌。我说不喜欢。他愣了一下，说我的声音里有一种很脆的笛音，如果学唱歌，会很有前途。我倒没细想什么前途，只问他到文艺队唱歌是不是就捞不到粮票补助和保健饭了。班主任火了，说我思想动机怎么老是这么不纯。谷老师在一边点头说：是啊是啊，这种思想可要不得，唱歌是为了宣传，怎么能想着捞好处呢。我是鬼机灵的，瞪着眼睛一本正经地说：你们怎么能这么理解我呢？我是怕到文艺队影响了劳动，沾染上孔老二的剥削思想啊，让邓小平右倾翻案得逞！你们问问，谁不知道我热爱劳动啊。谷老师踢了我一脚，说：耍贫嘴，会有什么好！这是谷老师说的不多的一句话，我印象很深，但当时我不领会，还自鸣得意呢。耍政治贫嘴，说大话，说套话，说假话，是那时

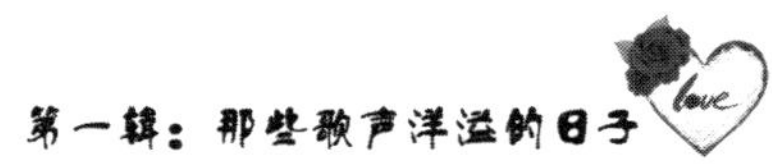

的教育给我们的，根深叶茂，至今难移。

三

那时的五月叫“红五月”，指五月里有很多的革命节日，“五一”劳动节，“五四”青年节，“五七”指示，“五一六”通知，“五二〇”声明，“五二三”延安文艺座谈会讲话，一个跟着一个。1976 年的五月就更不一般了。4 月 7 日广播里公布“天安门广场反革命事件”后，我们就从工厂返回学校，每一个人要写出自己亲友在清明节前后有没有去北京或是从北京回来的，然后是写批判稿，写决心书，写标语，不怎么上课。我呢，跟着校文艺队，整天就是排练和演出。谷老师传达说，这次“五一六”演出最重要，一是纪念文化大革命十周年，二是彻底反击右倾翻案风，要大唱样板戏，大唱革命歌曲，我们要唱出光彩来。

那天晚上，甘井子体育场是满满的，都是红旗和人。一个单位一个方块队。样板戏是必唱的，革命歌曲是选唱的。样板戏唱来唱去都是那几段京剧，歌曲也都是你唱我也唱，多是那些新的形势歌曲，像《无产阶级文化大革命就是好》、《向阳的花春天的苗》、《新生事物好》。要说唱得最多的歌曲还是新上映的电影《春苗》里的主题曲《春苗出土迎朝阳》，一是符合反击右倾翻案风内容，跟形势，有劲头；二是歌曲有领唱有合唱，有色彩，有艺术。

谷老师在选曲和排练上是动了心思的。样板戏里，谷老师选的是《海港》里方海珍的唱段“想起党眼明心亮”。这一段很难唱，要排出合唱，更难。但谷老师编进了两个合唱声部，排出了另一番样子。在合唱队的伴唱滑动中，从“支援那亚非拉”开始，出现女声领唱。我记得那个领唱的女生叫刘颖，大我一届，个子很矮小，歌唱得很好。她唱……情况急，时间紧，从何着手方能制胜难下结论”，气攀云端，最后的“党啊，党啊”音调喷薄，近乎窒息，然后谷老师的指挥棒戛然顿住。一个短暂的提琴间奏，从高音区下行，合唱部爽朗地唱出“行船的风，领航的灯，长风送我们冲破千顷浪，明灯给我们照亮了万里航程”，三次反复，是活泼的跳跃，是浪漫的歌唱性。这都是谷老师小心而美丽的加工，给样板的钢铁唱段里洒上了飘逸的水花。当时，我不以为然，后来，经历的人生和政治多了，想谷老师那种小心人生和革命智慧，心底是很感慨的。多年后，我再听李丽芳当年原唱的这一选段，又知道曲是于会泳的曲，词是闻捷的词，心里有非常的波澜。音乐其实，唱词其实，演唱也其实，都是在烙铁里镂雕出层层花纹。非常不容易啊！今天平心想来，只能是理解，然后是深深叹息。

我呢，那天领唱的是第二首歌，却唱砸了。现在想起来，我的脸也是炭烧一样的热。谷老师选的革命歌曲也很特别，他选的是罗马尼亚革命电影《多瑙河之波》里的主题曲，而且是无伴奏合唱。那天，报幕员一报这个节目，全场就轰地炸起了掌声。记得谷老师是穿着白衬衫，记得他拿的指挥棒是一根自

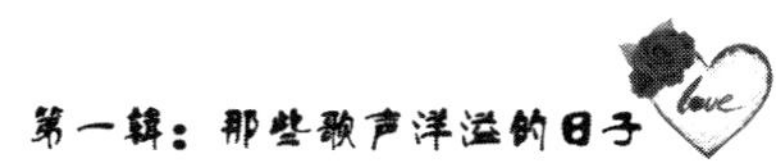

行车辐条刷着白油。合唱部像山风一样地轻轻推进：“当太阳升照耀在水面上，白云飘，波浪涌。”然后，应该是我走出来，应该是我领唱由谷老师配写的第二声部，歌词是“两岸的山峦啊郁郁葱葱，两岸的田野啊肥沃宽广”，应该是我短笛一般的音质打动这喧嚣的夜空。但是，当我走到麦克风前，却怎么也找不到我的调了，在哪儿唱，唱什么词儿，也忘了。谷老师用手势和嘴型一遍遍提示我，可我光是张着嘴，不敢出声。唱到第二段，我还是找不到调。不知怎么，我就朗诵了起来，我是踩着歌曲的节奏想一句编一句，“多瑙河啊多瑙河，你就流淌吧！太阳跟着你流淌，风光跟着你流淌，还有我们，流淌着，从家乡到远方，一路森林，一路战场”。完了之后到底是掌声响还是我脑子响，我都记不起来了。我只记得谷老师在底下使劲骂了我一句话，“熊蛋包，呲不出尿来还拉出屎来了。”

那以后，我没脸再去文艺队，看到谷老师我也是躲着走。但一个人的时候，我爱用口琴吹《多瑙河之波》的第二声部，一遍又一遍地，好像是徘徊，好像是缠绵。

四

到了秋后，毛泽东去世了，学校也陆续正常上课了。那天，我在教室，谷老师把我叫出去，说海军来学校挑文艺兵了，让我赶快去试。音乐室有三个穿海军军装的人，他们给我试了几个音，又让我唱一首歌，我就唱新流行歌曲《华主席给了我青春的歌喉》。我想饱满热情地唱出来，但唱到一半，就上不去了。谷老师在一边，问我是不是变声了。我不知道什么是变声，但我清楚我再也唱不出那种响亮的歌声了。他把我送出来，还摸着我的头，安慰我说变声期过去了还会有机会。可能看我在难过，他笑朗朗地说：实在不能唱了，朗诵啊写诗啊都行嘛，我看你行，挺能胡诌八扯的。那一次，学校有两位同学被挑走了。我责备着自己：谷老师一直期望我的歌声，可我最终也没有唱出来。

我最后一次见他是在 1978 年。那年，我考上辽宁师范大学中文系。我去音乐室向他告别，他正在给文艺队排合唱，是圣桑的《天鹅》。那是我一生第一次听到西方古典音乐。手风琴还是那架手风琴，他还是穿着白衬衫，但他英俊的面庞已经有了磨损的皱褶。阳光照耀的湖边虽然绽出了花朵，摇曳并温和着，但天鹅却衰老了，羽毛在湖水中慢慢沉浸。我那时还无力意识到，文化大革命到底意味着什么。也无法思量，在那样的年月，他加在革命旋律里的这样和那样的变奏在多大深度上浸润着学生枯裂的心田。

后来，谷老师调到大连第二十三中学。我偶尔会把贺年卡寄到那里。1989 年我从北京国际关系学院回来，参加中学同学聚会，遇到了曾在校文艺队跳舞的女同学孙秀云，打听到谷老师，她说谷老师得癌症死了，死了许多年了。对我而言，这是一种标度跌落了，一地散碎，无处修补。

现在，美丽的音乐和歌唱很多了，但谷老师教过的、排过

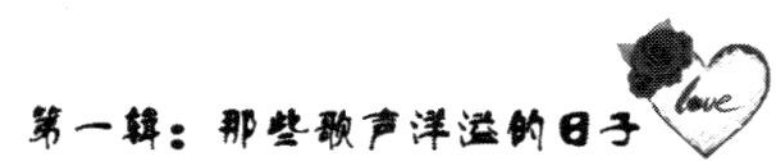

的那些歌曲却是最能让我牢记的。我听音乐，教学生，写文章寸陌艮挑剔，这是不是有谷老师的影响呢？我想肯定有。其实，他给我最大的影响是：不管在多小的尺寸中，在多沉的迫使中，都能生产出一丁点美丽的东西来，安慰现实和自己。我现在也是谷老师当年的年纪了，理解和体会又深了一层。

谷老师的妹妹谷建芬已经是很有成就的音乐家了，她的歌曲领导过风气，覆盖过时代。那次电视里有谷建芬作品专场，台上台下那片绚烂之色让我很感慨。论气质和才情，谷明坤老师都是在谷建芬之上的，但，又能怎么样呢？他过去是在烙铁里，后来是在坟墓里，这就是命运。

电影 *Les Choristes* 里有一段歌词，很好。我根据法文又重新做了译配：“海鸥掠过海面，轻轻落在孤岛礁边冬日乍寒，微风却已吹来阵阵温暖/……春天终要向你展现肃穆地，从遥远的天边。”这是天堂一样的诗句和声音。想一想，那个马图老师是很幸运的，他虽然落泊，但还可以为学生自由地写歌啊，而谷老师，如果那时能允许他在音乐里自由自在地表达，他一定能写出这样天堂一样的旋律。

第一次吃自助餐

郑渊洁

在当今中国内地的城市里，自助餐是饮食业商家的一种常用经营手段。人们走在大街上，经常能看见路边餐馆的橱窗上写着自助餐××元一位的广告。自助餐本是舶来品，如今被中国的商家发挥得淋漓尽致，于是有了十分有中国特色的“自助火锅”、“自助烧烤”乃至“自助烤鸭”，自是令食客产生了花最少的钱占最大的便宜撒开了吃的错觉。商家食客皆大欢喜。

20 世纪 80 年代末，自助餐在北京尚未登陆街头与寻常百姓握手言欢，那时自助餐只在少数星级宾馆里深藏闺中伺候外宾或港澳台同胞，一般大陆公民绝少光顾甚至压根儿不知道自助餐这个词。

大约是 1989 年的一天，我在家接到台湾某报纸主编蔡先生的电话。该报日前开始连载我的作品，这次主编趁来北京的机会，要会会作者，增进感情，期望双方进一步合作。住在台湾饭店的蔡先生约我次日到台湾饭店附近的一家五星级饭店一边共进早餐一边谈买卖著作权事宜。

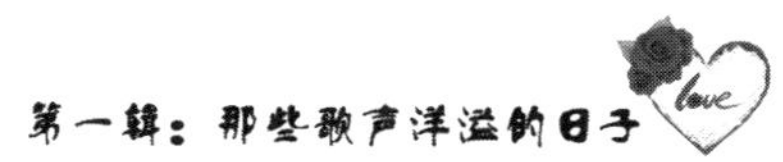

次日早晨，当我和蔡先生走进那家饭店的餐厅时，我看到与寻常餐厅不一样的场面：不同的食物放在不同的器皿里，依次开架摆放在长桌上任人自取。

这是我第一次见自助餐。

见我略显踌躇，蔡先生对我说："这是自助餐，请郑先生随意。"

我不知道怎么随意，特怕给大陆作家丢人，只有看蔡先生随意后我再模仿。大概是出于礼节，蔡先生执意要我先"随意"，而我坚持要他先"随意"。只见蔡先生从一摞盘子的最上端拿了一个盘子，然后走到一个个开放的食物盆前从中取物。我模仿蔡先生的动作，也拿了一个盘子，跟在他后边照葫芦画瓢，他拿什么我拿什么，生怕一步棋走错导致满盘皆输出洋相。

蔡先生将手中的盘子装满后放到临窗的一张餐桌上，我跟着他也放。他对我说："再去拿点儿水果。"

蔡先生说完折返回去再取盘子再拿食物。这时的我认为自己已经自助餐毕业了，应该单独行动了。我取了一个空盘子后，离开蔡先生，开始随意。我看见几个盆里盛放着一种我从未见过的食品，像点心，有的是巧克力色，有的是金黄色。一贯勇于尝试新生事物的我对这种食物产生了兴趣和食欲，我从几个不同的盆里分别取了满满一盘这些我没见过的食品端回餐桌。

我和蔡先生面对面坐下，我们一边用餐一边谈版权交易。

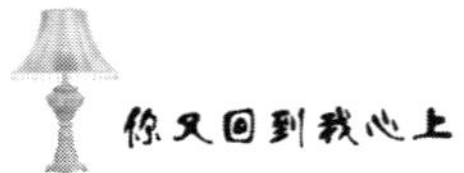

我开始吃那一盘“点心”，那食物进了嘴我才感觉不对头，干燥如麻，味同嚼蜡。我控制住自己没将它们吐出来，我猜想这可能是国外的高级食品，我曾经在报纸上看过美国越是有钱人越吃黑面包的文章。我说服自己将那食物咽进肚里，我看了蔡先生一眼，见他没什么反应，我又吃了第二口。后来我才知道，我吃的那东西叫麦片和玉米片，是国外流行的一种早餐食品，正确的食用方法是泡牛奶或果汁吃，不能干吃。现在回想起来，我惊讶当时我从哪儿获得的毅力将那一整盘麦片干咽了下去，我同时想不明白蔡先生为什么不制止我干吃麦片。后来我读到这样一则故事，我才晓得蔡先生可能是一位绅士。

那故事大意如下：一位享誉全球的著名球星应邀到英国上流社会赴宴，席间，侍从给每人端上一盆洗手水。球星以为是喝的水，于是一饮而尽。同桌的英国贵族们为了表示对球星的尊重和礼貌，都争先恐后痛饮洗手水。试想倘若贵族们在球星喝洗手水时向他指出这水不是喝的，场面肯定尴尬。

由此想来，那位蔡先生一准儿是出于礼貌才未制止我干吃麦片。细琢磨也因为不是很熟的朋友，所以才有如此礼节。不过我想当时蔡先生可能因大陆作家干吃麦片这个细节认为大陆作家比他预想的还要贫困从而使他再度降低付给大陆作家的版税。假设当时我将牛奶浇在了麦片上，保守估计，我得到的版税起码多 1 个百分点。那时，台湾出版商买大陆作家的著作权开价普遍低，大概就是人们常说的柿子拣软的捏。后来我再同台湾出版商谈版权交易时，条件是我的版税率必须高于台湾作家的版税率，否则免谈。奇怪的是我竟屡战屡胜。我认定这是由于我当着他们将大杯大杯的牛奶倒在大碗大碗的麦片上的缘故。

由蔡先生我又想起另一位台湾朋友赵先生。赵先生和大陆朋友在一起时总有优越感，好为人师，最爱干的事是滔滔不绝地全方位向我们描述台湾的生活，听得我们觉得自己是孤陋寡闻的刘姥姥。一次聚会后，我的虚荣心终于忍无可忍地爆发了，我提出驾车送赵先生回宾馆，赵先生毫无防备地中了我的圈套，坐在我身边的赵先生发现路不对，问我这是去哪儿？我说带你去看一个台湾没有的地方，让你开开眼，增长见识。赵先生笑说北京能有让我开眼的地方？我说保你口服心服。

我驾驶汽车带着赵先生驶入一片掩映在绿木花丛中的高雅建筑群，我告诉赵先生，这是北京的使馆区。我边开车边当导游，告诉他这是美国大使馆，这是英国大使馆，这是日本大使馆，还有法国、德国、意大利、加拿大、澳大利亚、瑞典……末了我极阿Q地对赵先生说，怎么样，不虚此行吧？台湾有美国英国法国大使馆？绝对没有！

事后我有点儿于心不忍，动了恻隐之心，觉得自己作为地主显得太小家子气，于是在远离使馆区的一家饭店请赵先生吃了一顿，算是给他压惊。

胡同里的文艺青年

贾樟柯

1993年我来北京读书，常流连在北京那些拐弯抹角的胡同中。我读书的北京电影学院坐落在蓟门桥外，是崭新的建筑，但中央美术学院、中央戏剧学院都在小巷里。如果想在北京过艺术生活，离不开胡同。

周末，我会去美院找老乡看画，从校尉胡同出来走两步，就是美院画廊，再往前走，就是中国美术馆，晚上还可以去人艺看话剧，实在没事干就去旁边的中国书店翻翻古书。那些城里的艺术机构不是孤立的，我们这些初来乍到的艺术青年在胡同里东窜西跑，而杂居的大院和艺术殿堂相安无事，浑然一体，不分你我。有一年在美院看刘小东的第一个个展，看画里面烟熏火燎的火锅店，看白胖子扛把气枪带儿子穿过小巷，就知道这艺术不再是高大全的形象，原来还可以跟我们的日常生活如此接近。北新桥路口有著名的卤煮火烧，我们常在结冰的冬日“卤煮”之后，去忙蜂酒吧摇滚，每次都能看到谢天笑摔吉他。多年后，有时在媒体上看到他的消息，想想自己已经很久没有参与艺术活动了。

我想我这样的文艺青年，在 1990 年代，我们的青春，都在胡同里。

中央戏剧学院在东棉花胡同，我们常跟中戏 93 级的同学往来，黑匣子一有戏演，我们就会骑自行车从西土城路出发，穿过新街口，从南河沿进去，掠过青砖黑瓦的胡同，去看《我爱×××》，去看《三姊妹》，去看《死无葬身之处》。我拍第一部短片《小山回家》时，演员需要两天的集中训练，电影学院没有文学系排练的地方，中戏倒有，他们偷偷开了排练厅，让我们在里面像煞有介事地排练。

学校熄灯后，我们翻墙出去，在宽街一带的小酒馆里吃爆肚，喝二锅头，侃艺术，憧憬未来，捕捉似有似无的爱情，不愿睡觉，直到黎明到来。虽然物质贫乏，但精神世界丰富。我们之间喜欢互起外号，有人会叫“宽街萨特”，也有美女被称“蒋宅口波伏娃”。彼时，新左潮流泛滥，常有穿军装背军挎头顶红五星的民间哲学家也在天亮之时归家，不知刚过去的长夜，他和他的同志们是否刚学习完《反杜林论》。

后来，我们开始恋爱，胡同里的四合院平房，不知接纳了多少初试云雨的年轻男女。胡同里的人，也习惯了这新气象，相爱就要在一起，管他将来是否人各东西。学生时代的爱情，没多少算计，就像胡同，有的横平竖直，单纯得一眼能望到底；有的曲曲折折，藏了不知多少伤心。那年代，我们中间有很多异国恋。有人去五道口买趟打口带，就会带个日本姑娘回来。在语言学院边上吃顿烤肉，也有可能交上韩国女友。

异国情人都爱胡同，就携手找房。趴在树上，看别人贴出的出租广告，或者走街串巷，自己去贴求租信息。胡同房子不贵，也不难找，十几个平米，就会装上刻骨铭心的爱情。我有位朋友，在什刹海租了房子，女朋友是日本人，中文很差。我的朋友也才刚开始学日语，两个人语言不通，真不知道怎么“勾搭成奸”的。他俩无话可说的时候，常常仰头望天。我本以为，他们很快会分手，没想到两人结婚，现在住在横滨。有次，他回来探亲，我们又在胡同相见，他说他们两口子在日本卖玻璃，我笑了，跟他说，你们俩在胡同里的房子一年四季蒙着塑料布。

胡同里有琴房，有画室，有国家单位，也有无业闲散。先前电影局就在东城的胡同里，我被领导喊进去谈过话，也因此领略了刘罗锅故居的风采。有朋友进了炮局胡同，就为他找关系，托人带烟，直到接他出来。北京的胡同藏龙卧虎，也藏污纳垢。胡同里有我不愿意碰的记忆，也有我常常偷偷拿出来、不会忘记的甜蜜。

毕业之后，我的活动范围基本停留在三环之外，每次穿城而过，看各种长发青年在胡同里出没，就会激动：这胡同犹如血管，仍在接纳桀骜不驯的艺术人才。

最难忘的还是后海，那时没有这么商业，没有这么多的餐馆、酒吧，有的是一片湖，一片树，清晰的四季，可以容纳理想的寂静。我在这里读剧本，谈恋爱，相爱分手。不远处有人在弹吉他唱摇滚，后来何勇告诉我，谈吉他的可能是他。我们在这里谈政治，辩论，为沉默的土地哭泣，为陌生的人群红脸，我们出尽了文艺青年的洋相，这一切有胡同记得。我从不羞愧，从不后悔。

理财那些事儿

郑渊洁

1971 年是我服兵役的头一年，也是我有生以来头一年自己挣钱，月薪 6 元人民币，年薪 72 元人民币。憋了 15 年终于能挣钱了的我，自然会极尽享受花自己挣的钱的快感，我将第一年的全部 72 元年薪奢侈地挥霍一空，故未理财。我生平第一次理财是在 1972 年 5 月 21 日。

1972 年，我的月薪猛增到 7 元，年薪 84 元。我决定理财，方式是借钱给国家银行，俗话叫存款。当时我在江西向塘机场维护歼击机，我们部队的驻地叫丁坊。同年 5 月 21 日，我将自己省吃俭用下来的近一个半月收入共计 10 元钱存入丁坊储蓄所，并得到了一张活期存折。存折封面套红印着毛主席语录，内容是："我们应该谦虚，谨慎，戒骄，戒躁，全心全意地为人民服务……《两个中国之命运》。"封底亦由毛主席语录占据全部版面，内容是："要使我国富强起来，需要几十年艰苦奋斗的时间，其中包括执行厉行节约、反对浪费这样一个勤俭建国的力针。"封底上这条毛主席语录没有像封面那样注明出处，但有毛主席的手写体签名。存折上的储蓄所全称是“中国人民银行南昌县支行丁坊分理处”。代表银行给我办理借款手续的工作人员名为“李善根”和“靳维荣”，这是我从他们留在存折上的印鉴中获得的信息。

至今我仍珍藏着这张存折，尽管美中不足的是我最喜爱的毛主席语录“学制要缩短，教育要革命”没有出现在这张存折的封面或封底上。我曾经请一位资深收藏家评估我这张存折的价值，他说即使扣除存折上写有“郑渊洁”户名的因素，这张存折今天的价值无论如何也超过我 1972 年的年收入！目前该存折上的存款余额是 1 角 8 分，经过区区 38 年，我这张存折的价值由 0.18 元翻了 500 倍！由此可见收藏确实是最佳投资方式。

我收藏的这张存折上记录了我在 1972 年 5 月至 1973 年 12 月之间的存取款次数和额度。存入最大的一笔款项是 13 元整，交易时间是 1972 年 12 月 18 日；存入最小的一笔款项是 4 元，交易时间是 1972 年 9 月 28 日；支取最大的一笔款项是 15 元，时间是 1973 年 1 月 1 日，大概属于趁过年过节突击花钱；支取最少的一笔款项是 1 元，时间是 1972 年 9 月 14 日。到银行费尽周折只为了取 1 元钱，今天看来真是天方夜谭，不可思议。

过去由于投资渠道狭窄，没有和银行打过交道的中国公民大概不多。昔日我们的不少银行职员在为储户办理存款业务时弄不清储户是借钱给银行，因此态度欠佳。1995 年 7 月，一家香港报纸在刊登我的作品后，支付给我500港币稿费。向来认为外币不能花不是真钱的乡巴佬的我，将其存入一家银行，在拿到存单后并未核对就草率地一走了之。而后我在家人的陪伴下躲到郊区写作。3天后我们回到城里的家，邻居对我说，可了不得了，有一男一女连续3个晚上猛敲你们家的门，把全楼邻居都吵烦了，问他们干什么，他们也不说。当天晚上，果然他们又来猛敲门。我将菜刀藏在身后，开门问：你们是谁？要干什么？女的说她是银行的，我看着确有几分眼熟。那男的说他是那女的男朋友。女的说前几天下班时她发现我那张港币存单被她多写了一位数，500成了5000！她不能承担此损失，于是就根据存单上储户留的地址在男友的保驾下登门索要存单。我找出存单一看，确实如此。我答应她次日去银行更换，她感激涕零，但我对于她依据储户在存单上留的地址找上门来的做法十分反感，特别是还携带着非银行工作人员不知有无前科的业外男性。储户的住址和存款数额一样，都是秘密，银行工作人员不该随意泄露。他们走后，正好《北京晚报》的记者苏文洋来电话，我顺便告诉他此事，没想到苏文洋邂逅天上掉下馅儿饼似的兴奋异常，非要我将该错版存单借他一用，甚至开价2000元人民币买也在所不惜。苏文洋告诉我，最近有个老人向他们报社投诉，说银行将老人的存单少写了一位数，老人回家发现后找上门去，结果银行死不认账，还原则性极强地说银行的规矩就是一切以存单为准：苏文洋企图以我的这张存单为依据，逼迫那同属一家银行管辖的储蓄所就范，改邪归正。想起刚才那银行女职员挤给我看的一滴眼泪，一向崇尚见义勇为并处事果断的我，经过一番优柔寡断举棋不定，竟然没有同意。苏文洋在电话那边捶胸顿足，大骂我是懦夫，面对在物价飞涨的今天只靠微薄退休金度日的老人被银行掠夺走一位数却见死不救。几天后，苏文洋在《北京晚报》他的专栏《观潮说》中说了我这件某银行在存单上多填了一位数后竟然违反银行关于一切以存单为准的规定登门找储户要求改正的事，可惜这种不点名的隔靴搔痒舆论对该银行不可能起到任何教育作用。此事过后很久我还内疚。谁让妇女和老人同属受保护范畴呢？

说到理财似乎不能不说人与财富的关系。我时常在媒介上看到我们的某些官员投资动辄数亿，结果赔得一干二净，一句“就算交学费了”就脱了干系。这些钱如果是他自己挣来的，他会拿去“交学费”吗？

哲学家叔本华说：“若有一笔钱可以使人不需工作就可以独立而舒服地过日子，是件很大的便宜事……只有在这样良好命运下的人方可说是生而自由的，才能成为自己所处时代和力量的主人，才能在每个清晨傲然自语地说：‘这一天是我的。’才能服膺伏尔泰的话：‘生命短促如蜉蝣，将短短的一生去奉承那些卑鄙的恶棍是多么不值啊！’”

照叔本华的观点，人为了获得自由应该先挣足了钱存在银行，获得财务自由，然后用存折保证每一天都是属于自己的。这个如意算盘不错，只是在房价日新月异的今天，不知实施难度系数如何。

在报刊上看到自诩清高的文人志士面对市场经济狂潮大发“我视钱财如粪土”的铮铮誓言，每每使我自惭形秽。其实，我之所以对版税和稿费斤斤计较，实在是为了早一天在“清晨傲然自语”地说“这一天是我的”。也为了早一天不将如蜉蝣般短促的生命“去奉承那些卑鄙的恶棍”。

我希望自己珍藏的印有毛主席语录的存折日后能脱颖而出，拍卖一个好价钱。不管怎么说，我是远在千里之外的南昌向塘机场丁坊储蓄所的债权人，虽然只借给了他们1角8分钱，但这一借就是38年。

我写作32年，获得了一些稿费，它们使我拥有了财务自由，我有成就感，但没有幸福感。2008年5月汶川地震后，我成为中国作家中向地震灾区捐款最多的人。2008年12月5日，当我接过民政部颁发的“中华慈善楷模奖”奖杯时，我获得了幸福感。由此我明白了一个道理，获得幸福感只有一个渠道：帮助别人。

我的体会是：顶级理财是拿自己挣的钱从事慈善事业。

第二辑：暖心

1000个水兵和一个婴儿的故事

艺茗

1996年7月，美国华盛顿州一家杂志社体育栏目的编辑丹尼尔·凯恩收到了一封有1000个叔叔签名的邀请信："孩子，你千万要来参加我们今年9月在芝加哥举行的聚会，我们都盼望着你到来——原克鲁兹航空母舰上的1000名老水兵。"

捧着这封信，丹尼尔的眼睛里泪光闪烁，他又想起了养父凯恩给他讲过的1000个水兵和一个婴儿的故事。

那是40多年前，凯恩是克鲁兹航空母舰的舰长。那时已是战争的第四个年头，交战双方已签订停战协议。四年的战争掏空了士兵们心中所有的热情和活力。他们一个个精疲力竭，闲时常常衣衫不整、胡子不刮地在舰上酗酒、赌博。作为舰长的凯恩很为他们痛心，是战争毁了他们的青春年华。

一天，凯恩接到了一家孤儿院负责人菲美娜修女的来信。修女在信中说有一件宝贝要送给凯恩，请他马上去一趟。

当凯恩随修女来到孤儿院的婴儿室外时，不禁怔住了，这个宝贝原来是个男婴。修女告诉他，两个月前，军队供给处一

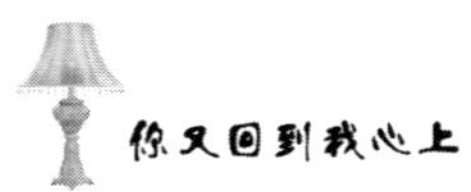

名医务员乔治在外面散步时，发现路边一团报纸里裹着一个非常瘦弱的婴儿。这个婴儿大概只有一个多月大，显然是个被美国兵抛弃的私生子。这个孩子便是那位医务员捡到后交给修女的。

“噢，真是个可爱的小宝贝！”凯恩伸手抱起孩子。

怀里的孩子确实使这位行伍出身的军人多年来遭受创伤的心灵得到了慰藉。战争使他至今孑然一身，每当他一人独坐时，便觉得心中空荡荡的。然而从他看到这个并不强健的小生命的第一眼起，他枯萎的心灵不禁震颤了。

“舰长，您瞧孩子多可爱呀，可是我们的孤儿院缺衣少食，困难重重，这里的孩子长到 10 岁就得离开孤儿院自谋生路，何况这个婴儿如此孱弱，孤儿院无法养活他。”菲美娜恳求道，“您能不能收养这个孩子？”

凯恩对此当然求之不得，然而想到海军军舰上的纪律规定不允许非军事人员留舰，他有些犹豫了。“舰长，这毕竟是个小生命啊！”菲美娜再一次恳求。

是啊，孩子是无辜的，这都是战争欠下的孽债！自己作为一名参与了这场战争的军人，对此有不可推卸的责任。终于，他点点头。凯恩将这个男婴抱回舰上，叮嘱舰上的士兵不要传扬出去，他给这瘦弱的男婴取名叫丹尼尔·凯恩。丹尼尔的到来使舰上每个士兵都兴奋无比，连日来，他们一直为孩子偷偷地忙碌着。他们先在舰上腾出一间房子作为婴儿室，并用炮弹箱做成婴儿床和游戏围栏，围栏上挂满了炮弹壳做成的拨浪鼓、玩具什么的，把床单剪成一尺多长的布片做尿布……在士兵们心中，这个房间就像废墟上开了一朵小花，是他们心中最圣洁的地方。

凯恩惊奇地发现，自从丹尼尔来到舰上后，士兵们渐渐地变了，他们变得讲卫生起来，衣冠整齐，胡子刮净；他们变得文雅了，说起话来彬彬有礼；他们干涸的眼里出现了光泽；他们嘴角常挂着微笑！

1953 年 11 月初，凯恩接到了撤退回国的命令，这使他有些犯愁了，因为在国外出生的孩子要进入美国，必须要有护照和大使馆的签证。

1000 名士兵着急了，他们决定联名写信请求领事馆批准。言辞恳切的信寄出后，1000 颗心天天盼着回信。五天后的一个晚饭时分，领事馆终于来信了，回答是简短有力的“同意”二字。

1953 年 12 月，克鲁兹号舰空母舰载着凯恩舰长，1000 名士兵和小丹尼尔终于返回美国。然而，当凯恩抱着丹尼尔迈出婴儿室准备下舰时，他又一次被眼前的景象惊呆了：1000 名士兵沿着船栏排成整整齐齐的两行，列队等候着他们。

凯恩抱着丹尼尔，每走过一个士兵，那位士兵便向他“唰”地敬个军礼，凯恩觉得脚下的路变得很长，他正从战争走向和平，他怀中的婴儿丹尼尔是他及他的 1000 名士兵在这场战争中的唯一收获，他的眼睛湿润了……

丹尼尔 1977 年毕业于华盛顿州立大学，获得传播学学位。

如今他已结婚成家，居住在华盛顿州的艾夫拉塔镇。

1996 年 9 月 16 日，1000 个老水兵准备在芝加哥重聚会一次，他们也邀请了凯恩和丹尼尔参加。

“我们的孩子来了！”聚会那天，那些白发苍苍的老水兵们终于迎来了一位英俊潇洒、身强力壮的年轻人。

聚会时丹尼尔大声说道：“没有你们这些好心人，我就不会活在世界上，是你们给了我生命！”

“不！”突然，一个老人站了起来，“其实，我们应该感谢你。那时候，我们觉得前途灰暗，战争使我们除了打仗没有一技之长，我们怀疑即使和平后回到故乡我们也只能成为没人需要的废人。然而，你让我们认识到了自己的作用，一种必须承担起来的责任。试想，一个比我们孱弱几倍的婴儿都渴望生活的机会，我们怎么有权利拒绝生活给我们重新创造的机会呢！”

良久，响起了震耳欲聋的掌声，这掌声充满了生命的活力！

海啸

何畅

很多年以前，日本有个村庄位于海边。村前是一望无际的大海，时而风平浪静，时而波涛汹涌。村后是一座苍翠的大山，一条弯弯曲曲的小路经过一片稻田直通往山顶。

山坡上住着一户姓吉野的爷孙俩，爷爷已是70岁高龄，耳不聋，眼不花，只是前些日下山时摔了一跤，扭伤了脚踝，走路有些不便。孙子太郎只有9岁，聪明懂事，由于父母早亡，一直同爷爷相依为命。爷孙俩常常站在坡上，手搭“凉棚”，一边聊天一边眺望山下的美丽景色。山下那数千亩正待收割的稻穗，黄澄澄地在空中散发出一股清香的味道。

这天，空气炎热而平静。爷爷站在家中的门廊边向前看去。90户人家的村庄随着海湾的曲线延伸开，村民们正打算在寺庙院里跳舞庆祝即将到来的稻米丰收。

望着阴沉闷热的天空，70岁的老人敏锐地嗅出空气中一丝不对劲的味道。他感觉出房屋轻轻地摇动了几下，然后一切又复归了平静。奇怪的是，他脚下的土地又摇动起来，长时间、缓慢地摇动。接着，他看到了海水突然变黑，从村边悄悄退了下去，沙土和岩石露了出来，海岸狭窄的曲线变得越来越宽了。在这个地震多发的国家，一点点震动已经吓不住人。可是，这次的摇动却好像是由遥远的海底变化引起的。一个不祥的念头倏地在老人脑海中一闪而过，必须立刻警告村民！

但是，已经没有时间下去送信了，他回身点燃一个松木火把，塞到孙子太郎手中，命令他赶快到自家的稻田，点着干燥的稻子！

太郎又吃惊又害怕地睁大眼睛注视着爷爷：这可是他们一年的劳动成果啊！难道爷爷发疯了吗？

爷爷不由分说地推了孙子一把："快去！"

太郎不敢耽搁，他迅速跑去稻田，点燃了稻子。熊熊的大火燃烧着直冲上天空。火势在田地里蔓延着，把金黄色的稻子烧得焦黑，浓烟滚滚。爷爷没有向他解释一句，只是不停地在他身后大喊："烧！继续烧！"太郎一路迅跑着继续放火，直到走到稻田的边缘……然后，他扔掉火把，焦灼地凝视着燃烧的稻子——他们今年的口粮，委屈、伤心的泪水决堤似的冲出眼眶。他一转身，跑回到家里大哭起来。

山下寺庙里的和尚看到熊熊燃烧的大火，立刻敲响了报警的大钟。善良而齐心的村民们聚集起来赶向山上——年轻人跑在前头，年纪大的老人和抱小孩的妇女跑在后面，他们纷纷抄起家里能盛水的家什，桶、盆、锅……连小孩子也提着小水桶往山上跑。

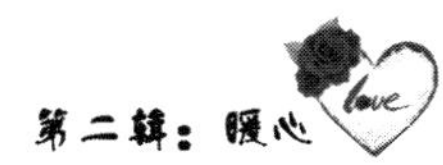

可是，想灭掉大火抢救吉野家的稻田显然来不及了，望着烧得焦黑的稻田，人们悲伤而又疑惑地把目光投向老人的脸。老人一动不动，脸上的表情庄严而肃穆，雕塑一般。太郎啜泣着从房里跑出来说："爷爷是故意让我放火烧稻子的！"

这时，吉野老人抬起手指向大海，让村民们看去。只见一条长而模糊的线变得更宽更暗，朝陆地袭来的海水，峭壁一样高耸着，箭一般地呼啸着冲向前边。

"海啸！"人们尖叫着，随后听到了比雷声更响的声音。可怕的狂涛巨浪冲击着海岸，势如排山倒海，连远处的山峦都颤动起来。海水的飞沫像闪电的火花般突然爆发，人群里不再有一点声音。人们眼睛睁得溜圆，看着疯狂的海水咆哮着猛扑陆地，掀起阵阵巨浪，愤怒地翻腾着，顷刻间便将他们栖身的家园，他们那个祖祖辈辈居住的小村吞没了。

"这就是我为什么让太郎放火烧稻子的原因。"吉野老人平静的脸上满是泪水。

山下的村庄，此刻已没有一点踪迹。村民们纷纷跪倒在爷孙俩的面前。

这次海啸，小村里 90 户人家无一伤亡。

背 心

王宗仁

那是父亲去世的第一个清明节，1990 年 5 月上旬，恰是老人诞辰 83 周年。我从拉萨深入生活回京途中，取道秦川大地专程为父祭坟。这次祭父真的好有特殊意义，我是以我、还有父亲未曾谋过面却称呼他阿爸的藏族两兄妹的身份祭父的。攥在我手中的一封藏文信，就是兄妹俩写给我父亲的。我很感动，遥远的并不陌生的西藏土地上同样成长着浸润我灵魂的亲情和友情！这一切皆因为一件极为普普通通的毛背心引发出来的。一个藏族姑娘对毛背心的独到解读一下子升华了我对西藏这块高地的情感。藏汉之情，天地之灵，那是大爱啊，浓缩在一件小小的毛背心里……

我和这兄妹俩的相识，要追溯到 1988 年寒冬。当时，我随汽车团的车队从昆仑山下的格尔木出发，到藏北巴青县执行救灾任务。那场猝不及防的雪下得好狂，暴风卷着雪柱狰狞地吼着，整个藏北无人区被积雪覆盖成白茫茫一片雪海，所有的颜色和生命都消失在白色里，天地是一色透骨的白，找不出任

何中心。不知有多少焦虑和期盼囤聚在厚厚的积雪下，世界显得很单调也很可怕。牧民们面临着饥寒交迫的残酷困境，为数不少的牛羊冻死饿死在草滩上，暂时幸免的牲畜由于无力拯救，在饥饿和疾病中苦苦挣扎。

一个叫强巴或者叫扎巴的8岁小男孩被冻死了！那是他正和阿姐阿哥玩捉迷藏的年龄呀！一下子就被寒雪夺走了生命，这个噩耗我们是在几千里外的昆仑山军营里听到的。我们这些兵们感到了暴雪的无情，更多的是感到了肩上责任的分量。我们的车队日夜赶路程，星星被飞轮碾碎，太阳被车轮牵出。

我们的车队是奉命为牧民送棉衣、棉被、棉帽、棉鞋，所有的衣物全是刚运出军需仓库的新军品。灾区沿途牛羊尸体遍野，哀嚎不断，所有这些像针尖一样刺疼着救灾人的心！一位军校刚毕业的大学生排长站在汽车驾驶室顶上很动情地对战友说："救命第一，包括牛羊的生命。哪怕我们的心里只剩下一块有温度的地方，也要把它送给灾痛中的藏胞！"为争取每一分每一秒钟的时间，使灾民得到温暖，我们不是将衣物送到县上交地方统一分发，而是在藏区当地工作人员的指引下，走一路散发一路。原先预想的目的地也许尚未到达，却把党对藏胞的温暖已经送给了他们。每把一件暖衣送到灾民手中，我们和他们总会忍不住地都要流下热泪，紧紧地相拥在一起。

那天，在茫茫雪野的一个崖头下，我们看到路边的塄坎上撑着一顶被雪挤压得扭扭歪歪的帐篷，里面空空荡荡，无水无食无衣被，锅灶和地铺上落了一层冰霜冷雪。一只藏狗蜷缩在

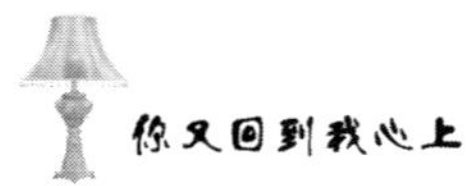

灶膛里不肯起来。离帐篷不远处的雪地上站着两个藏族小孩，伸着冻肿的双手行乞，怯生生地望着我们，眼睛仿佛已经生锈。他们倒是都穿着藏袍，只是那藏袍太破旧，不保暖，他们冻得浑身哆嗦着。我和带车队的副连长把孩子领进帐篷，想了解一些情况。没想到四面漏风的帐篷里面比外面还冷，我们又站在了风雪之中。

跟随我们的翻译通过和孩子交谈，才知道这是兄妹俩，男孩叫顿珠，12 岁，妹妹央金小他一岁。他们是游牧之家，过着“早别冰水河，夜宿雪山下”的生活。这次暴风雪卷走了他们家的上百头牛羊，阿爸阿妈追赶牛羊至今未归。眼下这兄妹俩手里只剩下拳头大的一块糌粑了，那上面还带着阿爸阿妈的体温。他们虽然饿得饥肠辘辘，却舍不得吃一口。有阿爸阿妈的气息在身边，孩子就不会走失。在这个世界上，人最爱的灵魂无非是连着自己骨肉的那块留着胎记的躯体！

我们当即给顿珠和央金送了两件棉大衣，还将我们已经散发得所剩不多的食品尽量多匀出一些给他们。原本我们想带他们到县城去，谁料男孩顿珠死活不肯，他说阿爸阿妈说好让他们在家等候，如果他们一走老人找不到孩子会急得发疯的。孩儿的家就是阿妈，离开阿妈还有什么家！我实在心疼冻得蔫头耷脑的女孩央金，就把自己身上的红色毛背心脱下给她穿上了。我通过翻译告诉央金：这件毛衣是我父亲头年来部队看望我时从家乡小镇上顺手买来给我的。老人家知道我经常跑青藏高原，嘱咐我上雪山时一定要穿上它。顿珠兄妹听了翻译的一

番话，久久地望着我，眼里饱含泪花。临走时兄妹俩要我留下姓名和地址，我只是说了一句我是那曲兵站的，就挥手追赶部队去了。当时我是从这个兵站出发来灾区的，再加上兵站关茂福站长也在场，便顺口一说而已。

那个多雪的冬天发生在藏家兄妹身上这个温暖的故事，并没有因为我留下一件毛背心就轻而易举地结束。后来，也就是我们离开顿珠家的第三天傍晚，我们的车队已经在藏北大地上奔驰得筋疲力尽，官兵们仍然坚持给在冰雪围困中挣扎的牧民送衣送食品。但是我始终没有忘记顿珠家的那顶量不出温度的帐篷，惦念着那两个在冰冷的寒冬里盼着阿爸阿妈归来的小兄妹。就是这一天傍晚，当顿珠的阿妈急咻咻地在寒风冷雪里挂着一脸热汗赶回家时，儿子和女儿已经飞得无踪无影，冷冷的帐篷里只剩下了冻得僵硬的藏狗。阿妈急得要疯了，她扯破嗓子用嘶哑的声音呼唤着两个孩子的名字，这两个名字是长在她心头上的肉啊！她喊一声顿珠，又叫一声央金，轮流着呼叫。要不是一位留守牧村的盲人老阿爷告诉她孩子被一辆军车送到县城去了，阿妈真的会发疯的。现在知道孩子坐军车进了城，阿妈悬空的心有着落了。但是为什么要送走孩子，这又让她焦急万端。病了？饿了？或是因了其他原因？盲人阿爷一概不知，他看不见，耳朵也有点背，好多话总是听不清楚。

两个小时后，阿妈骑着牦牛心急速度慢地来到县城，在解放军“军车医院”看到了正在接受输液的女儿，她很快知道了一切。女儿患感冒发烧，多亏金珠玛米的车队把她及时送到县上，要不将会发生什么不幸谁也难以预料。在这个虽然简陋却荡漾着暖心春意的“军车帐篷”里，母女俩有了以下的这番对话：

“阿妈，看把你急得鼻尖上都出了汗珠！我好着呢，心里热乎乎的一点也不冷！”央金说着就敞开胸怀，让阿妈看裹在她藏袍里的毛背心。阿妈惊喜得尖叫一声：“哎！孩子，你从哪里弄了这么个让阿妈眼前发亮的藏服，你都成漂亮的文成公主了！”

“阿妈，这不是藏服，是金珠玛米叔叔送给我的背心。背心，你知道吗，就是保护心脏不挨冻的衣裳才叫背心！”

央金把一切都告诉了阿妈。阿妈非要让女儿脱下毛背心保护保护她的心脏，她也要穿一穿，沾一沾金珠玛米的仙气。她幸福得眉儿眼儿都溢满色彩，说：“咱家有了这件背心，帐篷里一百年都不用取暖的火炉了！”

背心的作用是保护心脏！这是我第一次听到对背心的功能最质朴也是最妥帖的深刻解读。它竟然出自一位十多岁的藏族姑娘之口，意味深长。我好感动，好佩服！

阿妈和央金的这些故事，特别是她们在“军车医院”关于背心的对话，当然是后来那曲兵站的同志给我转述的。

1990年夏天，我又一次到西藏深入生活。那曲兵站张副站长一见我就说：“王作家，总算把你盼来了！关站长调动工作之前给你留下一封信，让我们转交你，压在兵站已经大半年了！”这就是我在本文开头提到的顿珠和央金写的信。他们以

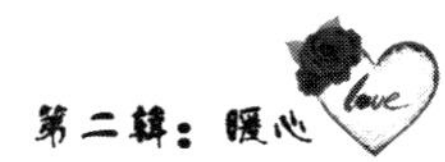

为我是那曲兵站的军人，就把信寄到这里来了。信封上写的是我的名字，内容却是写给我父亲的，用藏文写的，大意是：请老人家允许我们叫你一声阿爸，你为儿子买的那件大红大红的毛背心，我们一家人轮流穿着度过了那个多雪的冬天。是它保护了我们的心脏没有挨冻。愿阿爸扎西德勒，健康长寿……

我为父亲祭坟。他老人家虽然没有来得及看到这两个藏族孩子写给他的信，没有听到他们对他买的背心独特而温暖的解释，但我相信他在天之灵一定能感受到西藏大地今日融融美美的阳光。地不会老天不会荒，藏家人向往的美好地方一定会到达！我们，还有藏家的父老兄妹，永远要记牢保护好我们的心脏。此刻我把这封信作为对父亲 83 岁生辰的特殊祭品献在坟前。按照藏家人的习惯，我将信蘸上青稞酒点燃，尽力抛向空中。纸灰在天地间长久地飞飘着……

我总觉得藏族兄妹送给父亲的不仅仅是一封信，而是一件还给他的背心。远去的老人在去天堂的路上也要保护好心脏……

永远敞开的大门

张前

2005年的一天，史迪威夫妇正在海边散步。突然，史迪威先生的脚步停了下来。他弯下身子，轻轻挖开脚下的沙子，这时，一只壁上结满了砂石和贝壳的瓶子赫然呈现在眼前。史迪威先生捡起瓶子摇了摇，瓶子似乎是空的。

“这瓶子应该有些年岁了，可是，瓶子里究竟装了什么东西呢？”史迪威先生的眉头拧了起来。

“天啊！这瓶子该不是所罗门丢到海里的那只魔瓶吧？千万不要打开它！”史迪威的妻子露莎女士假装惊恐地躲到一边。

“可惜我不是渔夫！”史迪威先生一面微笑着耸了耸肩，一面从口袋里拿出随身携带的小刀。他轻轻剥去瓶子的盖子，将瓶子倒过来使劲摇了摇。这时，一张泛黄的折成细长条的纸片从瓶子里掉了出来。

史迪威先生将纸条捡起来，小心翼翼地展开，这时，一段用法语写成的文字出现在他的眼前。

好心人：

明天我们就要开赴加莱作战了，本来我想给母亲报个平安，可是，家中的电话怎么也打不通，于是，我就做了这只漂流瓶。如果您有幸捡到这只瓶子，请您替我给居住在尼斯玛格丽特大街 302 号的母亲艾丽莎女士打个电话（电话号码：＊＊＊），就说，我还活着，我很好，我会回家的。请您一定转告我的母亲，因为，得不到我的消息，她会寝食不安的。

肖恩·克莱德曼

1943 年 4 月 8 日

看完这段话，史迪威夫妇几乎惊呆了。肖恩·克莱德曼怎么样了？他的母亲现在还健在吗？这一系列问题开始萦绕在史迪威夫妇的头脑中。

史迪威夫妇是热心人，他们认为，这只瓶子辗转 60 多年，最后来到他们手里，这是不能辜负的信任。他们决定将这件事弄清楚。

时间已经过去了 60 多年，电话肯定是打不通了。史迪威夫妇首先来到图书馆，查阅了“二战”时期有关的历史资料。在《“二战”经典战役全记录》这本书中，露莎女士找到了法国残军在加莱泅渡英吉利海峡的一段记载，那段记载提到了 1943 年 4 月 9 日的战况。这段记载，让史迪威夫妇的心情沮丧到了极点，因为那上面赫然写着在战斗中，泅渡英吉利海峡的法国士兵遭遇了德国空军的轰炸，全军覆灭。也就是说，肖恩·克莱德曼早在 1943 年 4 月 9 日就牺牲了。这只漂流瓶里的消息是他写给母亲的最后的消息。而这个消息，在海上漂流了 60 多年，一直没有传递到他母亲的手中。

那么，肖恩·克莱德曼的母亲怎么样了呢？如果按时间推算，她至少应该是近百岁的老人了。

史迪威夫妇不敢怠慢，他们立即飞赴法国尼斯。尼斯是一个十分漂亮的城镇，可是史迪威夫妇没有闲暇欣赏旖旎的异国风光，他们来到这个小镇后，立即着手打听有关肖恩·克莱德曼母亲艾丽莎的消息。

史迪威夫妇先来到当地的市政厅。令他们十分意外的是，他们竟然不费吹灰之力就找到了线索。

“你们是说，你们有艾丽莎老人的儿子肖恩·克莱德曼的消息吗？天啊！60 多年了，艾丽莎老人终于可以瞑目了！”在尼斯市政厅，史迪威夫妇刚讲完来意，一位官员紧紧拉住他们的手，再也不肯松开。这样一来，史迪威夫妇倒有些不知所措了。

“来，跟我走，艾丽莎老人的住宅就在附近。”一会儿后，这位官员邀请史迪威夫妇坐上他的车，向城郊缓缓驶去。

在车上，这位官员给史迪威夫妇讲了艾丽莎老人的故事。他说，艾丽莎早年丧夫，膝下就这么一个儿子。60 年前，当纳粹的战火烧到法国之后，艾丽莎刚满 20 岁的儿子肖恩·克莱德曼就应征开赴前线了。在最初的一年里，肖恩·克莱德曼几乎每周给母亲写一封平安信。可是，不知什么缘故，从 1943 年春天开始，艾丽莎就再也没有得到儿子的任何消息。艾丽莎以为自己的儿子战死了，在接下来的近十年里，她辗转

各地打听儿子的消息，并查阅了大量的战死者名单，但是，都没有肖恩·克莱德曼的消息。不过，这也让艾丽莎感到欣慰，没有儿子阵亡的消息，就说明儿子还活着。从此以后，艾丽莎天天拽个小凳子在门口等儿子。到了夜晚，大门也不关闭，说是怕儿子回来听不到动静。20世纪90年代后期，尼斯开始城市改造，艾丽莎老人的旧房子也被列入了改造范围。可是，老人始终不肯搬迁，说是怕自己的儿子回来找不到家。后来，这件事越闹越大，竟然引起了一批反战人士的关注。最后，政府只得答应保留艾丽莎老人的小房子。2000年，艾丽莎老人逝世了，弥留之际，老人仍旧不忘自己的儿子，她用颤抖的双手摸索着写下这样几句话：我死后，不要拆迁房子，不要关闭大门，直到我的儿子肖恩·克莱德曼回来。

说话间，他们一行已经来到了艾丽莎老人生前住过的房子。远远望去，这栋淹没在高楼大厦中的老宅就像一座孤岛，与城市的现代化气息格格不入。

下了车，史迪威夫妇看到了老宅敞开着的大门，他们的眼睛湿润了。透过朦胧的泪眼，他们仿佛看到白发苍苍的艾丽莎老人仍旧坐在门前望眼欲穿。

“这扇门已经敞了五六十年了，现在，它终于可以关上了！”送史迪威夫妇来此地的那位政府官员动情地说。

“不过，我们心中的大门要永远敞着，我们要永远记住战争给人们带来的伤痛，为了天下母亲，我们要远离战争！”露莎接着说。

栀子花开

吴瑛

8年前的端午节，妈妈让我收车早一点回家吃晚饭团聚。我正好送了一个远路的乘客，天色已经暗下来了。我加快了速度，我想早点赶回家，也许妈妈他们早就等急了。儿子每次在我出车的时候就会在姥姥的怀里巴巴地望着我。还没有太会说话，可是就会冒出个字："妈妈，回。"心头一酸，真想扔了车子，一心一意地带儿子。但总得生活呀。只得扭动车的钥匙，狠心地擦擦湿湿的眼角。车子往前轻轻滑动，儿子的声音突然变大，踩着油门，我从儿子面前呼啸而过，不忍再听。今天收工早点，去超市买个拼图吧，儿子也大了，该买点益智的玩具了。我心里盘算着，在我的前方有辆大大的货车，挪动着笨重的身躯在我的面前不急不慢地行驶着。我油门一带，方向盘一转，我想从它的左边超过去。惊险只在刹那，我的车突然失去了控制，直向左边的河里冲去。我吓傻了，只怪叫了一声，就死死地握住了方向盘，脑中只有一片空白。我眼睛死死地闭上，只等噩运降临到我的头上。

不知道过了多久，也不知这当中发生了什么。当我被自己声嘶力竭的怪叫惊醒的时候，我才意识到自己还活着。我迟迟地睁开眼，我发现我的车居然安然无恙地稳坐在河底，河里居然一滴水也没有，当我确信我已经没有了危险时，怪叫变成了小声的哭泣。我趴在方向盘上，劫后余生的喜悦淹没了我，我索性放开嗓子哭了起来。这时，有人在敲窗玻璃："孩子，你没事吧?"我抬眼一看，一个五十余岁的大妈正关切地看着我，我摇摇头，不好意思地说："谢谢，我没事。"我开始环顾四周。这是条干涸的河，岸边长满了杂草。很陡，我的车开下来了，却不可能开上去了。那么我只有下车寻求帮助。我的脸上挂满泪水，但我朝大妈挤出一丝笑。我用力打开了门，走出了驾驶室。可能受了过度的惊吓，走下车的我，腿都软了，我扑通往地上一跪，大妈及时地扶住了我，我挣开她的扶持，赶紧地四处看看我的车。车子是借贷买来的，才付了首期款。要是有个损伤，我会心疼死的。大妈在一旁着急地说："孩子，你福大命大呀，先活动活动胳膊腿，看有没哪儿受伤。"她这么一提醒，我才感到自己的面颊上火辣辣地痛。我用手轻轻一摸，嘴里咝咝有声。再舒展胳膊，幸好没哪儿折断，但胳膊肘膝盖处都有几处擦伤。大妈心疼地催我："快上来吧，出这么大的事，人没事就万幸了。"

伤口还真疼，我一瘸一拐地跟着大妈上岸了。大妈的家就在岸边不远，跟我刚才行驶的路就隔这条河。大妈指了指自己的房子。"这里就我们一家呢。"大妈很喜欢说话。我跟在她身后。她突然折身向公路边走去。我才注意到，她手里有一面小红旗，说是小红旗，也不全对，只是孩子的红领巾剪短了点。上面还有根小棒。我看着她，搞不懂她做什么。她往路边的电线杆边站定了。然后从口袋里麻利地掏出绳索，小棒往嘴里一衔，然后双手很快在电线杆上打了个结，然后把小木棒往里一插，小红旗飘动起来。我才发现，电线杆上已经有好几面小旗了。我朝着大妈看，百思不得其解。大妈很快绑好了，冲着我嘿嘿笑："总共有十三面了，这里常出事呀，只能这样给司机提个醒了。"大妈突然有点不好意思起来："我是不是有点爱多管闲事啊？"我在心里骂自己，怎么就这么粗心，这么多的小红旗插在这儿，我看都没看到，居然超人家大卡车。我朝大妈摇摇头："您不是多事，是我们太粗心呀！"

天已经全黑了。车子暂时只能任其自然了，我想起家里等待我的亲人，急得直搓手。那时还没有手机。大妈朝我："打个电话回家呀，向他们报个平安。"

我不好意思地搓搓手："那我会付您电话费的。"大妈朝我挥手："尽管打吧，不用钱的，你平安无事，是件值得庆贺的事呀！"我先是给妈妈打了电话，没敢说自己出了事，只说有个客要送很远，今晚可能回不去了。第二个电话是打给老公的。刚一接通，听到老公熟悉的声音，我哇的一声哭了起来，好容易哭哭啼啼地告诉了他原委，哪知他一听我连人带车栽进了河里，在电话里就向我开炮："早就说过，女人成不了大事的！你偏要学什么驾驶！你看看，出事了吧！没个本领逞什么

能！”老公气势汹汹地摔掉了话筒。我呆在电话旁。大妈一直在旁边听着。“别这样，男人都这样，嘴硬心肠软，没准他现在正往老婆这儿赶呢。”我被大妈逗乐了。大妈端来大木盆，注满水，把煮熟的粽叶倒进盆里，然后端来蜜枣、咸肉还有糯米，坐下来包粽子。我坐在一边开始做她的下手，递递粽叶，放放蜜枣，刚才失去的魂魄仿佛回到了我的身体里。我已经能和大妈说笑了。

这时，大妈家大门被推开了，是老公来了。我惊喜地迎上来：“车呢？车没事吧？”老公劈头就问。“没事呢，我已经查看过了。”我一脸媚笑。老公满脸不信，我跟大妈借了手电，领着他到了河底。他拿着手电细细地照看了一遍，然后才回到了屋里。我拿了张凳子讨好地让他坐下，他对着没头没脸地叫：“当初买车时我就反对！女人家开什么车?！没个金刚钻就别揽瓷器活！丢人！真是丢人！”老公的话语像把刀子又稳又狠地扎在我的心上。

我是从沟底爬上来的，他没有正眼看我一眼，只在关心他的车，现在确信车没事了，想到的还是怪罪我。我的脾气也上来了：“那我做什么呀？你养我吗？你每天数着我挣来的钱时，怎么没说过这么难听的话?”刚才车子出事，我只是惊慌，还没想到后悔，现在我不只是惊慌，我感觉到一股透心的凉，一股来自我最亲的人那里的凉。

一直在旁没说话的大妈突然指着咆哮的老公：“出去！你给我出去！你的老婆是从公路上连人带车翻下去的。我站在路边，吓都吓坏了。车子在空中翻了两个跟头呀！你是她最亲的人，你没有查看她脸部的伤，”大妈边说边撩起我的长发，“你没问问她人要不要紧，就听你在这里叫！你出去！我不要看到这样的男人！”大妈一定是气坏了。大妈指着老公的鼻子恨恨地说：“你的良心被狗吃了！我是一个跟她毫无关系的人，我都替她庆幸，她今天真是太走运了！要是今天摆在你面前的是躺下的她，不知你会是什么样？!”大妈一定是情急，一定是把我当成她的女儿了，护犊之情让她一口气说了那么多。老公气急败坏地折头就走了。我扑进大妈怀里痛痛快快地哭起来。

大妈拍着我的后背，倒是有点后悔：“我怕是疯了，我一辈子还没跟人吵过架呢！唉，明儿我还是向你老公赔罪吧。”那晚，我怎么也吃不下饭。我草草洗漱上床睡觉了。也许是惊吓过度，一整夜，我噩梦不断，下半夜时发起了高烧。大妈一直没离开我。昏昏沉沉中，我看到大妈用筷子在碗里捣鼓着什么，嘴里还念念有词。我的头沉得抬不起来。嘴唇渴得裂开来。大妈不停地为我添水。我的眼泪不争气地流下来。今夜应该是老公陪我共患难的呀，却是素不相识的大妈服侍我左右。

天亮的时候，我还没全然醒来，就听到屋后有大卡车的吼叫声。我翻身起床，只见屋后围了好多人，大妈端着茶水，手里捧着热气腾腾的粽子，正对着岸边的人挨个发过去。“待会儿车要上的时候，就有劳各位推一把了。”大卡车拖着我的小车，吃力地往上爬着，车轮卷起的泥土打下了一个深塘。坡很陡，大卡车像发狂了一般，埋下屁股使劲地往上拉，这时大妈对着那帮人叫一声："起！"大卡车长出一口气，人群一声欢呼，我的小车终于上了岸。我在一旁看呆了。大妈走过来看到我："孩子，别怪我老婆子多事，这是我拉出的第二辆车了。"大妈的老伴笑着打趣："我管她叫雷锋二世。"大妈白了老伴一眼，并不理会他，又拿起粽子分发，我连一句道谢的话都说不出口。

我依依不舍地告别了大妈，大妈临别时殷殷嘱咐我："回去好好过日子，别为了这事吵架，男人总有点口是心非的！懂吗?"这样的一个人，只顾着为别人着想！我哽咽着答应着。

今年的端午节，闻到满街的粽子香，我又想起了大妈，想起她拿着粽子四处散发的情形。我下定决心，无论如何得去看一趟了。远远地，我就看到洁白的一片，还没到那儿时，股股清香扑面而来，是栀子花！这味道我很熟悉，但这么一大片，我还是头一次看到，蔓延半里路呀。我下了车，大妈正在路边除草。八年了。她还是那个老样子，花衣花裤，头上戴着女儿淘汰下来的帽子。我激动地叫了声大妈，她已经认不出我了。我急着指指小河又指着车子，她才想起我是谁了。她笑着说："你走了第二年，我就种了这片栀子园了，既然红旗不显目，这满眼的栀子总能引起司机的重视了吧！嘿嘿，最重要的是，想飞也飞不过来了。"是的，栀子花已有半人高了，现在如果我再超车，想必也难飞到河底了。其实这一路，就大妈家这一段有条河，所以属于事故多发地段，虽然不关大妈什么事，可每次发生在她眼皮底下血与泪的事故，让她无法释怀。所以善良的她，一个办法不成，又想一个办法，“嘿嘿，孩子，自打有了这片栀子，一直还没出过事呢！”望着蓬勃的栀子花，望着一脸笑容的大妈，我不知该说些什么好。

这个世上有种人，虽然没有惊天动地之举，但你那颗被世俗的种种日益包裹得坚硬冰冷的心，却会在某个瞬间被来自她的温暖解冻，那种温暖她自己并不自觉，由她的掌心传递到你的心里。从那以后，我一直怀揣着她的温暖，而她再见我时，已经记不起她对我的帮助。就是这样一些平凡的人，却像一颗永恒的光源，她的光和热从飘动的小红旗到这绵延半里的栀子花，一路撒下来。从此，我们行走在路上，沐浴在她的温暖和芬芳里，不再孤单，并永远心存感激。

暖心

（美国）鲍勃·布劳顿　王文婷/编译

10年前，我从得克萨斯州的乡村来到纽约开出租车谋生。开的士会碰到形形色色的人，有的人幽默诙谐，有的人失意忧郁，还有的人自命不凡。但让我印象最深的莫过于一个老太太。

那是今年5月份第2个星期日的深夜，我接到城郊的一个要车的电话。我想，也许是一些参加完晚会的人，或是某个刚赶到这个城市过母亲节的人。

我到达目的地时是3：30，一个破败的公寓楼黑黢黢地立在我的眼前，只有一楼有一个房间透出一点灯光。这种情况下，大多数司机顶多只会按一两声喇叭，稍等片刻，然后开车走人。因为这个时间和地点时常会出现治安问题。然而，我也知道这个时间在这样的地方打车不易，再说也许这个客人有点困难需要我帮一把手呢。于是，我走到亮灯的那户人家敲了敲门。

“等一会儿。”回答我的是一个苍老虚弱的声音。我听到屋内有什么东西在地上拖动。隔了好久，门开了，一个80多岁的瘦小的老太太吃力地拖着一个萨斯包走了出来。她身穿一件印第安大花布上衣，头戴一顶圆桶形帽子，帽子上还罩了一条面纱，活脱脱是一个20世纪40年代好莱坞电影里走出的人物。

“你能帮我拎一下包吗？”她说。我先将她的包拎上车子，然后又回头搀扶着她。她走得很慢，边走边对我感谢不尽。

“这没什么。”我说，“我这是为我的客人服务。再说，我希望我的妈妈在外面也能得到同样的服务。”

“你真是一个好人。”她说。进了车子，她给了我一个地址，问：“能不能从城里走？我很想再看看这座城市……”

“能，不过这就不是最近的路了。”我答道。

“这不要紧。”她说，“我不着急。我是菲奥娜小姐，不过人们都叫我菲奥娜太太，是去圣洛安敬老院。”

我从后视镜中看了她一眼。菲奥娜太太的眼窝里有一滴亮晶晶的东西。“我孤寡一人。”她继续说道，“医生说，我剩下的时间不多了。不然我不会去的。”

我悄悄地伸手关掉了计程表。经过城里的路程一刻钟就能走完，然而我们却花了足足有两个多小时，因为她一会儿让我慢行，一会儿让我停车，还不时地讲着话。菲奥娜太太指着一座大楼，告诉我她曾在这儿干过电梯操作员的工作。在经过一个居民区时，她说她和丈夫结婚的新房就是在这里。她要我将车子在一个商场前停了一会儿。她说这里曾是个舞厅，年轻时她在舞厅当过舞蹈指导老师。有时，她会让我在某一个地方放

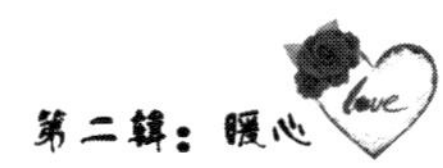

慢速度，然后默默凝视前方，一句话也不说。

当第一缕阳光露出地平线的时候，菲奥娜太太这才说："我累了。走吧。"

车子来到了她要去的圣洛安敬老院前。敬老院的两个工作人员正在等着我们，工作人员说，"这位老太太一直不肯来敬老院，现在她患了肺癌，才同意来敬老院，而且必须在今年的母亲节来敬老院。"工作人员说着给她推来了轮椅。

"我应该付给你多少钱？"菲奥娜太太取出钱包问我。

"不要钱。"我答道。

"你也要养家。"菲奥娜说。

"还有其他客人呢。"我说，接着几乎是不假思索地弯下腰拥抱了她。她紧紧地抱住我。"你给了一个老太太一小会儿快乐的时光。"她说，"谢谢你。"

我最后握了一握她的手，然后走向暗淡的晨曦。我的身后响起了关门的声音。这是一个即将结束的生命发出的声音。一路上，我在想，如果今天带菲奥娜太太的是一个脾气急躁没有耐心的司机，如果我在公寓楼前按一两声喇叭后就把车开走，又会是怎样一种情形呢？

我做的这件事情似乎微不足道，但是现在想起来，却是我一生中最暖心的一件事情。生活中，我们往往千辛万苦只为干成一件暖心的事情，然而，有时候我们干成了一件很了不起的暖心事，自己却毫无察觉，这是因为它裹在一个我们认为微不足道的小事情的里面。

一碗清汤荞麦面

（日本）铃木立夫

一

对于面馆来说，生意最兴隆的日子，就是大年除夕了。

北海亭每逢这一天，总是从一大早就忙得不可开交。不过，平时到夜里12点还熙攘热闹的大街，临到除夕，人们也都匆匆赶紧回家，所以一到晚上10点左右，北海亭的食客也就骤然稀少了。

当最后几位客人走出店门就要打烊的时候，大门又发出无力的“吱吱”响声，接着走进来一位带着两个孩子的妇人。两个都是男孩，一个6岁，一个10岁的样子。孩子们穿着崭新、成套的运动服，而妇人却穿着不合季节的方格花呢裙装。

“欢迎！”女掌柜连忙上前招呼。

妇人嗫嚅地说：“那个……清汤荞麦面……就要一份……可以吗？”

躲在妈妈身后的两个孩子也担心会遭到拒绝，胆怯地望着女掌柜。

“噢，请吧，快请里边坐。”女掌柜边忙着将母子三人让到靠暖气的第二张桌子旁，边向柜台后面大声吆喝，“清汤荞麦面一碗——！”当家人探头望着母子，也连忙应道：“好咧，一碗清汤荞麦面——！”他随手将一把面条丢进汤锅里后，又额外多加了半把面条。煮好盛在一个大碗里，让女掌柜端到桌子上。

于是母子三人几乎是头碰头地围着一碗面吃将起来，“嗞嗞”的吃吸声伴随着母子的对话，不时传至柜台内外。

“妈妈，真好吃呀！”兄弟俩说。

“嗯，是好吃，快吃吧。”妈妈说。

不大工夫，一碗面就被吃光了。妇人在付饭钱时，低头施礼说：“承蒙关照，吃得很满意。”这时，当家人和女掌柜几乎同声答说：“谢谢您的光临，预祝新年快乐！”

二

迎来新的一年的北海亭，仍然和往年一样，在繁忙中打发日子，不觉又到了大年除夕。

夫妻俩这天又是忙得不亦乐乎，10点刚过，正要准备打烊时，忽听见“吱吱”的轻微开门声，一位领着两个男孩的妇人轻轻走进店里。

女掌柜从她那身不合时令的花格呢旧裙装上，一下就回忆起一年前除夕夜那最后的一位客人。

“那个……清汤面……就要一份……可以吗?”

“请，请，这边请。”女掌柜和去年一样，边将母子三人让到第二张桌旁，边开腔叫道，“清汤荞麦面一碗——!”

桌子上，娘儿仨在吃面中的小声对话，清晰地传至柜台内外。

“真好吃呀!”

“我们今年又吃上了北海亭的清汤面啦。”

“但愿明年还能吃上这面。”

吃完，妇人付了钱，女掌柜也照例用一天说过数百遍的套话向母子道别:“谢谢光临，预祝新年快乐!”

在生意兴隆中，不觉又迎来了一年一度的除夕夜。北海亭的当家人和女掌柜虽没言语，但 9 点一过，二人都心神不宁，时不时地倾听门外的声响。

在那第二张桌上，早在半个钟头前，女掌柜就已摆上了“预约席”的牌子。

终于挨到 10 点了，就仿佛一直在门外等着最后一个客人离去才进店堂一样，母子三人悄然进来了。

哥哥穿一身中学生制服，弟弟则穿着去年哥哥穿过的大格运动衫。兄弟俩这一年长高了许多，简直认不出来了，而母亲仍然是那身褪了色的花格呢裙装。

“欢迎您!”女掌柜满脸堆笑地迎上前去。

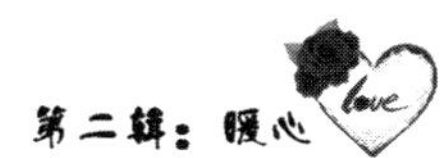

“那个……清汤面……要两份……可以吗？”

“嗳。请，请，呵，这边请！”女掌柜一如既往，招呼他们在第二张桌子边就座，并若无其事地顺手把那个“预约席”牌藏在背后，对着柜台后面喊道：“面，两碗——！”

“好咧，两碗面——！”

可是，当家人却将三把面扔进了汤锅。

于是，母子三人轻柔的话语又在空气中传播开来。

“昕儿，淳儿……今天妈妈要向你们兄弟二人道谢呢。”

“道谢？怎么回事呀？”

“因为你们父亲而发生的交通事故，连累人家8个人受了伤，我们的全部保险金也不够赔偿的，所以，这些年来，每个月都要积攒些钱帮助受伤的人家。”

“噢，是吗，妈妈？”

“嗯，是这样，昕儿当送报员，淳儿又要买东西，又要准备晚饭，这样妈妈就可以放心地出去做工了。因为妈妈一直勤奋工作，今天从公司得到了一笔特别津贴，我们终于把所欠的钱都还清了。”

“妈妈，哥哥，太棒了！放心吧，今后，晚饭仍包在我身上好了。”

“我还继续当业余送报员！小淳，我们加油干哪！”

“谢谢……妈妈实在感谢你们。”

这天，娘儿仨在一餐饭中说了很多话，哥哥进行了“坦白”：

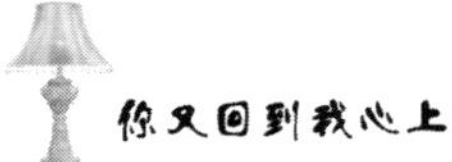

他怎样担心母亲请假误工，自己代母亲去出席弟弟学校家长座谈会，会上听小淳如何朗读他的作文《一碗清汤荞麦面》。这篇曾代表北海道参加了“全国小学生作文竞赛”的作文写道，父亲因交通事故逝世后留下一大笔债务；妈妈怎样起早贪黑拼命干活；哥哥怎样当送报员；母子三人在除夕夜吃一碗清汤面，面怎样好吃；面馆的叔叔和阿姨每次向他们道谢，还祝福他们新年快乐。

小淳朗读的劲头，就好像在说：我们不泄气，不认输，坚持到底！弟弟在作文中还说，他长大以后，也要开一家面馆，也要对客人大声说：“加油干哪，祝你幸福……”

刚才还站在柜台里静听一家人讲话的当家人和女掌柜不见了。原来他们夫妇已躲在柜台后面，两人扯着条毛巾，好像拔河比赛各拉着一头，正在拼命擦拭满脸的泪水……

三

又过去了一年。

在北海亭面馆靠近暖气的第二张桌子上，9 点一过就摆上了“预约席”的牌了，老板和老板娘等呵、等呵，始终也未见母子三人的影子。转过一年，又转过一年，母子三人再也没有出现。

北海亭的生意越做越兴旺，店面进行了装修，桌椅也更新了，可是，靠暖气的第二张桌子，还是原封不动地摆在那儿。

光阴荏苒，夫妻面馆北海亭在不断迎送食客的百忙中，又迎来了一个除夕之夜。

手臂上搭着大衣，身着西装的两个青年走进北海亭面馆，望着坐无虚席、热闹非常的店堂，下意识地叹了口气。

“真不凑巧，都坐满了……”

女掌柜面带歉意，连忙解释说。

这时，一位身着和服的妇人，谦恭地深深低着头走进来，站在两个青年中间。

店内的客人一下子肃静下来，都注视着这几位不寻常的客人。只听见妇人轻柔地说：“那个……清汤面，要三份，可以吗？”

一听这话，女掌柜猛然想起了那恍如隔世的往事——在那年除夕夜，娘儿仨吃一碗面的情景。

“我们是14年前在除夕夜，三口人吃一碗清汤面的母子三人。”妇人说道，“那时，承蒙贵店一碗清汤面的激励，母子三人携手努力生活过来了。”

这时，模样像是兄长的青年接着介绍说：

“此后我们随妈妈搬回外婆家住的滋贺县。今年我已通过国家医师考试，现在是京都医科大学医院的医生，明年就要转往札幌综合医院。

“之所以要回札幌，一是向当年抢救父亲和对因父亲而受伤的人进行治疗的医院表示敬意；再者是为父亲扫墓，向他报告我们是怎样奋斗的。我和没有开成面馆而在京都银行工作的弟弟商量，我们制订了有生以来最奢侈的计划——在今年的除夕夜，我们陪母亲一起访问札幌的北海亭，再要上三份清汤面。”

一直在静听说话的当家人和女掌柜，眼泪唰唰唰地流了下来。

“欢迎，欢迎……呵，快请。喂，当家的，你还愣在那儿干吗？2号桌，三碗清汤荞麦面——！”

当家人一把抹去泪水，欢悦地应道：

“好咧，清汤荞麦面三碗——！”

吉他送我回家

孙盛起

19 岁那年的秋天，我借邻居家的自行车去参加朋友聚会，结果兴高采烈地玩到半夜，散场下楼后却发现，自行车不翼而飞。我不敢回家，怕遭到脾气暴躁的父亲的暴打，于是躲到小叔家里。小叔做蔬菜生意，第二天正要跟车进藏，我就死乞白赖地缠着小叔要一同去。小叔拗不过我，也担心我不回家闯祸，只好同意带我进藏。

通往雪域的路途艰辛而新奇。有生以来，我第一次看到那样低的云彩在头上飘，那样高的山峰白雪皑皑，那样辽阔的土地静寂而苍凉。我有一种探险般的快感，一路上弹着吉他不知疲倦地唱，天地间充满了我的歌声。

到拉萨后，三车蔬菜很快售罄。小叔要回兰州运下一批货，我却不愿回去，想借机在这洁净之地多逗留几天。小叔就在罗布林卡旁边给我租了一间民房，又留了一些生活费，然后独自返回兰州。

我转遍了拉萨的大街小巷，把所见所闻都用日记的形式记录下来。不出门时，我就坐在院子里弹吉他。

房东的孩子才旺卓仁对我手里的吉他非常着迷，我每次弹吉他时他都站在旁边出神地聆听。又黑又瘦的卓仁已经15岁，身高却只及我的胸部。他的汉语说得很艰难，我俩只能进行简单的交流，不过他对音乐却有着很强的理解力，我只是稍加点拨，他就能用吉他断断续续地弹奏曲子了。

小叔临走时交代，他大概十几天后返回拉萨，然而一晃半个月过去了，小叔却不见踪影。我跑到邮局给小叔打电话，不知什么原因，电话始终无法接通。我不知道小叔是被别的事情耽误了，还是路上出了什么事，随着时间一天一天过去，焦虑和恼人的猜测渐渐取代了初来拉萨时的恬适和兴奋。

我开始计算生活费，当兜里只剩下回兰州的路费时，我知道不能再等了。

向卓仁一家告别时，我将吉他送给了卓仁，然后摸摸他的头，鼓励他好好学，祝愿他有朝一日能够背着这把吉他到外面闯出一片自己的天地。卓仁依依不舍地看着我，眼睛里闪动着泪光。

到汽车站后，一打听我才知道，开往兰州的班车三天才有一趟，而就在我赶到车站的半小时前，那趟车已经发出了。我一下子感到眼前一片茫然。即使找一家最便宜的旅店吃住三天，剩下的钱也不可能把我送到兰州。我颓然坐在候车室的长椅上，对眼前的境况一筹莫展。

“兰州来的。姓孙的，在吗?”忽然听见有人用生硬的汉语

大声吆喝。我精神一振，连忙扭头，只见一个身穿藏袍、肩上背着一个大布口袋的年轻人在门口边喊边四处张望。我想他应该是在找我。莫不是小叔来了？我起身急切地向那人招手。

那人走到我身边，将我上下打量着问："姓孙？给才旺卓仁吉他的兰州人？"我点头。那人立刻如释重负，把口袋往我面前一放，满脸欣悦地说："怕你走了，哈哈，你没赶上班车！你的吉他卓仁很喜欢，这是他给你的。"

口袋里装着一大块牦牛肉、十几个藏粑和一大瓶奶茶。这对我来说可真是一大笔意外之财。我连声道谢。那人一边摇头一边用力拍拍我的肩膀，看得出我的道谢纯属多余。"祝你好运，朋友！"那人临走时说。

我在车站旅馆住了下来。虽然卓仁送的食物解决了吃的问题，但是除去住宿费，我依然买不起一张车票。我只能相信"车到山前必有路"这句话，并且祈盼"好运"真的降临——三天以后，情况总会有变化，说不定小叔会突然出现在我面前呢。

然而，三天很快就过去了，什么事情也没有发生。我站在车站院子里，看着开往兰州的班车渐渐上满了人，真是心急如焚。那一刻，我感到自己是那样无助。

一辆豪华大巴开进了院子。藏族司机下了车，径直向我走来。

"你姓孙吧？是不是要回兰州？"司机问。

我一愣，随即犹豫地点头，心想他怎么知道？

“木措让我把你捎上。坐班车太挤、太累，我的车宽敞舒适。怎么？你不认识木措？”我的表情令司机感到奇怪，“他可说你俩是朋友呀！对了，你拿的不就是他的口袋吗？那上面缝的藏文就是‘木措’，要不我怎么知道他说的人就是你呢？”

我恍然大悟。看来“好运”真的降临了，我一时激动得不知说什么好。

大巴里只有十几个人，座位柔软舒适，上层还有睡觉的床铺。我像个小孩子一样在座位上折腾，几天来的焦虑和疲惫一扫而光。

坐在过道对面的是一个白胖的中年人，他的高原反应很厉害，车走了没多久就开始不停地呕吐。见我神定气闲地喝着奶茶，他多次投来羡慕的目光。于是我走过去，给他的杯子里倒了一些奶茶说：“喝这个试试，也许你能好受些。”他品了几口，连说好喝。我就把剩下的半瓶奶茶都给了他，他感激得连连点头。

不知道是不是奶茶真的起了作用，从那以后那个人很少再呕吐，脸色也渐渐红润起来。

在拉日嘎布停车休息的时候，那人坐到我身边说：“我敢打赌，你的奶茶决不是市场上卖的，而是农家自己做的。”我告诉了他奶茶的来历。他对自己的判断很得意，说怪不得那么好喝呢！就此，我们攀谈起来。

我得知，他姓万，是兰州一家民俗风情杂志的编辑部主任。听我讲述完我这次进藏的原因和经历，他沉思片刻，说这

次经历对你来说非同寻常，你应该记录下来，这对你今后的人生很有好处。我说我记了旅游日记。他连忙要求看看。

那几篇日记他看得非常仔细，快看完时，他忽然问我："如果有人出钱买你这几篇日记，你卖不卖？"

"谁会买它？"我觉得他是在开玩笑，"写得那么幼稚，而且，别人买它有什么用？"

"我买。有几篇写得相当不错，稍加修改，可以做一个游记系列。你若肯卖，就开个价吧！"

万主任的表情告诉我，他是认真的。我挠挠头，刚想说你看着给吧，可是还未等我开口，他就说："18 篇日记，应该能整理出 6 到 7 篇。这样吧，我给你一个整数：一千块钱怎么样？"

我吓了一跳。见我发愣，他以为我嫌钱少，抱歉地解释说他身上的钱所剩不多，到兰州后，我可以去杂志社找他，他再给我补一些。我连忙说够了够了——几篇随手写的日记，竟然能卖那么多钱，这已经超出了我的想象。

回到兰州，我立刻去商店给邻居买了一辆新的自行车。然后忐忑不安地回家。

父母正在吃饭，我突然出现在门口，他们的筷子都僵在了嘴边。随即，妈妈的眼泪吧嗒吧嗒掉了下来，而爸爸却继续埋头吃饭。过了好一会儿，爸爸怒气冲冲地对我吼："混小子！傻站着干什么？还不快过来吃饭！"

我小心翼翼地坐到饭桌边。

“你小叔的车过唐古拉山时出了事，他这会儿还躺在医院里呢。他说他临走时没给你留下多少钱，那你小子自个儿是怎么回来的?”爸爸不解地问。

“是……吉他，靠我那把吉他回来的。”我说。

没错，一把吉他，以及吉他里所包含的真诚、鼓励和祝福给我带来了一串好运。

你要请我吃大餐

王金刚

遇到老谢

18 岁那年，我在北京的一个建筑工地上打工。眼瞅着工程结束，到了该发工资的时候，老板却拍拍屁股跑得没影了。

那时候已是年底，该回家过年了。我含着泪拆开了夹衣的领子，那里面有 80 块钱，是我来北京之前母亲缝进去的，刚好够买一张回家的车票。那个年代，银联卡还没普及，所以家乡人外出打工都会用这招，以防万一。

母亲说，这 80 块钱就是回家的路费，再困难也不能动。

买完了车票，我就分文没有了。一天一夜的路程，吃喝又成了问题。我咬了咬牙：不就是几顿饭嘛，挺着就是了。

饥肠辘辘地上了车后，好不容易找到了自己的座儿，我一屁股就坐了下去，动都不想动一下。

对面座位上是个大约 40 岁的中年人，上车后就一刻不停地在吃东西，不是瓜子就是苹果，苹果刚放下，又拿出了饼干。从早上开始，我已经连着两顿没吃饭了，所以中年人的举动对于我可怜的胃来说，无疑是种折磨。于是，我很不满地瞟了他几眼。

见我看他，中年人有点不好意思地笑了笑："中午没顾得上吃饭，所以先垫垫饥。你也来点？"

我装作有点不屑地摇了摇头。与此同时，我却听到自己的喉咙"咕咚"地响了一声，那分明是咽口水的声音。

中年人很殷勤地说："我姓谢，叫我老谢就行。您贵姓？"

"姓王。"我多一个字都懒得说。

可能看出我不太热心，老谢就不再说话，专心吃自己的东西。

不一会儿，天黑了下来。到了火车上开饭的时间，广播里开始一遍遍不厌其烦地播放着用餐通知："餐车为大家准备了丰盛的晚餐，有糖醋鱼、鱼香肉丝、红烧肉……"同时，"盒饭、盒饭，10 元一份"的叫卖声也渐渐由远及近。

再看对面的老谢，片刻间早已像变戏法似的摆满了桌子：酱猪蹄、卤鸡爪、火腿肠、花生米……还有一瓶高度数的二锅头。他边倒酒边自言自语："再弄一份盒饭就可以正式开饭啦。"

我不由得在心里恨恨地说："这人，真是饿死鬼托生的！"转而一想，又在心里叹气，"唉，我这不是吃不着葡萄说葡萄酸嘛，人家也没碍着我的事，发哪门子的邪火啊。"

轮流请客

眨眼的工夫，卖盒饭的推车就到了跟前儿。乘客们的声音此起彼伏：“给我一份！”“我也来一份！”“还有我的！”饭菜的香味弥漫在车厢里，直往我的鼻子里钻。为了避免尴尬，我只好从包里掏出一本书，装作看得入了迷。

这时候，老谢却开始喊我：“小伙子，别光顾着看书了，开饭啦！”

我把书拿开，扫了一眼推车里的盒饭，又看了一眼老谢桌子上琳琅满目的吃食，很坚定地对老谢说：“谢谢，我不饿。”

这个时候，我的喉咙又一次背叛了我，咽下了更响的一口唾液。同时，我的肚子也没出息地叫了起来。我心虚地看了看老谢，他正低头掏着钱包，似乎并没有注意到我的窘态。于是，我索性往椅子上一靠，拿书遮住了脸，装作睡觉。这时，我听到老谢响亮地喊道：“盒饭，要两份！”接着，又听到老谢在叫我：“小伙子，来，帮个忙！”

我直起身来，只见他一脸的笑容：“知道你不饿。但是你瞧，我一个人吃饭喝酒实在没意思，不如咱俩搭伙一块儿吃。这顿我请你，下顿你再请我。怎么样？”

还没等我回答，老谢就拿出个塑料杯子放在我面前，倒满酒，然后又端起了自己的杯子，说：“人家说百年修得同船渡，咱们同坐一趟车，大概也得修一百年的缘分吧，来，干一杯！”

说着，他就一口干了。

看他这么热情，我也只好咬咬牙，把杯里的酒喝了下去。

几杯酒下肚，我的身体里就像腾起了一团火，头也变得晕乎乎的。一顿饭，我和老谢聊了很多。老谢说，他是个业务员，一年中起码有大半年都在外面跑。老谢还说，他的儿子和我差不多年纪，明年就要考大学了。

出于自尊，我没好意思说出自己的现状，只是说辛苦一年，却没挣到什么钱，都觉得没脸回家了。说话的时候，我的鼻子直发酸，泪水都噙在了眼里。

老谢叹了口气说："其实，挣钱多少没关系，快过年了，父母在乎的是你能平安回家。"说完后老谢盯着我的眼睛，又强调了一句，"知道吗，孩子？"

最后，我不但一个人吃光了两份盒饭，还把满桌的零食消灭得一干二净。

吃饱喝足的我，倚在座位上踏踏实实睡了一夜。

这笔账先记上

天亮后，我一睁眼，只见老谢正坐在对面微笑着。老谢指了指面前的两桶方便面说："咱们一人一桶。我想过了，早饭省钱，你随随便便就把我打发了，那我可就太亏了。干脆早饭我也请了，中午你请我吃顿大餐，反正餐车里好菜有的是！"

我勉强笑了笑，说了句："好，中午请你吃大餐。"

洗漱完毕后，我木然地吃下了老谢的面，然后装作看书。老谢不时和我搭句话，我嘴里应着，心里却七上八下地乱成了一团麻：身上分文没有，午饭拿什么请老谢？吃人家的嘴软，谁让自己嘴贱了？说没钱，他会相信吗？会不会说我骗吃骗喝？

一个上午，我的脑子里就没一刻消停过。眼见着中午将至，我还没想出招儿，一咬牙抬起头，正想向老谢坦白，却意外地发现他正在收拾行李。

“你这是……”我不解地问。

“要不怎么说喝酒误事呢，我这酒过了一夜都没醒。这不，刚想起来，我快到站了。”老谢边说着，边递了一个塑料袋子过来：“我行李多，带着不方便，就麻烦你帮我把它们消灭了吧。”

我看了看，袋子里是几桶方便面和几根火腿肠。

“这个……”

我刚想伸手推让，老谢却一把将袋子塞进了我的怀里，然后说：“就这样吧，天下没有不散的筵席，咱们后会有期。”

我一阵感动，张了几次嘴，却说出了一句很没用的话：“我还欠你一顿饭呢。”

“对啊，真可惜。”老谢笑着说，“这笔账只有先记上了，有缘还会再见。说不定以后我会到你们那儿跑业务，到时你一定要请我吃顿大餐！”

我心里想着，自己是不是应该向老谢要个地址、电话号码

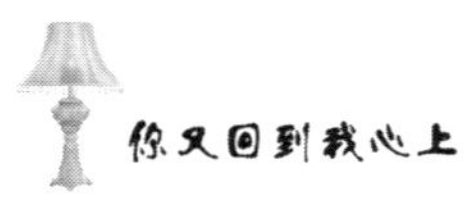

什么的，但我却什么都没做，只是呆呆地看着老谢摆了摆手，消失在车厢尽头。那一刻，我的心里竟然可耻地感到一阵轻松。

还有更好的解释吗

中午开饭的时候，我拿出了老谢留下的方便面，去车厢尽头接开水。打开水阀，热水器里却没水了。我只好继续往前走，又穿过了一个车厢。当我在另一个热水器前接完开水后，不经意间一扭头，顿时呆住了。我竟然发现了老谢！

在离我几米远的车厢通道里，老谢正侧对着我，和几个旅客一起坐在行李上，谈笑风生。

只听老谢对那几个人说："我常年在外面跑，这趟车经常坐。放心，接下来是个大站，下车的人多，到时咱们就有空位坐了。"

怎么，他没下车？

我愣了好一会儿，似乎才渐渐地明白：老谢看出了我的窘境，所以假借轮流请客，巧妙地出手帮助了我。接着，为了不让我面对请客的尴尬，保住我那点可怜的自尊，他又假装到站下车，躲开了我。

除了这个答案，还有更好的解释吗？

我端着面，在那儿站了很久，呆呆地看着老谢。每当过道里有卖零食、卖杂志的推车经过时，老谢就要站起来，把屁股

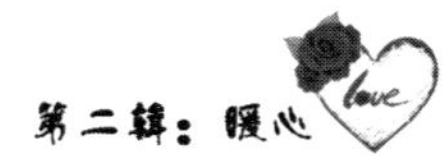

下的行李高高地举到头顶，侧身闪避，待推车过去后，再如释重负地坐下去，一次又一次。

我的眼里涌出了泪水，很想上前感激老谢一番，但想了半天，最终还是转身走开了。

救助犬的最后“遗言”

三秋树

日本一只残障人士救助犬陪伴了主人15年，弥留之际，主人在精通狗语专家的帮助下，倾听了它的遗言。

这已经是17岁的格莱特第3次中风了。

只是，这一次，这只相当于百岁老人的救助犬，再也没有奇迹般站起来。尽管它努力了很多次，在主人野口利男不在跟前的时候，它用尽了全身的力气，试图再爬起来，可是，真的力不从心了。就连视力也开始下降了，已经看不清主人脸上的表情，却感觉得到他的抚摸，跟从前不同的是，主人现在总是轻轻握着它的前爪，一握就是很久，悲伤而留恋。

【一】

野口利男还清楚地记得自己第一次与格莱特见面的情形。那是1995年，2岁的格莱特作为日本第一只救助犬，来到野口的家。那时的它年轻、热情、活泼，似乎与野口一见如故，

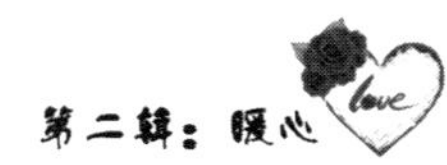

围着他的轮椅开心地转来转去。可是，野口对它并不热情，甚至有点冷漠。下肢瘫痪多年的他讷言、忧郁、沮丧，他不觉得人生还有什么乐趣可言。

然而，格莱特改变了他。

第一夜，它看着野口睡下后，蹲坐在床边。夜里，野口轻轻翻下身，它便把尿壶叼给了他。他尿尿时，它轻轻地把头转向了一边，好像怕他尴尬。直到他尿完了，它才转过头来，温柔地看着他。然后，又看看柜子上的水杯，好像在问他："口渴吗?"野口摇摇头，于是，它把头放在了地上，示意野口躺下。那夜，野口睡得很安稳。第二天醒来时，他注意到格莱特还以原本的姿势守护在自己的床边。看到他醒过来，它开心地摇着尾巴，帮野口叼袜子、衣服，并把轮椅顶到了床边。看着野口靠双臂支撑，艰难地挪到轮椅上，它的前爪很用力地扒着地板，似乎在为野口加油。

野口第一次带格莱特去超市，只要他看哪件商品超过5秒钟，它就会利索地将其叼进购物车，然后，把头放在野口的腿上，等着野口表扬自己。这样的亲昵，令野口觉得很受用，他能够感觉得到，心里的冰山正在为格莱特而消融。

【二】

而这样的融化，在格莱特的温暖下，变得越来越迅速。

购物归来，格莱特看到小区里有人在聊天，它就用嘴叼住

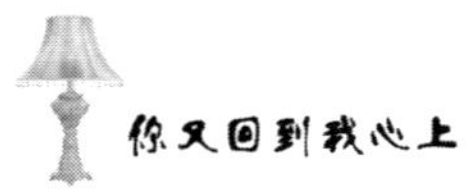

野口的裤管，不让他直接上楼，而是把他推到了邻居们中间。它讨好地跟邻居们又是作揖，又是转圈，然后，乖乖地趴在野口的腿上，似乎在对大家说："这是我的主人，请多关照。"因为格莱特的热情，野口很快结识了很多人，他尝试着跟大家聊天，而他说话时，格莱特总是把耳朵竖得直直的，听得特别投入。它，成了他最为忠实的听众。

在渐渐熟悉之后，野口会对它说许多许多的话，说他曾经是一名乒乓球运动员，说他因车祸失去双腿后的绝望，说他对健康生活的向往，说他已经很久没有去海边看日出了——他仿佛要把这些年都不曾说过的话，都对它说一遍。而它，很有耐心地听着，当野口说到伤心处落泪时，它会叼来纸巾，递给他，然后把自己的头紧紧地贴在野口的双腿上，发出阵阵低鸣，仿佛在说："我知道，我知道，都过去了……"

一天清晨，外面还一片漆黑的时候，格莱特叫醒了野口，对着门外轻叫，示意野口穿衣服。然后，格莱特拉着野口出了家门，到了公交车站，它对着东方发出"汪汪"的叫声。野口明白了，格莱特是要带他一起去海边看日出。

那天早晨，他们乘坐第一班公交车来到了海边。当红彤彤的太阳跃然海上时，格莱特在海边撒欢地跑着。阳光、海浪、沙滩，还有一只如此善解人意的救助犬，幸福与快乐就这样在野口的心底蔓延。

渐渐地，野口变了，乐意跟人沟通，时常参加残协的活动，力所能及地帮助其他残障人士。

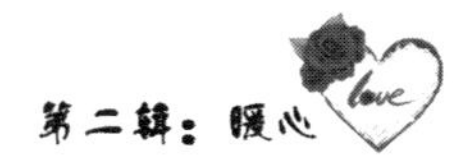

【三】

救助犬的服务时间是十年。十年间，格莱特不仅成为野口身体的一部分，也成为他心灵的一部分。他开心，它就会把眼睛眯成一条线，把尾巴甩得像拨浪鼓一样。而他难过的时候，它就会静静地卧在他的脚边，用温柔的眼神默默地注视着他。

退休后的格莱特没有去救助犬养老中心养老，而是继续留在了野口家，和他相依为命。野口会把自己所有的心事都说给它听，而它真的听得懂。野口经常对朋友说："老天夺走了我的双腿，但把格莱特给了我。它不仅是我的双腿，还是我最忠实的伙伴。"

2007 年的一天晚上，格莱特在帮野口脱第二只袜子时，突然摔倒。野口紧急拨打了兽医的电话，医生给出的诊断是中风。这时，格莱特已经 17 岁了，相当于人类的 90 多岁，医生说，格莱特可能永远站不起来了。野口很难过，但他告诉自己，格莱特很辛苦，它也该歇歇了。可是，两天后，要强的格莱特奇迹般站了起来，站起来后的第一件事便是推野口下楼。在小区里，格莱特一圈一圈地来回跑着，边跑边回头看野口，仿佛在对他说："你看，我还健康得很呢。"

格莱特虽然高寿，但疾病、衰老和死亡还是不可避免地降临了。第 3 次中风后，它进入了真正的风烛残年。弥留之际，它似乎有许多的不舍。

看着它承受着巨大的痛苦活着，野口心里无比难过。他知道，对于年迈的格莱特来说，死亡亦是一种解脱。可是，野口多么舍不得格莱特啊，如果它走了，那么他的灵魂也就被抽走了二分之一。他很害怕……

【四】

突然有一天，一向温驯的格莱特开始激动地嚎叫，声声悲切。野口坚持认为格莱特一定是有话要说，可是，它到底要说什么呢？

悲伤的野口求助于日本救助犬训练中心，希望有人可以读得懂格莱特的心声。令他没有想到的是，在日本真的有一位精通狗语的专家，她叫 Heidi，是一位美国人。Heidi 应邀来到野口的家，然而，格莱特对于她的到来并不配合。野口有些失望。这时，Heidi 问野口：“你家里是否还有一只狗？”野口吃惊地回答：“是的，是另外一个残障朋友的，跟格莱特是好朋友，它叫 marble。”Heidi 将 marble 叫了出来，这时奇迹发生了。

格莱特发出低低的声音，像是在请求什么。Heidi 说：“格莱特说它的眼睛看不见了，它委托 marble 帮它看看，周围是否有不可信任的人。”果然，marble 将屋子里的来客全部嗅了一遍，然后，走到格莱特的身边，同样发出低低的声音。Heidi 说：“marble 告诉它，很安全。”

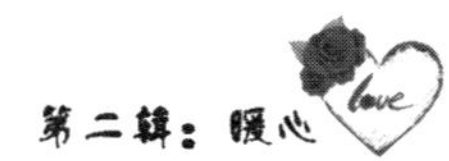

接着，格莱特再次发出了从前那样的哀嚎。这时，眼泪涌上了 Heidi 的双眼，她对野口说："格莱特请求 marble 和它一起保护你、照顾你。它还说，它的身体已经站不起来了，所以，它只能用叫声来保护你。"格莱特的话令野口泣不成声，他哽咽着对格莱特说："放心吧，没事的，没事的。"

"它说，它想一直保护你、照顾你。"

这时的野口已经泪流满面，他对 Heidi 说："我什么也没有替它做过，它对我有什么不满吗？"

Heidi 轻抚着格莱特，一滴眼泪从格莱特的眼中流了出来。"它非常担心你，也非常悲伤。和你一起生活了这么久，它很明白你心里想什么，也明白你因为身体的残缺而感到的不安、悲伤以及全部。你所有的情绪它都和你一样感受得到，所以，它不想让你为它难过。"

格莱特的话令野口再次泣不成声，而这时，格莱特还在用尽全力留下最后的"遗言"："就算我的身体变得很衰弱了，我还是会守在你身边保护你。我想看记忆中你的脸……"

突然，Heidi 问野口："你是否带格莱特一起看过棒球赛？"

野口擦了擦眼泪说："在以前家的附近就是西武球场，带着它去看过几场。"

Heidi 说："它最喜欢的一个表情，就是你看棒球时那开心的样子，那样它也会很开心，很开心地不断地摇尾巴。"

野口俯身握着格莱特的前爪，不停地说："谢谢，谢谢。"

这时的格莱特大口大口地喘着粗气，明显已经是奄奄一息了。野口努力地控制着自己的情绪，因为他要让格莱特永远记住他开心的样子。他问 Heidi 说："格莱特有什么愿望?"

Heidi 轻轻地拍着格莱特，格莱特微微低吟——"我的愿望就是一生做你的伙伴，就这么简单。"

留下这最后的"遗言"，年迈的格莱特终于闭上了眼睛。它不知道的是，它与主人这最后的告别以视频的方式在网上流传，短短 15 分钟的视频，令无数人感动到心碎，亿万网民为它泪葬。

格莱特走了，但它把忠诚与感动，永远地留给了主人野口利男，也留给了我们。

我们怎能容忍为工作付出生命

【美】贝拉克·奥巴马

2010年4月25日，美国总统奥巴马和副总统拜登来到弗吉尼亚州，参加了当月稍早遇难的29名矿工的悼念仪式。此为悼词。

我们在这里怀念29位美国人：卡尔·阿克德、杰森·阿金斯、克里斯多佛·贝尔、格利高里·史蒂夫·布洛克、肯尼斯·艾伦·查普曼、罗伯特·克拉克、查尔斯·蒂莫西·戴维斯、克里·戴维斯、迈克尔·李·埃尔斯维克、威廉·I. 格里菲斯、史蒂芬·哈拉、爱德华·迪恩·琼斯、理查德·K. 雷恩、威廉姆·罗斯威尔特·林奇、尼古拉斯·达利尔·麦考斯基、乔·马克姆、罗纳德·李·梅尔、詹姆斯·E. 姆尼、亚当·基斯·摩根、雷克斯·L. 姆林斯、乔什·S. 纳皮尔、霍华德·D. 佩恩、迪拉德·厄尔·波辛格、乔尔·R. 普莱斯、迪华德·斯科特、加里·考拉斯、格罗佛·戴尔·斯金斯、本尼·威灵汉姆以及里奇·沃克曼。

无论我、副总统、州长，或是今天致悼词的任何一个人，

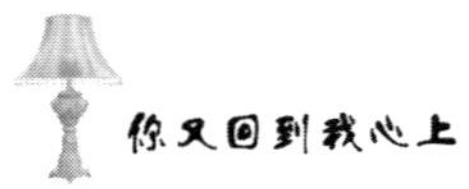

都不能说出任何话语，可以填补你们因痛失亲人心中的创伤。

尽管我们在哀悼这29条逝去的生命，我们同样也要纪念这29条曾活在世间的生命。

凌晨4点半起床，最迟5点，他们就开始一天的生活，他们在黑暗中工作，穿着工作服和硬头靴，头戴安全帽，静坐着开始一小时的征程，去到5英里远的矿井，唯一的灯光是从他们头戴的安全帽上发出的，或是进入时矿山沿途的光线。

日以继夜，他们挖掘煤炭，这也是他们劳动的果实，我们对此却不以为然：这照亮一个会议中心的电能；点亮我们教堂或家园、学校、办公室的灯光；让我们国家运转的能源；让世界维持的能源。

大多时候，他们从黑暗的矿里探出头，眯眼盯着光亮。大多时候，他们从矿里探出身，满是汗水和尘垢。大多时候，他们能够回家，但不是那天。

这些人，这些丈夫、父亲、祖父、弟兄、儿子、叔父、侄子，他们从事这份工作时，并没有忽视其中的风险。他们中的一些已经负伤，一些人眼见朋友受伤。所以，他们知道有风险。他们的家人也知道。他们知道，在自己去矿上之前，孩子会在夜晚祈祷。他们知道，妻子在焦急等待自己的电话，通报今天的任务完成，一切安好。他们知道，每有紧急新闻播出，或是广播被突然切断，他们的父母会感到莫大的恐惧。

但他们还是离开家园，来到矿里。一些人毕生期盼成为矿工；他们期待步入父辈走过的道路。然而，他们并不是为自己做出的选择。

这艰险的工作，其中巨大的艰辛，在地下度过的时光，都为了家人，都是为了你们；也为了在路上行进中的汽车，为了头顶上天花板的灯光；为了能给孩子的未来一个机会，日后享受与伴侣的退休生活。这都是期冀能有更好的生活。所以，这些矿工的生活就是追寻美国梦，他们也因此丧命。

在矿里，为了他们的家人，他们自己组成了家庭：庆祝彼此的生日，一同休憩，一同看橄榄球或篮球，一同消磨时间，打猎或是钓鱼。他们可能不总是喜欢这些事情，但他们喜欢一起去完成。他们喜欢像一个家庭那样去做这些事。他们喜欢像一个社区一样去做这些事。

这也是美国人熟知的一首歌里表达的精神。我想，让大多数人惊讶的是这首歌实际是一名矿工的儿子所写，关于贝克利这个小镇的，关于西弗吉尼亚人民的。这首歌曲，“靠着我”（*Lean on Me*）是关于友谊的赞歌，但也是关于社区关于一同相聚的赞歌。

灾难发生的几分钟，几小时，几日之后，这个社区终被外界关注。搜救者，冒着风险在充满沼气和一氧化碳的狭窄地道里搜寻，抱着一线希望去发现一位幸存者。朋友们打开门廊的灯守夜；悬挂自制的标语上写着：“为我们的矿工和他们的家人祈祷。”邻居们彼此安慰，相扶相依。

我看到了，这就是社区的力量。在灾难随后的几天，电子邮件和信件涌入白宫。邮戳来自全国各地，人们通常都是同一开头：“我很骄傲来自一个矿工的家庭。”“我是一名矿工的儿子。”“我很自豪能成为一名矿工的女人。”……他们都感到自豪，他们让我关护我们的矿工，为他们祈祷。他们说，不要忘了，矿工维持着美国的光亮。在这些信件里，他们提出一个很小的要求：不要让这样的事再发生。不要让这事情再发生。

我们怎忍让他们失望？一个依赖矿工的国家怎能不尽全力履行职责保护他们？我们的国家怎能容忍人们仅因工作就付出生命；难道仅仅是因为他们追求美国梦吗？

我们不能让 29 条逝去的生命回来。他们此刻与主同在。我们在这里的任务，就是防止有生命再在这样的悲剧中逝去。去做我们必须做的，无论个人或是集体，去确保矿下的安全，向他们对待彼此那样对待我们的矿工，如同一家人。因为我们是一家人，我们都是美国人。我们必须要彼此依靠，守望彼此，爱护彼此，为彼此祈福祈祷。

今天，我想起一首圣歌，在我们心痛时会想起这首歌。“我虽行过死荫的幽谷，但心无所惧，因你与我同在。你的杖，你的竿，都在安慰我。”

上帝保佑我们的矿工！上帝保佑他们的家人！上帝保佑西弗吉尼亚！上帝保佑美国！

生死关头，舍命示警的广播员

张达明

25 岁的远藤美喜是家里唯一的女孩子，2009 年大学毕业后，应聘为日本宫城县南三陆町危机管理科一名广播员。虽说工作枯燥平淡，她却认真对待。每天总是第一个上班，清扫完办公室后，就静静阅读科里的规章制度，遇上不懂的问题，就向老职员请教，并在当年业务比赛中夺得第一名。科长在颁奖时问她："我要你回答一个严肃的问题，作为一名广播员，在遇到危急情况时，最应该做的是什么？"她不假思索地答道："以最快速度将危情广播出去。如果还有一人没撤到安全地带，我就绝不离开。如果剩下最后一个人，那个人一定就是我！"她铿锵有力的回答，赢得了热烈掌声。

日子依然平淡地往前走，谁也不会料到一场灭顶之灾不期而至。

2011 年 3 月 11 日，远藤美喜上班临走时对母亲说："妈妈，今天我上全班，中午不回家吃饭了。"母亲叮嘱她："下班早点回来，妈妈给你做好吃的。"像往常值班一样，远藤美喜

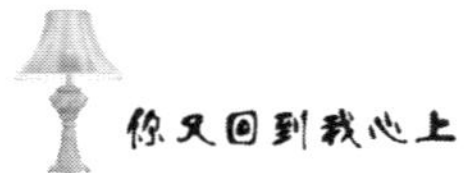

严格按照要求，半小时填写一次危情记录。午饭她让同事帮买了一份，匆匆扒拉了几口又继续工作。

14 时 46 分，远藤美喜突然感觉房屋在剧烈摇晃，她马上想到了地震，立即冲出房外大喊：“地震了，地震了。”忽然她又意识到，自己作为广播员，关键时刻是赶快将危情播报出去，于是她返回到值班室，拨通了科长电话，得到的答复是：“具体情况不明，等候通知。”

5 分钟后。远藤美喜得到通报：位于宫城县以东太平洋海域发生了里氏 9.0 级强烈地震！20 分钟后，她接到科长的指令：海啸即将袭来，迅速广播通知居民撤退到安全地带。她立即扑到播音机前，急促广播起来：“海啸正在袭来，请居民立即撤离！海啸正在袭来，请居民立即撤离……”一遍又一遍广播，一声比一声紧促。

嘹亮的广播声顿时传遍了南三陆町的每个角落，在她焦急的呼唤下，居民们紧张而有序地寻找高地躲避。就在她通知居民撤离时，10 米高的巨浪已汹涌向她所工作的大楼袭来，同事们见状对她急呼：“远藤美喜，危险，快跑！”可是她太专注了，只顾着广播，全然没听见同事的喊声，几名同事眼见海浪已涌进了广播大楼，这才被迫抓住建筑物楼顶上的无线铁塔得以获救。而远藤美喜仍在一遍遍喊着：“海啸正在袭来，请居民立即撤离！”坚持至最后一秒钟，直到海啸吞没整个工作大楼，她的声音才戛然消失。

居民们在听到远藤美喜的广播后，分别冲到不同的高地

势，躲过了呼啸而来的海浪。一位居民在一处高地遇见了远藤美喜的母亲远藤美惠子，他紧紧握住美惠子的双手说：“我听到你女儿的广播了，声音很清楚，我们所有人都感谢她的救命之恩。”

远藤美惠子哭着说：“我女儿尽了最大努力把消息广播出去。职员们看见她被海浪卷走，她以自己的死挽救了无数人。”

3月16日，日本明仁天皇发表电视讲话，感谢远藤美喜在生死关头舍命示警挽救民众的英勇壮举，号召全体国民向她学习。天皇说：“这位勇敢的日本女性在海啸巨浪即将侵袭南三陆町之际，通过广播通知全县居民紧急撤离，坚守岗位直至自己被巨浪卷走。这种舍己救人的精神，必将激励全体国民重树生活信心，投身到灾后重建中，我相信，美丽的家园不久将会重新矗立在世界面前。”

绵延 21 日的宴

毕淑敏

在环航世界的船上，一位外国医生邀我到甲板上喝咖啡。船在加勒比海域，幽蓝的海天一色，很容易让人陷入迷惘。他穿浅咖色的休闲风衣，但我依稀从他的头发中闻到药水的味道，觉得他的衣服是白色。他说自己是专为癌症晚期病人做临终治疗的，业务非常饱满，有些病人直到死都没挂到他的号。

我说，癌症晚期，基本上回天乏力。您可有什么绝招吗？

医生摇着花白头发说，我没有任何秘方，只是陪着他们，走向渐渐隐没的过程。这种陪伴并不容易，除了要有爱心，还要有经验。人们常常以为亲人的陪伴是最好的，其实不然。他们的亲人多半没有经历过这种事儿，恐惧并且手忙脚乱。人们彼此心照不宣，一起对那个濒死之人虚妄地保守着即将天下大白的秘密。

原本还算和煦的海风在谈话中袅袅穿过，遂变冰冷。

我跟他们说，在最后大限到来之前，您可还有什么心事？我能帮您做些什么？我会尽力的。这句听起来很不美妙的话，

藏有坚定的力量。我从不虚伪地安慰他们，那不仅在理论上没有意义，而且在实际上也根本做不到。濒死的人，有一种属于死亡的智慧。

我说，讲个故事吧。

白发医生沉思了一下说，有个年轻的女厨师求医，谈到最后的心愿，是再做一桌菜。长期化疗，她的味觉器官已经全部毁坏了，再也尝不出任何味道。胳膊打了无数的针，肌肉萎缩，已经举不起炒勺。不能出医院，无法亲自采买食材和调料。最重要的是没有厨房，再者有谁会来吃癌症晚期病人做的食物呢？不是只给自己的亲人尝尝，而是真正的食客享用。

几天以后，我郑重对她说，已经和医院的厨房商量好了，他们会空出一个火眼，专门留给您操作。甚至还给您准备了雪白的工作服和高耸的厨师帽，您可以随时使用那个炉灶。我为您指派了一个助手，他完全听从您调遣。请您开列出食材单子，需要什么蔬菜和肉类，还有特殊的调味品，都交代给他，他会按照您的意思，一丝不苟地去准备。

女厨师很高兴，但仍不放心，说，我体力不支，一次做不出整桌宴席，只能一道道来做。

我说，一切以您的身体承受力为限。女厨师凄然一笑说，就算这将是一桌真正的宴席，可是，食客在哪里？谁会来赴宴？

我说，我已经找到了食客，他会长久地等待，耐心地吃下您所做的每一道菜。

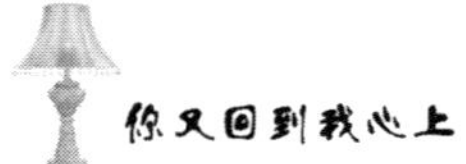

白发医生讲到这里，停顿了很长一段时间。

我说，女厨师做的菜肴能吃吗？

医生说，食客的真实感觉是：刚开始，女厨师做的菜还是好吃的。虽然她的味蕾已经损毁，但她凭着经验，还是把火候掌握得不错，调料因为用的都是她指定的品牌，她非常熟悉这些东西的用法用量，尽管不能亲口品尝，各种味道的搭配还是拿捏得相当准确。不过，她的体力的确非常糟糕，手臂骨瘦如柴，根本就颠不动炒勺，食材受热不均匀，生的生，煳的煳。做一道菜，中间要间隔好几天。到了最后几道菜，女厨师的身体急剧衰竭，视力模糊不清，烹调技能受到了很大限制，所有的调味品只能靠大概估摸着投放，菜肴的味道就变得十分怪异了。她也无法按照上菜的顺序来操作，把复杂的主菜一拖再拖，留到了最后。主菜需要的食材和调料繁多，她颤颤巍巍开列出的用品单子，足有一尺长。助手说按照单子到市场上去严格采买。拿回来之后，女厨师毫无理由地硬说完全不对，让人把原料统统丢了，让助手重新再买。助手一次又一次劳而无功之后委屈地问，这个人的癌症是不是转移到脑子了？这个工作要持续多久呢？我都要坚持不住了。

我说，也许不要很久。也许要很久。不管多久，请你都要坚持。当然，我也要坚持。

甲板上风速不断加强，浪也越来越大了。我忍不住问，究竟坚持了多久呢？

医生说，21 天。从女厨师开始做第一道菜，到最后她离

世，一共是整整3周的时间。那是一个周日，她丈夫来找我，说女厨师在清晨的睡梦中，非常平静地走了。女厨师昨晚临睡前说非常感谢您，并转交一封信。

我打开一看，那其实不是一封信，只是一个菜谱，就是那道没有完成的主菜菜谱。女厨师很抱歉，她不是不能做出这道菜，之所以让助手一次次把调料丢弃，是因为她已经没法把这道菜做得非常美味，心有余而力不足。为吃菜的人考虑，还是不做了吧。食客每次都吃得非常干净，从没有剩下过一个菜叶，想必对味道很是满意。为了成人之美弥补遗憾，就把这道菜谱奉上，让食客得以自行凑成完整的一桌。

突然想到一个问题，我问，那些菜肴都是谁吃下的呢？

白发医生答，我。

面朝大海，无话可说。医疗和死亡，原来可以这般温和优雅。大海在耳边永无歇止地击打着或疾或缓的节奏，音调丰富到无以言表。据说这种包含了万千频段的白噪音，具有强烈的安宁效果。

土耳其人和河南胖子

刘震云

在德累斯顿，我常去一家土耳其烤肉店吃饭。

我住的房子周边，东南西北，有四家土耳其烤肉。店主皆是土耳其人。我常去的这家，位于超市一侧。烤肉店斜对面，有一小街心花园，是朋克和光头党的天地。一天到晚，男男女女，皆手持一瓶啤酒，地上又码放一排，喝了嚷，嚷累了，倒在地上睡；醒来，又接着喝。

土耳其烤肉卷有棒槌大小，里面加些烤肉、洋葱、辣酱，味道类似西安的肉夹馍。偌大一个肉卷，不饿时，还吃不了。三块九一份，也不贵。加上一瓶啤酒，七毛。四块六毛钱，也算一顿正经饭。

烤肉店的主人是个土耳其小伙子。在店里帮忙的，能看出是他的同乡。小伙子磕磕巴巴会说一些英语，和我的英语水平差不多。正因为都磕磕绊绊，相互倒起了聊的兴趣。他叫木扎伊，来德累斯顿六年了。见我常去，向我伸大拇指，说我好眼力。因为，他说，德累斯顿所有的烤肉店，数他家的最正宗。

又说，再攒两年钱，准备把老婆孩子接过来。一天正埋头吃肉卷，他上来一杯土耳其饮料。结账时，我付饮料钱，他跟我急了："都是朋友，懂吗?"我再去吃饭，看我抽烟，送给我一打火机；看我在纸上写字，又送我一支圆珠笔。我明白他的意思，一个钱换了两根针，东西不多是个人心。看我不客气地收下，他嘿嘿乐了。

木扎伊使我想起在北京卖水果的河南老乡胖子。胖子的水果摊摆在我们小区对面的菜市场。他来北京七年了。这市场刚有的时候，就有他。其他小商小贩，皆是后来者。年头一长，进水果的渠道比别人畅通，果鲜，品种多，摊子便大。渐渐成了菜市场卖水果的老大。胖子的水果摊，已经位于菜市场中心。在菜市场提别人，人不知道；一提胖子，便知道是那位矮矮的、胖胖的、黑黑的河南人。

胖子已经把老婆孩子接过来了。把家就安在水果摊后边的几块板子搭起的简易房里。

我常去胖子那儿买水果。久而久之，熟了。加上都是河南人，买水果时，胖子常常把我拉到摊位后边，打开一箱新水果，让我来挑。有次买过水果聊天，聊起各人爱吃什么，我说是饺子，他说也是饺子。胖子拍了一下巴掌，一锤定音："咱俩对脾气。"

一天傍晚，我去胖子那儿买鸭梨。胖子见我来了，有些兴奋。我还没说买梨的事，胖子一把拉住我，往他家走。进屋，胖子的老婆，正往锅里下饺子。待捞出一碗，胖子指着说：

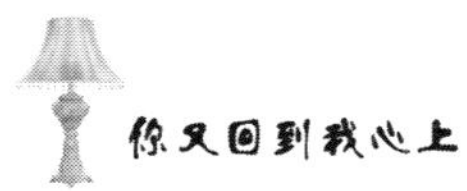

"尝尝。"

饺子刚出锅有些烫，我吸溜着吃到嘴里。猪肉白菜馅儿，加了韭菜提味。我说："不说假话，味道真好。"胖子兴奋了："我就说嘛。"接着又强调："我调的馅儿。"又郑重交代："啥时想吃饺子，就来。"

这时已是正午时分，在街心花园朋克和光头党的喧闹中，我吃着土耳其烤肉，想起在北京卖水果的胖子。

我心里，像正午的阳光一样温暖。

软卧车厢里的人生

范春歌

人生有许多奇遇，总是让我遇见，这可是上天的安排?

大约是6年前吧，我开完郑和航海研讨会，从昆明返回武汉。

我没有乘飞机。虽说在海拔8000米的高度尽可以云中漫步，可除了云彩，未免单调了些。我喜欢坐火车的感觉，喜欢坐或躺在敞亮的车窗前，欣赏大地的风景。如果开着窗，他们还会挟带着旷野的风扑面而来。

那趟列车的软卧车厢里，乘客不多。我坐的这间，除了我，只有一个陌生的男人。他和我一样，自上车就出神地望着窗外，直到列车员送开水，我和他才有了开车2小时以来的第一次谈话，当时已是黄昏。

很巧，他说他也在武汉下车，还说想在武汉开一家做窗帘的小店，并向我打听这方面的行情（他不知道我的职业是记者）。我对做生意完全是个外行，只是提醒他，武汉这类窗帘店太多了，问他以前干没干过这一行。

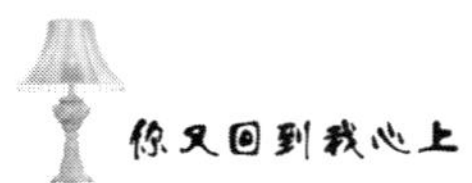

他的回答完全出乎我的意料：年初才从监狱里放出来，犯的是刑事案，因为在家乡镇上参与团伙斗殴杀死一个人，被判了15年。我听到这里，低头喝了一口水，掩饰自己的紧张。

忽然，列车员在走廊上喊他出去验票。这时候我才发现，门不知道什么时候在列车的晃动中被关上了，任他怎么使劲也扳不开。门外两个列车员也忙活了半天，才将门打开。她们笑嘻嘻地解释说，这个门的确有些问题，好在路上仅两天，让我们将就一点，有事情就喊他们，万一听不见，就敲墙板。列车员的工作间在隔壁。

一会儿他验完票回来了，我却满怀心思地出去了。虽说我平日不是个太胆小怕事的女人，可是想到要和一个杀过人的男人待上整整一夜，还是很不安的，想悄悄找列车员调换个房间。

已经走到列车员工作间门口了，我又停了下来，站在走廊里，内心挣扎了很久：素昧平生的他向我道出了实情，我却因此不信任他，他肯定会猜测到我中途调换了房间的原因，这显然对人家是种伤害。我还能想象到列车员听了我道出的缘由后看他的眼神。

我艰难地中止了调换房间的计划，若无其事地回到了原来的铺位。他拿出一个红红的苹果，削得很干净，递给了我，继续说他做生意的事儿。这次到武汉是他多年前的一位狱友出的路费，那个朋友出狱后自然是找不到工作，从小本买卖做起，后来主要经营窗帘，现在生意做得很大。他还告诉我，当年被

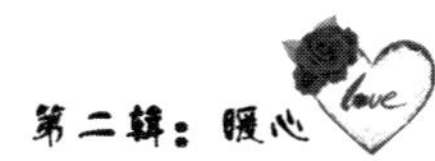

判刑之时，女朋友已经怀孕，后来她从乡下独自去了广东，留下一个女儿，由他生活在乡村的父母照管。被抓进去的时候，他刚满 20 岁，父母节省下钱经常坐长途汽车到省城附近的那座监狱探监，希望他好好改造，出狱后重新做人。因为他表现较好，15 年的刑期被减成 10 年。这 10 年来，他的父母不算年迈但已是满头银发，还因为他，他们在村里不能抬头做人。10 年里，在他被抓走那年诞生的女婴，也长成了一个梳小辫的四年级女孩。

他说，重新做人就从一个儿子做起，让他父母过上好日子；从一个父亲做起，让女儿在学校里找回尊严。他还要去广东找到那个据说跟人开了发廊、下落不明的女朋友，当面向她道歉。他说最对不住的还是那个被他和同伙一气之下杀死的年轻人，那个人吭都没吭一声就倒在一大摊血水里。10 年的牢狱生活中他脑海里经常浮现那个画面，对他来说，最大的惩罚是它将伴随他一生，让他的灵魂永世不安。

黑夜替代了黄昏，整条走廊只有我们这间房的门一直开着，月光洒在走廊上像铺了一层白银。他躺下了，将一只黑色的提包紧紧地搂在胸前。

我将门咔嗒关上了。

他翻过身，有泪水细细地从眼角渗出来。

列车在夜行，房间里渐渐响起他的鼾声。我在夜色中睁着眼睛，没有一丝恐惧，眼前闪现着人生各色风景。

第二天，他仍然出神地望着窗外，忽然自言自语地说了句

“花开了”。我向窗外看去，漫山的梨树，一片粉白。

终点站武汉到了，下了火车，我们都没说“再见”，他单薄的身影很快就被出站的人流裹挟着走远了。

也不知道他最终是否留在了这座城市开窗帘店，但这些年，当我经过那些窗帘店时，偶尔会想到他。

老师，给你暖暖被子

流沙

包厢里坐得满满当当的，大家一致要求郑老师讲在西藏支教的故事。郑老师滔滔不绝说起那里的环境，那里的孩子，那里的牧民，还有春天的时候，草原上许许多多像星星一样漂亮的小花儿……说到后来，郑老师给大家讲了一个发生在他身上的真实故事。

“我到西藏的第二个月，大雪压境，班上的孩子们都无法来上课了。过了几天，宿舍里能吃的东西都吃完了。就在那个食物告罄的傍晚，突然一个藏族女子提着一个大包出现在宿舍前，她用生硬的汉语在喊：‘老师，老师！’推开门，我发现她是离学校最近一户藏民家的姑娘。那个姑娘放牧，她有许多牦牛，有时遇上她，她总会放慢脚步瞥我一眼。后来，我知道她已经没有了父母，家里有个弟弟，两个人就靠她放牛维持生计。”

“班里有个孩子，出奇地淘气，有一次打碎了教室的玻璃。我要惩罚他，那个孩子竟然暴怒，想与我动手。其他老师见势不妙，叫来了他的姐姐，孩子一见到姐姐，突然温顺起来，低着头，眼里全是悔意。孩子的姐姐就是那个放牛姑娘。知道姐弟俩的身世后，我会特意留心那个孩子，有时候会多分发给他一块橡皮或是一支铅笔，还会把家人邮寄来的糖果塞进他的口袋里。尽管那孩子的性格仍然暴躁，却与我成了朋友。”

“那个大雪封门的傍晚，我当时真不知姑娘为什么到学校来，姑娘径直走进了我的宿舍，拿出许多食物，还帮我生了火。我用汉语与她交流，向她表示感谢，并说带来的那些食物以后我会付给她钱。姑娘听懂后显得很着急，不停地摇头。渐渐地夜幕黑了，外面风雪很大。此时，姑娘做了一件让我瞠目结舌的事情，她起身坐到了我没有叠好的冰凉的被窝里，说：‘给你暖暖被子。’”

郑老师讲到这里看看大家，说：“当时我也蒙了，站在那里不知所措。姑娘慢慢脱下了外衣，身子钻入了被窝，我把头扭向一边，不敢看她。外面风雪呼啸着，但不知因为屋里有盆火，还是自己纷乱的心绪，我竟然不觉得冷了。正在尴尬、难堪、温暖……种种复杂情绪在胸中左突右撞之际，姑娘却说话了：‘老师，被窝暖了，你可以进来了。’”

讲到这里，大家几乎屏住呼吸望着郑老师。

郑老师说：“你们知道后来那位姑娘做了一件什么事吗？她慢慢起床，穿好了衣服。然后用手摸了摸被窝，说：‘暖暖的，老师，你可以睡啦。’说完，她整理了一下带来的东西，慢慢走到门口，回头给我一个淡淡的微笑。”

“在西藏援教，让我看到了一个干净的没有被污染的世界。不仅看到了西藏的天空很蓝，西藏的空气纯净，高山上雪白的陈年冰川；同时遇到的那位藏族姑娘，也让我看到了人世间，还存在那样一种纯洁，那样一种温暖。从环境到心灵，我觉得自己都被净化了……”

听完郑老师的故事，好一阵没有人说话，似乎有一种感动在每一个人心里传递着……

第三辑：再多海水，也无法淹没

信来信往的旧时代

老愚

从前的日色变得慢

车，马，邮件都慢

一生只够爱一个人

——木心《从前慢》

搬家，旧物件不难处理，该扔的都扔了。唯一让我犯愁的，是一大摞旧信。

每次挪窝，都会随手撕碎一些信件。面目全非、交情已绝的，就这样逐一整肃完毕。剩下的，便是某一段时光的见证物，不愿再丢弃。

回想前通讯时代，写信，发信，收信，读信，是生活中非常重要的事情。家人，女友，同学……一个人的私关系体现在一封封信里。

邮递员在那时可是天使的角色，他带给人们各种消息。收信人随之生出各种喜怒哀乐，信来信往滋生出人世间诸多悲欢离合。《读者》杂志前不久出版了一本好看的故事集——《灵魂的马车驶上高坡》，里面收有一则邮递员的故事：美国有个其貌不扬的年轻邮差，因嫉妒一对恋爱中的可人儿，将男主角从中国云南抗战前线发回的信私藏起来，盼信的淑女一天天憔悴，终至忧伤而死。临终时，这个作恶者才将自己的罪孽和盘托出，期望得到上帝的饶恕。这是一个令人恐惧的故事，我们的命运有时就攥在卑微而疯狂的人手里。

班级收发员、单位门房，都是我们曾经巴结的对象。你可以不谄媚上司，但不能不对掌握你信息源的人奉上笑脸。我当年在工人出版社工作时，转业军人出身的瘦黑收发员，对一干领导低眉顺眼："您的信。"对一般员工则亲切地扯开嗓子喊一声："×××，取信喽……"我甚少与此人来往，而我的信件又多，自然不会让他高兴，所以我的邮件总是慢半拍到手。

那时，掐指头算信的走动时间。比如，给父母的昨天该到了，回信路上走一周，下周这个时间当能知道家里情况；女友的信今晚回，明天一大早付邮，航空件，三四天即可到达；寄给某报社的稿件已经十多天了，怎么还没有被采用的消息？偶尔有一封海外的信飘来，谁知道在打开之前，已经有多少人仔细地审查过了。

读信是最令人愉悦的。握着写有"内详"、盖有邮戳的宝贝，独自躺在床上，急切扫视一遍，再逐字品味，于想象中完成与伊人的交流。彼时，汉字是甜蜜的，芳香滋润着渴望的心田。

堆在角落里的这摞信，跟随我已有二十多年了。信封发

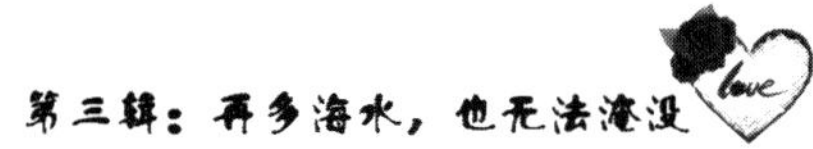

黄，里面皆为旧日消息。不舍得丢弃，是因为亲朋故旧仍可如此聚在一起。

“六点多从浴室走出来，迎面是棕榈树丛中的灯光，路上只有几个人，虽是傍晚，却很宁静，我的情绪一下非常好。我感到北方的他在凝视着我，一切都是那么美好……我至今仍在回味那首‘一只青苹果游过事物之河/红你枝头’，越想越美妙。”（1987 年）这是女友信里的话语，彼时，思念到不能自已，便奋不顾身赶到北京火车站，一路站到上海北站，那时特快也需要十几个小时。她后来成为我的妻子。

散文作家苇岸在写给我的信里这样赞美贱内：“她温柔无比，是你的幸福之源。”大约是 1992 年初夏，他邀请我们去昌平乡村游玩——赏麦浪，骑自行车，谛听鸟鸣。素食，清洁，执着于文字……这是他留在我记忆里的印象。海子自杀后，苇岸为传播海子的诗歌四处奔波。他死于癌症，其描写人类与大自然关系的文字别具一格。

常年在渭河电厂工地施工的同桌 T 写道：“别忘了在蓝天之下、荒野之中，还有这样一位不起眼的故友在时刻惦记着你……让我们在不同的工作岗位上，为建设美好的祖国而努力！”（1991 年）一场感情纠葛使他精神失常，从此进入妄想世界，被关在绛帐镇上的精神病院。几年前去探望他，见他一支烟接一支烟地吸，神情超逸，称联合国主席授权他组阁。

山西小学教师刘红庆写道：“十一月去太原，《上升——当代中国新生代散文选》和《再见，二十世纪——当代中国大陆学院诗选》都刚上市，问问行情，还不坏。我索性各买了一册。”（1992年）这两本书皆为我编选的“21世纪人丛书系列”。他后来入京，靠一支笔步入文坛，热衷于讲授、传播晋中民间音乐。

四川姑娘阿溶在一张日本明信片上写道：“我喜欢使自己简洁一些，在看简洁的书，并写哲味重一点的诗歌。”（1992年）我出版了她的通信集《阿溶的新感觉》。她开过画廊，后来上了作家班，再后来为房地产商做文案，安静地生活在沪上。

父亲在信里说：“夏收刚结束，现正忙于嫁接苹果树。你母亲身体就是老样子，血压不稳，稍高就发昏。其他一切都好。”（1993年）土地名义上在农户手里，种什么却由乡村干部说了算：忽而洋葱，忽而果树，折腾了一溜够，官员们自上而下获得了推销种子、树苗等的提成，庄稼汉大多白忙活一场。母亲走了快两年了，坟头青草正高。父亲后来响应号召开厂，旋即又被深套其中。好在老人家想得开，总算渡过了难关，今年七十有三，鹤发童颜。

幺弟信中云：“荒草一般长大了，却茫然无措。惧怕高考，准备参军练就一副好身体。”（1994年）幺弟跟父亲在造纸厂忙活过一阵，后来进京觅活，从给人开车到独当一面，现在已经是一家公司的经理了。

正是这些旧日的信件，让我觉悟：时间是假的。

信来信往，人人心里有一个盼头，焦灼又甜蜜。一笔一画地写，一字一句地读。朋友去英国读书，我的梦里充满了翻卷的海水，竟乘坐一架飞船抵达他的校园。隔绝导致无穷的思念，友情、爱情、亲情往往会因澎湃的想象而发酵升华。如今的孩子恐怕想象不出那么一个漫长的时代了。

仍想把这些渐渐发黄的东西放在一起，无聊时随手捡一封读一读，它们或可给予我前行的勇气。

电报上的小团圆

南在南方

电报像个很老的老人，正在慢慢退出舞台。当然，它有过纵横四海的青壮年，嘀嘀响上几声，一张电报纸就分娩出人间的悲欢离合。

我没有发过电报，经常在一些文章中看到电报的事情。胡适黄侃这两位学者，都拿电报说事儿。

胡适极力推崇白话文，而黄侃至爱文言文。这般，黄侃就在课堂上讲了，这白话文与文言文谁好谁坏，其实不用多费口舌，比如胡适老婆死了，得发电报通知他。文言文说：妻丧速归。四个字解决问题，用白话文得说：你老婆死了赶快回来。啰唆不说，关键是电报费贵一半。

胡适也拿电报做例子，说是有一回有个学校请他当教授，因为他对那专业不熟，于是要回一封电报，他让学生帮着想怎么用文言文来回，最简单的回法是：才疏学浅，不能胜任。于是，胡适就说了自己的回法，干不了，谢谢。他总结说，有人认为白话文打电报费钱，不是同样省钱吗？也算是回应了黄

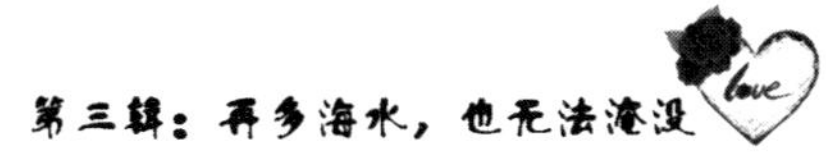

侃，从而留下一段美谈，读来令人莞尔。不过，这二位学者也只是说说而已。

据说中国最早的一封白话文电报，是张兆和发给沈从文的：乡下人喝杯甜酒吧，由此开始他们一生的夫唱妇随。沈先生念念不忘，写过这样的话：我行过许多地方的桥，看过许多次数的云，喝过许多种类的酒，却只爱过一个正当最好年龄的人。

这样难以言说的喜悦，不管过多久，依然让人沉吟让人微笑，总能让人想起点什么，佳话常常有这样的效用。而有些电报带给人的却是苦闷，惆怅，比如鲁迅先生收到的电报。

鲁迅那时在日本，26 岁了。朱安比他长 3 岁，已是大龄青年，母亲不时写信让他回国成婚，他不想回。直到收到一封电报，就四个字：母病速回。他只得回来，家里已经张灯结彩了，他也就明白要他回来做新郎。他没有后退的余地了。“两人一副古装打扮，在周家新台门拜堂，在亲戚和邻居的簇拥下，进了洞房。”据说，婚后第二天晚上，他在母亲房里磨蹭，后来干脆睡在书房里。婚后没几天，带着二弟去日本了。那个母亲送给他的“礼物”一直陪伴母亲，就是死也陪着……

这是一场悲剧，于鲁迅是，于朱安更是。

生活是一幕大戏，悲欢离合似乎早已打下伏笔，而电报有时只不过是个道具。有喜，有悲，更有五味杂陈的，分不清是喜是悲。

比如陆小曼和徐志摩，这二人在北平高调相爱，掀起轩然大波。梁启超先生批评过得意门生徐诗人，不要把自己的幸福建立在别人的痛苦之上。

那时陆小曼还是人妇，她的丈夫王赓和徐还是好友。可那时徐像一个战士，他说：“在茫茫人海中，访我灵魂之伴侣。得之我幸，不得我命，如此而已！”这场轰轰烈烈的爱情，最后演变成了桃色新闻，徐志摩也顶不住了，远走欧洲。那时王赓在南京，在军队中任职，权倾一时。他没有来硬的，没逼迫妻子，让她自己做主。这样，陆小曼拍三封电报给徐志摩，要他回来，一个人承受不来。王赓和陆小曼离婚后，据说当着徐志摩说了这样一席话：“你此后对她务必始终如一，如果你三心两意，给我知道，我定会以激烈手段相对的。”这话令人动容。

徐陆结婚了，过了一段神仙日子，矛盾就来了。他在北平，她在上海，她不肯北上，他只有往返，钱是个问题。徐给陆的信中说：“钱的问题，我是焦急得睡不着。现在第一盼望节前发薪……钱是真可恶，来时不易，去时太易。我自阳历三月起，自用不算，路费等等不算，单就付银行及你的家用，已有二千零五十元……我想想，我们夫妻俩真是醒起才是。”据说，陆花钱花得慷慨。

徐志摩飞机失事的11月，陆小曼发了十余封电报催他回上海。回来之后，据说夫妻又争吵不止，再返北平时遇难，一位天才诗人陨落了。总是不断有人替诗人惋惜，如果他没有遇到陆小曼，如果陆小曼不拍那么多电报……

人生里没有如果，总是环环相扣，不过是“得之我幸，不得我命”罢了。

前些日子我看见一个幽默说，有个男人出远门几年，没回家，有年冬天那女人给男人寄了床被子。男人收到后给女人发了一封电报，三个字：由甲申。妻子想不会吧，莫非几年不见，他个子长啦？竟说被子短了；盖了脚，盖不了头。盖了头，盖不了脚。盖了中间，头脚都露在外面……那则幽默到这里就结束了，我想着，也许她丈夫不是这个意思，是说他想她想得睡不着，在床上翻腾，一会儿在这边，一会儿在那边，一会儿又睡在中间啦。

可能我有点自作多情。我只是想着一个人给一个人拍电报，总是因为隔得远，这一拍一收中，也是一回小团圆。

明信片：心灵之卡片

陈雅珺

过去的一个多世纪中，人们通过邮寄明信片向留在家里的人兴高采烈地挥手，向许多人表示“我一直没有忘记你”。如今，我们不带 iphone 或笔记本电脑就没法出门，当你可以快速把一张在夏威夷海滩拍的照片配以“希望你也在这里”的信息发给同事的时候，谁还需要寄卡片呢?

其实，小小的明信片是经过了长达百年的“孕育”才降临于世的。早在 18 世纪中叶，扑克就被引入英国。当时的扑克牌色彩鲜艳，精美考究，背面还饰有花边图案。有人灵机一动，将扑克“一牌二用”：他们别出心裁地在扑克的正面写上了自己的大名，带着它四处探亲访友。接着，纸牌上的花边图案被更为引人入胜的风景图片所取代。人们在串门时如果扑了空，便可在这种“扑克名片”上写几句留言塞进门缝。这就是明信片的雏形。

19 世纪初叶，随着交通工具的日新月异，欧洲人开始了距离更为遥远的旅行。小店老板常向旅游者出售一种印有当地名胜古迹的信笺——只要简单地写上三言两语塞入信封，便可向亲友们寄发，只是信封和信纸都设计得比现在的小得多，以免超重。1865 年 10 月的一天，有位德国画家在硬卡纸上画了一幅极为精美的画，准备寄给他的朋友作为结婚纪念品。但是他到邮局邮寄时，邮局出售的信封没有一个能将画片装下。画家正为难时，一位邮局职员建议他将收件人地址、姓名等一起写在画片背面寄出，结果，这没有信封的“画片”如同信函一样寄到了朋友手里。这样，世界上第一张自制“明信片”就悄然诞生了。从这一点来说，明信片是艺术家和邮政职员的共同发明。

同年 11 月 30 日，在德意志邮政联合会的一次代表大会上，有人提议，为了写信方便，可以使用一种不需要套封的信件——明信。但因代表们意见不一，此提议未被采纳。又过了 4 年，奥地利医生荷曼提出了同样的建议，并主张卡片的大小应和信封一致，留下的空白处应足以写上 20 个词。开明的奥地利政府马上采纳了他的建议。于是，1869 年 10 月 1 日，历史上第一张明信片正式面世了，但当时官方称之为“通信卡”而不叫明信片。据悉这种“通信卡”颜色浅黄，既无照片也无图案，显得十分朴素，正面用于写收信人地址，反面才用以写信。“通信卡”发行的第一个月就售出了 300 万张，奥地利政府大受其惠。但是，“通信卡”的词义似乎未能表现出明信片的“明信”特征，因为这种“通信卡”也可以写上信文装在信封内套寄，所以，“通信”与“明信”的概念，显然有所区别。

紧跟着，英国于1870年首发了“邮政卡”，即在卡片的标头注名为“Post Card”，回避了“通信”与“明信”概念的区别，更注重于对发行机关功能权威性的诠释。1872年，俄国首发邮资片，标头的俄文译成汉语是“公开的信”，在表述明信片的特征上较之通信卡、邮政卡更为准确，但却失去了“卡片”的意思，按中国人的思路仍感词义不够完整。所以，“明信片”一词其实是中国特有的，尽管目前世界上许多国家的邮政卡上仍然印着“Post Card”，但是中国人习惯称它们为明信片。

一开始很多“上等人”对明信片十分反感，他们认为仆人就此可堂而皇之地偷看到主人收到的信件的内容。而且对收信人来说，接到一封邮资仅仅半便士的信件无异于是对收件人的“轻慢”。不过，平头百姓倒是对这一“新生事物”表示了极大热情。再后来，欧洲各国纷纷相继发行各自的明信片，但仅限国内邮寄，本国发行的明信片不能在他国使用。

正当欧洲各国竞相发行自己的明信片时，德国人又想出了新花样——他们开始将小幅的风景画印在一些价格较高的明信片上，大旅社的老板则把自家旅社的照片和当地的名胜印在明信片上招揽顾客。由此明信片开始和广告业挂钩。1875年，欧洲各国政府达成了一项协议：一国发行的明信片也可寄往国外。

明信片绝非仅是一张快照、一段文字那么简单，在研究重大事件时，报纸是无价之宝，而明信片的价值却胜在平淡无奇。它的图片诉说着平凡，所以它在叙述日常生活时就是不可或缺的材料。“看着这群女孩儿真养眼，”1910 年 5 月一个名叫威利的小伙子在俄罗斯的叶卡特琳堡写道，“但只是欣赏，我真正想见的人是你。”他的未婚妻叫莱娜，住在英国的北希尔兹。她会等到他回来娶她吗？这个活泼的小伙子挺过了惨烈的索姆河之战吗？

“我们这儿的人都一个样。”一个在布莱顿海边度假的人抱怨道。这些平凡的话语中也有诗意，甚至能为人们提供灵感。“下周五的课改在 7：20，如能如期光临，本特利夫人将不胜感激。”这是一位音乐老师写的卡片，比打通电话来得正式。明信片不仅反映着人们丰富多姿的生活，它也在相当程度上反映了历史的进程。“二战”期间，德国曾印制了大量明信片寄往世界各地，以此扩大法西斯政权的影响。

到 19 世纪 90 年代，英国出现了明信片热，人们不仅乐于使用明信片，而且开始竞相收藏各种明信片，明信片俱乐部也应运而生。同好的人们在俱乐部里交流收藏经验，并交换各自珍藏的宝物。连高贵的维多利亚女王也收藏了几百张精美的明信片。不过，直到 20 世纪 70 年代，明信片热才开始风靡全球，据英国一名“明信片大王”统计，全世界约有明信片收藏者 7000 万人，在北非、西亚、东南亚和中国，都出现了越来越多的收藏家。也许没有人能够精确说出究竟已有多少种明信片问世，但美国一名专家断言已不下 1000 万种。

明信片的题材也越来越五花八门，上至天文，下至地理，人生感悟，花香鸟语，几乎无所不包。巴黎有人收集了1914年之前各国发行的1500多种“愚人节明信片”，奥地利有人专门收集了以墓碑为主题的明信片300多种。一些历史学家和社会学家还喜欢收集那些以“挤不进史册”的新闻为题材的明信片，比如有张明信片是关于1900年在布列塔尼举行的“婴孩选美赛”的。英国作家沃特霍斯说得好：明信片记载了平凡生活的历史。

现代人要以怎样的心情欣赏这些老旧明信片呢？也许有人喜欢这些明信片图像中特有的美感，一种消逝的、不复见的情怀，但又好像与儿时记忆有些纠葛；有些人特别喜爱使用过的老明信片，数十年前的某人在明信片上留下一些私人讯息，让后代有种窥探当年生活的乐趣；又或者有些人是为了学术研究的目的，想在老明信片的图中找到蛛丝马迹，探索无言的前尘旧事。不管怎样，明信片是种无名的艺术，是某个时代、某些人的集体记忆，它有选择地记录着每个时期的风华容颜。

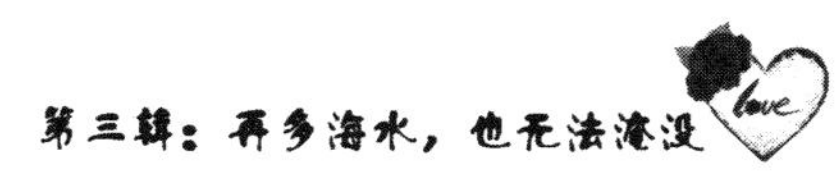

《喀秋莎》：一首歌与一场战争

张达明

1939 年，苏联著名诗人伊萨科夫斯基创作了《喀秋莎》，而后由作曲家勃兰切尔谱成曲子。这是一首爱情歌曲，描绘了俄罗斯春回大地时的美丽景色和一个名叫喀秋莎的姑娘对离家在外的情郎的思念。歌曲没有一般情歌的委婉、缠绵，而是节奏明快、简捷，旋律朴实、流畅。

1941 年 6 月 22 日，战争狂人希特勒撕毁了与苏联签订的《互不侵犯条约》，闪电般地向苏联发动了全面进攻。不到一个月，德军中央集团军的近百万大军就击溃了苏联红军，进而长驱直入，直逼首都莫斯科！

苏联全国军民紧急行动起来，男人几乎全部奔赴前线，留守的女人匆忙搬迁到后方的工厂中制造坦克、飞机、大炮和枪支，用纤细的手把一件件武器送往流水线。所有人都懂得，如果家园被侵略者占领，就意味着从此将被奴役。那时，除了死亡，不会再有任何事情发生。

1941 年 7 月的一个黄昏，在莫斯科城里，新编的红军近卫军第三师即将开赴第聂伯河前线。士兵都是生平第一次穿上军装，甚至连给家人写一封告别信的时间也没有，就要匆忙上路，市民们倾城而出为他们送行。送行的人群里有一群妙龄少女，她们是莫斯科一所工业学校的女学生。此时，她们站在路边，看着行进中的同龄人，忽然唱起了一首歌——“正当梨花开遍了天涯，河上漂着柔曼的轻纱，喀秋莎站在峻峭的岸上，歌声好像明媚的春光。姑娘唱着美妙的歌曲，她在歌唱草原的雄鹰，她在歌唱心爱的人儿，喀秋莎爱情永远属于他。啊，这歌声，姑娘的歌声，跟着光明的太阳飞去吧，去向远方边疆的战士，把喀秋莎的问候传达。驻守边疆年轻的战士，心中怀念遥远的姑娘，勇敢战斗保卫祖国，喀秋莎爱情永远属于他……”正在行进中的近卫军第三师全体官兵情不自禁地放慢了脚步，人人眼里含着激动的泪水，齐刷刷地向姑娘们行了个庄严的军礼。在姑娘们歌声的感染下，市民们也都高声唱起了《喀秋莎》。在歌声的陪伴中，年轻的近卫军第三师全体官兵雄纠纠地走向了保家卫国的前线……

随后，在第聂伯河阻击德军最精锐的古德里安装甲部队的战役中，虽然战斗极为惨烈，但近卫军第三师全体官兵却高唱着《喀秋莎》，一次次冲向敌人，让德军不由得胆战心惊。阻击任务完成后，全体官兵几乎全部阵亡。他们英勇顽强的阻击，给了不可一世的德军以迎头痛击，更为红军建立保卫莫斯科的最后防线赢得了宝贵时间。

从听到《喀秋莎》开始，近卫军第三师全体官兵的生命只持续了短短一个月，但他们英勇杀敌的事迹，却很快传遍了全苏联。伴随着他们事迹的，还有歌曲《喀秋莎》。从此，《喀秋莎》便流传开来，北到列宁格勒，南到基辅市，整个苏联到处都在传唱着《喀秋莎》。随着战争的深入，《喀秋莎》也被传唱到了东欧一些国家。波兰人民曾将《喀秋莎》作为战斗号令，而保加利亚的游击队员还将这首歌曲作为联络信号。更让人意外的是，就连许多德国士兵也喜欢上了《喀秋莎》。

一次战斗间隙，在苏联红军一个步兵连的战壕里，正在休息的战士们突然听到随风飘来的熟悉歌声："正当梨花开遍了天涯……"开始，战士们还以为是自己的部队在唱歌。仔细一听，那歌声竟来自对面的德军阵地。红军连长拿起望远镜一看，发现在对面的德军阵地上，一伙德军正围着一架留声机忘情地欣赏《喀秋莎》。连长顿时怒不可遏，战士们也被激怒了。在没有请示上级的情况下，连长就带领战士们向敌军阵地发起了攻击。当他们攻进德军阵地找到那架留声机时，留声机依然在转动，在歌唱……连长上前取出了唱片，不由自主地跪在地上失声痛哭。战士们也都跟着跪了下去，人人泪流满面。

这场为了从法西斯魔爪中夺回《喀秋莎》唱片而没有请示的战斗，使八名红军士兵献出了宝贵生命。这一事件惊动了军法部门，他们指示立即派人对此事进行调查。那位连长所在团的团长对上级调查的人说："要处分我来承担。如果当时我看见《喀秋莎》被一群法西斯豺狼包围蹂躏，我甚至比他们的反应更为激烈！"

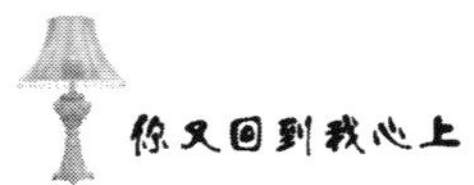

团长的话，让军法处的同志深为震撼，调查再也没了下文。

1942年年初，一种速射的自行火箭炮，在苏联乌拉尔的兵工厂以惊人的速度被大批量生产出来，并很快装备到红军部队。这种火箭炮斜置在卡车上，不仅能并排发射火箭，而且移动方便，火力凶猛，战士们都非常热爱这种武器。火箭炮的发射架上标着兵工厂的标记字母“K”，操纵火箭炮的红军战士根据这个字母，把大炮命名为“喀秋莎”。这个美丽高雅的名字，迅速在红军中传播开来。“喀秋莎”发射时的火焰和独特的呼啸声，加上动听的《喀秋莎》歌声，使纳粹士兵心惊肉跳，无形中加速了纳粹德国灭亡的进程。

1945年春，正是梨花盛开的季节。苏联红军200多万人突破波德边境，攻入德国本土，包围了纳粹帝国的巢穴柏林。4月16日，红军开始了对柏林的进攻。

前进中，红军战士高唱着《喀秋莎》，而为这歌声伴奏的，是2000多门“喀秋莎”火箭炮的呼啸声。一位随军记者当时激动地写道：“天哪，这是怎么了，简直就是《喀秋莎》的歌声在向柏林进攻。”

战争胜利后，苏联政府为表彰《喀秋莎》这首歌在战争中所起到的巨大鼓舞作用，专门在莫斯科为《喀秋莎》建立了一座纪念馆。这在人类的战争史和音乐史上，都是史无前例的，也让《喀秋莎》的生命获得了永恒。

故意印错的杂志

蒋光宇

有一天，美国第16任总统林肯来到华盛顿的大街上，身后跟随着几个着便装的卫兵。当时还没有电视等媒体的传播，他只要稍加装扮就不会被人认出来，于是，他在街上很舒心地逛了好一阵子。忽然，他看到在一家名为《智慧》的杂志社门前围了一大群人，不知道在干什么。他耐不住好奇，马上凑了过去。结果发现，在华丽的墙壁上竟钻了一个小洞，洞旁写着几个醒目的大字：不许向里看！但好奇心还是驱使人们争先恐后地向里观望。林肯也顺着小洞向里看，原来里面是用五彩缤纷的霓虹灯组成的《智慧》杂志的广告。

林肯大笑起来。

他觉得这家杂志的广告很有创意，于是就吩咐秘书为自己订了一份。《智慧》杂志果然很独特，不论内容、版式、装帧、封面设计，还是印刷质量都称得上一流。于是，林肯便总是抽出时间来阅读。一天，林肯处理完当天的公务，又拿起一份新到的《智慧》杂志翻阅起来。翻着翻着，他突然发现，在这份杂志中间有几页没有被裁开。林肯顿时很扫兴，顺手就将杂志放到了一边。晚上，林肯躺在床上时，突然不经意地想起这本杂志的事情，这本杂志既然是一本风靡各地的杂志，在管理方面应该是十分严格的，怎么会出现这种连页现象呢？他由此联想到杂志社曾在墙壁上钻小洞做广告的事，难道这回又有什么新花样？

他翻身下床，找到这本杂志小心翼翼地用小刀裁开了书的连页。裁开之后，发现连页中的一节内容被纸糊住了。林肯想，被糊住的地方大概是印错了。但印错的内容又是什么呢？好奇心驱使林肯又用小刀一点点地撬起了糊着的纸。

最后，他发现下面竟写着这样几行字：

恭喜您！您用您的好奇心和接受新事物的能力获得了本刊1万美元的奖金，请将杂志退还本刊，我们将负责调换并给您寄去奖金。

《智慧》编辑部

林肯对编辑部这种启发读者智慧和好奇心的做法极其欣赏，便提笔写了一封信，附上了自己的一些建议。不久，林肯便接到了新调换的杂志和编辑部的一封回信：总统先生，在我们这次故意印错的300本杂志中，只有8个人从中获得了奖金，绝大多数人则只是采取了将杂志寄回杂志社重新调换的做法。看来您的确是真正的智者。根据您来信的建议，我们决定将杂志改名。

这本改名后的杂志，就是至今风靡世界的《读者文摘》。

《十万个为什么》：风靡了半世纪的科普传奇

李响

鸟为什么会飞，鱼为什么能在水中游，天空为什么有彩虹，浪花为什么是白色的……这些天真而不乏诗意和哲理的问题，很多人小时候都曾经问过，并且都在一套百科全书中得到亲切活泼的解答。这套书就是《十万个为什么》。

自 1961 年出版以来，这套单纯的儿童科普书，经历了科技发展最为迅猛的 50 年，也经历了中国政治与文化风云变幻的 50 年。书中的“为什么”几经增删、修改，既随科技发展而成长演变，也打上了中国特色的政治烙印。编写它的科普作家和编辑们，命运也因这部书发生了几次转折……

书名来源于英国诗歌

《十万个为什么》前几版诞生的年代决定了当时的盛况今天不可能复制。

1949 年 11 月，文化部设立了科学普及局，新中国迎来第一个科普高峰。1956 年 10 月，毛泽东在中南海接见了 1000 多名来自全国各地的科普积极分子。参与科普创作成了一种

"时尚"，更是知识分子为人民服务、与工农相结合的进步表现。

当时出版社无论大小，几乎都参与了科普读物的出版，但出版的主要是给工人农民看的实用技术类科普书，少儿科普书则严重短缺。

时任上海少年儿童出版社第三编辑室主任的王国忠回忆："1957年的'反右'运动，知识分子不愿动笔，怕自找麻烦。1958年'大跃进'之风，出版社也刮起浮夸风，出的都是只求数量不求质量的书，我自己也干过三天编一套书的蠢事。不少违背科学规律的事情让我醒悟……觉得还是得脚踏实地对少年儿童宣传、传达最基础的科学知识。"

说干就干，上海少儿出版社决心用不到一年的时间完成这套书，赶在1959年10月前出版，作为国庆十周年的献礼。

第一个问题就是要确定一个叫得响、传得开的书名，编辑们经过几天讨论，淘汰了"你知道吗?"、"知识的海洋"等本土标题，一致同意借用苏联作家伊林写的一本经典科普读物的名字：《十万个为什么》。伊林这本书出版于1929年，在苏联广受欢迎，在我国也大为流行，到1949年3月，开明书店已将此书再版了9次。

"十万个为什么"也并非伊林的原创，而是来源于诺贝尔文学奖得主、英国诗人约瑟夫·吉卜林诗歌中的一句："一百万个怎么样，两百万个在哪里，七百万个为什么!"这首诗翻译成俄文后却变成了"十万个为什么"。据懂俄语的科普作家叶永烈分析，这是不同语言的数字表达习惯造成的，在俄语中，“十万”形容数量很多。

这一书名在几十年的实践当中被证实大获成功。很多读者回忆，小时候真的仔细数过目录，根本没有十万个“为什么”，只有几千个。

叶永烈用它做提亲礼物

第一批作者是上海一所师范学校的7位老师，他们花去将近一年的时间辛辛苦苦完成6万字初稿，但写得跟教科书差不多，根本不适合儿童阅读。

年轻编辑洪祖年业余时间担任两所小学的课外辅导员，他突发奇想，向孩子们征集问题！有了好问题才有好答案。

这个想法立刻得到赞同。编辑室印制1万份问卷，散发到几十所中小学、少年宫、少年科技指导站。

“人是不是猴子变的？现在猴子还能不能变成人？有的小孩为什么会长白头发？路边大树的下半截为什么要刷成白色？冰棍为什么会冒白烟……”问卷回收后编辑们惊喜万分，大人熟视无睹的问题，只有孩子的眼睛才能发现。

有了第一次组稿的教训，编辑们认为应该不拘一格起用作者。

编辑曹燕芳想到，她当时手头还编着另外一本书，叫《碳的一家》，文字生动活泼，作者是北大化学系大二的学生叶永烈。曹燕芳打算让这个年轻人写几个“为什么”试试看。

叶永烈自幼爱好文学，考上北大不久，父亲和哥哥都被打成“右派”。为了完成学业并分担父母压力，他利用课余时间写科普散文赚稿费。他写的几篇“为什么”样稿令编辑非常满意。叶当时才20岁，给比自己小几岁的读者写文章很有感觉，而且他从小就是苏联《十万个为什么》作者伊林的忠实读者，模拟“偶像作家”写作，自然手到擒来。

曹燕芳索性把“化学”分册大部分题目都交给叶永烈写，天文气象、生理卫生等分册也慕名而来。1961年出版的5个分册，共947个“为什么”，叶永烈写了326个，他是第一版《十万个为什么》写作量最大的作者，获得了可观的收入——一个“为什么”稿费5元，在当时，1600多元绝对是一笔巨款。

对于当时的叶永烈来说，《十万个为什么》带来的收入尚在其次，真正改变他命运的是，他从一个普通大学生一跃成为科普作家。1962年，叶永烈回老家，认识了年轻俄文教师杨惠芬，情投意合，他上门提亲时送的礼物就是一套《十万个为什么》。少年才气尽在这套轰动全国的“大部头里”显露，杨家深为赞许。一年后，叶与杨结婚。

胡耀邦倡议全国团员学习讨论

《十万个为什么》从1959年开始筹备，1961年4月至10月出版物理、化学、天文气象、农业和生理卫生五个分册，一上市就引起抢购热潮。本是为少年儿童写的书，却吸引老中青几代传看。应读者要求，1962年又增编3本分册：地质矿物、动物和数学。8册一共收录问题1484个，总计100万字。

到 1964 年 4 月，《十万个为什么》发行了 584 万册（73 万套），其中还供应印尼华侨 2 万套。1964 年，全国具有小学文化程度（包括小学文化）以上的人口有 2.4 亿，相当于每 40 个识字的中国人就有一册“为什么”。

1962 年召开的全国团干部会议上，在时任团中央第一书记的胡耀邦倡议下，与会者人手一套《十万个为什么》，胡耀邦说：“每个人要从中学点知识。”会后，全国团支部开展活动，组织团员一起阅读和讨论“为什么”。

1964—1965 年间，根据读者来信提到的问题，编辑室把丛书作了全面修订，出版了第二版。在审稿人名单上有许多如雷贯耳的名字：李四光、竺可桢、华罗庚、茅以升、钱崇澍、苏步青……

1970 年 9 月，第三版（俗称“文革版”）开始陆续出版，计划出 23 册，后因“文革”结束，最后两本没有出。“文革版”被迫添加了很多政治因素。比如每个问题的回答都要首先引用毛主席语录和马恩著作。

就是这样一套远不如前两版精彩的“文革版”，在书籍极度匮乏的时代，出版发行多达 3700 万册。编辑曹燕芳回忆，20 世纪 80 年代初，她碰上过好几位大学毕业生，说都是靠着读《十万个为什么》，在恢复高考时考上了大学。

全国人民读一本书的时代过去了

“文革”结束，中国迎来“科学的春天”，上海少儿出版社恢复重建，马上就收到大批读者来信，要求修订再版《十万个为什么》。曾经年轻有为的编辑们，经过十年浩劫，分散在各个岗位，身体和精神状态都大不如前。但他们纷纷回到少儿社三编室，在“文革”前版本的基础上，推出了第四版。仍然是黑色的封皮，但内在细节有许多变化，最明显的就是每个“为什么”后面都注明了作者的名字，以表达新时代对知识分子的尊重。

第四版卖出了3000万册，到20世纪90年代初期遭遇科普退潮。下海经商潮冲击着科普读物，“盗版”也开始流行起来。时隔近20年后，1999年，上海少儿社才推出了第五版：“新世纪（002280）版”。这一版不再像以往单册陆续推出，而是装在精美的盒子里整套售卖，对于这时的大多数家长来说，为独生子女买下整套精装丛书已不是难事。据出版社统计，新世纪版迄今售出721万册。

新世纪十年，科技发展速度比过去几十年要快不知几倍，如今，第六版创作团队吸收了“科学松鼠会”成员，这批80后作者认为，要尽可能讲述一个问题的研究进展和来龙去脉，一题不限一答，让孩子自己去分析和辨别，引起他们思考。

“全国人民读一本书的时代过去了。”上海少年儿童出版社社长李远涛说。今天恐怕已经不可能有任何一本书再创《十万个为什么》初版的奇迹。

京白

萧乾

20 世纪 50 年代为了听点儿纯粹的北京话，我常出前门去赶相声大会，还邀请过叶圣陶老先生和老友严文井。现在除了说老段子，一般都用普通话了。虽然未免觉得可惜，可我估摸着他们也是不得已。您想，现今北京城扩大了多少倍！两湖两广陕甘宁，真正的老北京早就成“少数民族”了。要是把话说纯了，多少人能听懂！印成书还能加个注，台上演的，台下要是不懂，没人乐，那不就砸锅啦！所以我这篇小文也不能用纯京白写下去啦，我得花搭着来——“花搭”这个词儿，作兴就会有人不懂。它跟“清一色”正相反：就是京白和普通话掺着来。

京白最讲究分寸。前些日子从南方来了位愣小伙子来看我，忽然间他问我“你几岁了”？我听了好不是滋味儿。瞅见怀里抱着的，手里拉着的娃娃才那么问哪，稍微大一点儿，上学的，就得问：“十几了”？问成人“多大年纪”。有时中年人也问：“贵庚”，问老年人“高寿”，可那是客套了，我赞成朴素点儿。北京话里，三十“来”岁跟三十“几”岁可不是一码事。三十“来”岁是指二十七八，快三十了，三十“几”岁就是三十出头了。

就是夸起什么来，也有分寸，起码有三档。“挺”好和“顶”好发音近似，其实还差着一档。“挺”相当于文言的“颇”，褒语最低的一档是“不赖”，就是现在常说的“还可以”。代名词“我们”和“咱们”在用法上也有讲究，“咱们”一般包括对方，“我们”有时候不包括，如“你们是上海人，我们是北京人，咱们是中国人”。

京白最大的特点是委婉。常听人抱怨如今的售货员说话生硬——可那总比带理不理强哪。从前，你只要往柜台前头一站，柜台里头的就会跑出来问：“您来点儿什么”？“哪件可您的心意”？看出你不想买，就打消顾虑说：“您随便儿看，买不买没关系。”

委婉还表现在使用导语上。现在讲究直来直去，倒是省力气，有好处，可有时候猛孤丁来一句，会吓人一跳。导语就是在说正话之前，先来上半句话打个招呼。比方说，知道你想见一个人，可他走了，开头先说：“您猜怎么着——”，要是由闲话转入正题，先说声：“喂，说正格的——”，就是希望你严肃对待他底下的这段话。

委婉还表现在口气和角度上。现在骑车的要让行人让路，不是按铃，就是硬闯，最客气的才说声“靠边儿”。我年轻那时，最起码也得说声“借光”，会说话的，在“借光”之外，再加上句“溅身泥”，这就替行人着想了，怕脏了您的衣服，这种对行人的体贴往往比光喊一声“借光”来得有效。

京白里有些词儿用得妙。现在夸朋友的女儿貌美，大概都说：“长得多漂亮啊！”京白可比那花哨。先来一声“哟”，表示惊讶，然后才说：“瞧您这闺女模样儿出落得多水灵啊！”相形之下，“长得”死板了点儿，“出落”就带有“发展中”的含义，以后还会更美，而“水灵”这个词儿除了静的形态（五官端正）之外，还包含着雅、娇、甜、嫩等素质。

名物词后边加“儿”字是京白最显著的特征，也是说得地道不地道的试金石。已故文学翻译家傅雷是语言大师。五十年代我经手过他的稿子，译文既严谨又流畅，连每个标点符号都经过周详的仔细斟酌，真是无懈可击。然而他有个特点：上海人可偏偏喜欢用京白译书。有人说他的稿子不许别人动一个字，我就在稿中“儿”字用法上提过些意见，他都十分虚心地照改了。

正像英语里冠词的用法，这“儿”字也有点儿捉摸不定。大体上说，“儿”字有“小”意，因而也往往有爱昵之意。小孩加“儿”字，大人后头就不能加，除非是挖苦一个佯装成人老气横秋的后生，说：“嗬，你成了小大人儿啦。”反之，一切庞然大物都不得加“儿”字，比如学校、工厂、鼓楼或衙门。马路不加，可“走小道儿”、“转个弯儿”就加了。当然，小时候也听人管太阳叫“老爷儿”，那是表示亲热，把它人格化了，问老人“您身子骨儿可硬朗啊”，就比“身体好啊”亲切委婉多了。

我的秦腔记忆

陈忠实

在我最久远的童年记忆里顶快活的事，当数跟着父亲到原上原下的村庄去看戏。

父亲是个戏迷，自年轻时就和村子里几个戏迷搭帮结伙去看戏，直到年过七旬仍然乐此不疲。我童年跟着父亲所看的戏，都是乡村那些具有演唱天赋的农民演出的戏。开阔平坦的白鹿原上和原下的灞河川道里，只有那些物力雄厚而且人才济济的大村庄，不仅能凑足演戏的不小开销，还能凑齐生、旦、净、末、丑的各种角色。我们这个不足40户人家的村子，演戏是连想也不敢想的事，我和父亲就只有到原上和原下的那些大村庄去看戏了。

不单在白鹿原，整个关中和渭北高原，乡村演戏集中在一年里的两个时段，是农历的正月二月和伏天的六月七月。正月初五过后直到清明，庆祝新年佳节和筹备农事为主题的各种庙会，隔三岔五都有演出，二月二是传统习惯里的龙抬头日，形成演出高潮，原上某个村子演戏的乐声刚刚偃息，原下灞河边一个村子演戏的锣鼓梆子又敲响了，常常发生这个村和那个村同时演出的对台戏。再是每年夏收夏播结束之后相对空闲的一个多月里，原上原下的大村小寨都要过一个各自约定的“忙罢会”。顾名思义，就是累得人脱皮掉肉的收麦种秋的活儿忙完了，该当歇息松弛一下，约定一个吉祥日子，亲朋好友聚会一番，庆祝一年的好收成。这个时节演戏的热闹，甚至比新年正月还红火，尤其是风调雨顺小麦丰收家家仓满囤溢的年份。

我已记不得从几岁开始跟父亲去看戏，却可以断定是上学以前的事。我记着一个细节，在人头攒动的戏台下，父亲把我架在他的肩上，还从这个肩头换到那个肩头，让我看那些我弄不清人物关系也听不懂唱词的古装戏。可以断定不过五六岁或六七岁，再大他就扛架不起了。我坐在父亲的肩头，在自己都感觉腰腿很不自在的时候，就溜下来，到场外去逛一圈。及至上学念书的寒暑假里，我仍然跟着父亲去看戏，不过不好意思坐父亲的肩膀了。

同样记不得跟父亲在原上原下看过多少场戏了，却可以断定我那时候还不知道自己看的戏种叫秦腔。知道秦腔这个剧种称谓，应在 20 世纪 50 年代中期离开家乡进西安城念中学以后，我 13 岁。看了那么多戏，却不知道自己所看的戏是秦腔，似乎于情于理说不通。其实很正常，包括父亲在内的家乡人只说看戏，没有谁会标出剧种秦腔。原上原下固定建筑的戏楼和临时搭建的戏台，只演秦腔，没有秦腔之外的任何一个剧种能登台亮彩，看戏就是看秦腔，戏只有一种秦腔，自然也就不需要累赘地标明剧种了。这种地域性的集体无意识就留给我一个空白，在不知晓秦腔剧种的时候，已经接受秦腔独有的旋律的熏陶了，而且注定终生都难能取代的顽固心理。

在瓦沟里的残雪尚未融尽的古戏楼前，拥集着几乎一律黑色棉袄棉裤的老年壮年和青年男人，还有如我一样不知子丑寅卯的男孩，也是穿过一个冬天开缝露絮的黑色棉袄棉裤，旱烟的气味弥漫不散；伏天“忙罢会”的戏台前，一片或新或旧的草帽遮挡着灼人的阳光，却遮不住一幢幢淌着汗的紫黑色裸膀，汗腥味儿和旱烟味弥漫到村巷里。我在这里接受音乐的熏陶，是震天轰响的大铜锣和酥脆的小铜锣截然迥异的响声，是间接许久才响一声的沉闷的鼓声，更有作为乐团指挥角色的扁鼓密不透风干散利爽的敲击声，板胡是秦腔音乐独有的个性化乐器，二胡永远都是作为板胡的柔软性配乐，恰如夫妻。我起初似乎对这些敲击类和弦索类的乐器的音响没有感觉，跟着父亲看戏不过是逛热闹。记不得是哪一年哪一岁，我跟父亲走到白鹿原顶，听到远处树丛笼罩着的那个村子传来大铜锣和小铜锣的声音，还有板胡和梆子以及扁鼓相间相错的声响，竟然一阵心跳，脚步不自觉地加快了，一种渴盼锣鼓梆子扁鼓板胡二胡交织的旋律冲击的欲望潮起了。自然还有唱腔，花脸和黑脸那种能传到二里外的吼唱（无麦克风设备），曾经震得我捂住耳朵，这时也有接受得颇为急切的需要了；白须老生的苍凉和黑须须生的激昂悲壮，在我太浅的阅世情感上铭刻下音符；小生和花旦的洋溢着阳光和花香的唱腔，是我最容易发生共鸣的

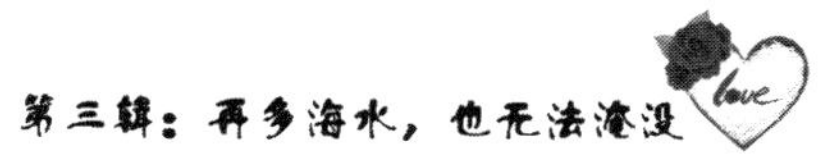

妙音；还有丑角里的丑汉和丑婆婆，把关中话里最逗人的语言作最恰当的表述，从出台到退场都被满场子的哄笑迎来送走……我后来才意识到，大约就从那一回的那一刻起，秦腔旋律在我并不特殊敏感的乐感神经里，铸成终生难以改易更难替代的戏曲欣赏倾向。

我记不得看过多少回秦腔戏了。有几次看戏的经历竟终生难忘。上学到初中三年级，学校在西安东郊的纺织工业重镇边上，住宿的宿舍在工人住宅区内。晚自习上完，我和同伴回宿舍的路上，听到锣鼓梆子响，隐隐传来男女对唱，循声找到一个露天剧场，是西安一家专业剧团为工人演出，而且有一位在关中几乎家喻户晓的须生名角。戏已演过大半，门卫已经不查票了，我和同学三四个人就走进去，直到曲终人散。无论从哪方面说，都比乡村戏台上那些农民的演出好得远了，我竟兴奋得好久睡不着觉。第二天早上走进学校大门，教导主任和值勤教师站在当面，把我叫住，指令站在旁边。那儿已经站着两个人，我一看就明白了，都是昨晚和我看戏的同伴——有人给学校打小报告了。教导主任是以严厉而著名的。他黑煞着脸，狠声冷气地训斥我和看戏的同伙。这是我学生生活中唯一的一次处罚……

20 多年后的 1980 年，我被任命为区文化局副局长的同时，新任局长就是训斥并罚我站的教导主任。我和他握手的那一刻，真是感慨“人生何处不相逢”灵验了。从和他握手直到我离开这个单位，始终都不曾提及此事。他肯定不记得这件事了，他训斥过可能就置诸脑后了，又忙着训导另一位违纪的学生去了。不过，这个时候的他，已经半老，依然严厉的脸上总是洋溢着微笑，大笑的时候很爽朗。一张棱角严厉的脸无论畅怀大笑还是微笑，尤其生动感人，甚为可爱。

还有一次难泯的记忆。这是“四人帮”倒台不久的事。西安城里那些专业秦腔剧团大约还在观望揣摩文艺政策能放宽到何种程度的时候，关中那些县管的也属专业的秦腔剧团破门一拥而出了，几乎是一种潮涌之势。他们先在本县演出，又到西安城里城外的工厂演出，几乎全是被禁演多年的古装戏。西安郊区的农民赶到周边县城或工厂去看戏，骑自行车看戏的人到傍晚时拥满了道路。我陪着妻子赶过 20 里外的戏场子。我的父亲和村里那几个老戏友又搭帮结伙去看戏了。到处都能听到这样一句痛快的观感：“这才是戏!”更有幽默表述的感慨：“秦腔到底又姓秦了!”这种痛快的感慨发自一个地域性群体的心怀。“文革”禁绝所有传统剧目的同时，推广 10 个京剧“样板戏”，关中的专业剧团和乡村的业余演出班子，把京剧“样板戏”改编移植成秦腔演出，我看过，却总觉得不过瘾，多了点什么又缺失了点什么。民间语言表达总是比我生动比我准确：“这是拿关中话唱京剧哩嘛!”还有“秦腔不姓秦了”的调侃。

到 20 世纪 80 年代中期，我的经济状况初得改善，便买了电视机，不料竟收不到任何节目，行家说我居住的原坡根下的位置，正好是电视信号传递的阴影区域。我不甘心把电视机当收音机用，又破费买了放像机，买回来一厚摞秦腔名家演出的录像带，不仅我把包括已经谢世的老艺术家的拿手好戏看了个够，我的村子里的老少乡党也都过足了戏瘾，常常要把电视机搬到院子里，才能满足越拥越多的乡党。我后来又买了录音机和秦腔名角经典唱段的磁带，这不仅更方便，重要的是那些经典唱段百听不厌。大约在我写作《白鹿原》的四年间，写得累了需要歇缓一会儿，我便端着茶杯坐到小院里，打开录音机听一段两段，从头到脚、从外到内都是一种无以言说的舒悦。久而久之，连我家东隔壁小卖部的掌柜老太婆都听上了戏瘾，某一天该当放录音机的时候，也许我一时写得兴起忘了时间，老太太隔墙大呼小叫我的名字，问我“今日咋还不放戏?”我便收住笔，赶紧打开录音机。老太太哈哈笑着说她的耳朵每天到这个时候就痒痒了，非听戏不行了……在诸多评说包括批评《白鹿原》的文章里，不止一位评家说到《白鹿原》的语言，似可感受到一缕秦腔弦音。如果这话不是调侃，是真实感受，却是我听秦腔之时完全没有预料得到的潜效能。

我看过、听过不少秦腔名家的演出剧目和唱段，却算不得铁杆戏迷。不说那些追着秦腔名角倾心倾情胜过待爹娘老子的戏迷，即使像父亲入迷的那样程度，我也自觉不及。我比父亲活得好多了，有机会看那些名家的演出，那些蜚声省内外的老名家和跃上秦腔舞台的耀眼新星，我都有机缘欣赏过他们的独禀的风彩。然而，在我久居的日渐繁荣的城市里，有时在梦境，有时在一个人独处的时候，眼前会幻化出旧时储存的一幅

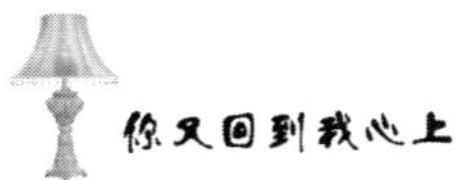

幅图景，在刚刚割罢麦子的麦茬地里，一个光着膀子握着鞭子扶着犁把儿吆牛翻耕土地的关中汉子，尽着嗓门吼着秦腔，那声响融进刚刚翻耕过的湿土，也融进正待翻耕的被太阳晒得亮闪闪的麦茬子，融进田边沿坡坎上荆棘杂草丛中，也融进已搭着原顶的太阳的霞光里。还有一幅幻象，一个坐在车辕上赶着骡马往城里送菜的车把式，旁若无人地唱着戏，嗓门一会儿高了，一会儿低了，甚至拉起很难掌握的“彩腔”，在乡村大道上朝城市一路唱过去……

秦人创造了自己的腔儿。

这腔儿无疑最适合秦人的襟怀展示。

黄土在，秦人在，这腔儿便不会息声。

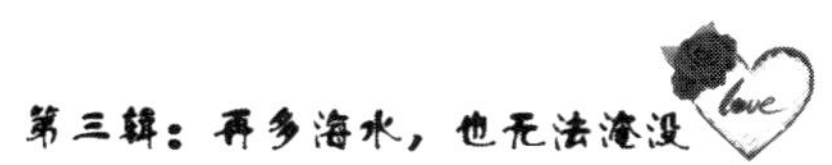

云想衣裳花想容

——电影之衣难忘

洪堃

有时是因为一袭美丽的衣裙会回想起这部片子，眼前仿佛有欲开放的花苞把香甜的记忆如流水般引出，流进心田，流入平淡时光，辉煌留于银幕，点点灿烂闪烁在我们平凡的人生，泛出惊喜泛出迷离的向往，这样，已是欣慰……

纯真之白

《乱世佳人》的第一场戏，少女斯佳丽穿着白纱裙，那硕大的白色裙摆如波浪般层层起伏，此刻的斯佳丽俏皮、张扬，骄傲却非常单纯，两位少年在裙摆旁忙着献殷勤。她搞得定男人但搞不定爱情，她最爱的阿希礼不爱她，最爱她的瑞特她不爱，因为她的心被阿希礼占得满满的，当一个人把爱情上升到了一种信仰，对方所有的缺点就被弱化，人如入了谜局而不可自拔，当她终于懂得爱时，一切已成昨日黄花。

脱下这件白纱裙，斯佳丽无忧无虑的少女时代宣告结束，战争中她经历的苦难使她坚强、能干，貌似霸道实则善良及顾全大局的品性展露无疑，这是一个打不垮的女性，并不是只会出风头或耍些小媚招的花瓶。

影片中最出名的是配得上斯佳丽绿色眸子的参加 12 橡树舞会时的绿裙子，白裙子只是我的个人喜好，衣柜里，真丝、棉麻、蕾丝、薄纱……各种白裙，一应俱全。而白色仿佛容不得一丝灰败，每年都会买很多，同时也要清理很多，这一刻很让人惆怅，对穿过的衣服总有一些依依不舍的情结，许是汇集了一些小故事，许是汇集了一些动人的场景，许是一去不复返的时光。

活泼之圆点

奥地利的美丽风光，那一袭袭鲜亮华服，那活泼俏丽的银幕形象——茜茜，可爱女子的化身。翻开她的传记，与影片描写的瑰丽浪漫还是大有出入，她有着作为一名妻子不该有的任性、骄傲，但始终恪守身体与感情的清白；有着追求自由个性的洒脱也有与上流社会流行的糜烂、浮华、虚荣格格不入的失落；她与皇帝弗兰茨的爱情并不美妙，这是一位忧伤的皇后。

影片中茜茜的发型、服饰考证了当时她的照片与大量的油画，她的美貌与那一头长长的金发在当时的整个欧洲闻名遐迩。这件小圆点礼服突出茜茜纯洁活泼的性格，不同于正式礼服的繁复。酷爱这件圆点裙，女孩的天真被衬托得清丽脱俗，我们所说的如公主般，这便是。

看着茜茜有时充满忧怨目光的照片让人觉得美丽的女子总有哀愁如影随形，为人们带来心目中不朽的茜茜得益于她的饰演者——罗密·施奈德，而施奈德又何尝不是位屡遭情感波折的忧伤女子？

永远的茜茜！永远的罗密·施奈德！

脆弱之绿

女主角塞西莉亚一袭翠绿丝质长裙出现在家宴上，高贵迷人，美艳如一只开屏的孔雀。那一夜与男主角罗比·特纳的感情也发展到最炽热的高潮，一切似完美到极致。而往往，事物发展到顶峰状态便如一根抛物线最终会垂落低处，由于塞西莉亚胞妹的诬证，罗比·特纳作为强奸犯被警察带走了。塞西莉亚站在风中，那翠绿的裙子在迷茫的夜色中颜色发暗，包裹在敏感、脆弱、美丽的塞西莉亚身上，那飘在风中的牵挂无助而失落，这一人物命运发生转折的重要场景，若没有这袭裙子烘托，就不会给人以如此深刻的印象。

人，不能撒谎，哪怕年纪尚幼，因为，给别人带来一生不幸的罪，不是想赎就可赎。

《赎罪》，近年来难得的细腻考究的好片。

旗袍之花样

层层递进节奏的小提琴旋律，幽暗的灯光，人物间欲语还休，拥挤逼仄的生活空间，凌乱如坏了的录像带不得不顺着倒着看的片断式情节，造成各人对故事的不同看法及猜测，唯有这旗袍无论哪种款都非常贴切应合了当时的场景。历数华语电影的服装，《花样年华》是一部占着至高地位的片子之一。张曼玉演绎角色也演绎旗袍的婀娜雅致，旗袍该感激此片为它的普及起到功不可没的作用，所以现在看到不少人穿着它，只是，能穿得出那种古典气韵的属凤毛麟角，一则，这料子这花型这做工细腻得难寻；二则，服装与时代是融为一体的语汇，过了，便不是那个味道。其实，很多时候要学会舍弃，穿不了别把希望寄托在改良之类的事儿上。

花样年华终要付水东流，月样精神却长驻在心。

典雅之黑

天还蒙蒙亮，那女子一袭颀长黑衣在纽约蒂凡妮珠宝店橱窗前看着珠宝，影片《蒂凡妮早餐》风格亦如这条长裙，娓娓毫无冗余展示人物冲破种种障碍、抛却一切，恢复人性中最质朴金贵的需求——爱。奥黛丽·赫本，全世界影迷都爱她，赫本在许多影片中的服饰、发型会成为当时的时尚，这袭黑裙由她的服装师纪梵希为她设计，简约不失典雅的款式将赫本修饰得越发高贵窈窕落落大方。这件戏服在 2006 年以 80 万美金拍出，用于慈善事业。

赫本晚年投身于慈善事业，是联合国儿童基金会的亲善大使的代表，足迹遍及亚非拉等许多国家。她看着那些受着苦难的儿童的目光，悲怆深邃，年少的她动人，年老布满皱纹的她更美。如果真的有天使在人间，那么赫本就是，没有比这再恰当的比喻可以形容她了。

盛开之永恒

没有刻意用一个定格很唯美缓缓地展示她风吹裙摆的模样，不过是一个女孩觉得天太热了迎候着地铁开过时带来的一阵凉爽的风，风旋开她的长裙如一朵盛开的凌霄花，女孩惬意地笑着，那两条玉腿流露春光乍现的一刹那却被她按住了裙裾，也许正是这种不经意与自然，这一吹一按成为电影史上最经典的镜头之一，不知有多少人穿着有皱褶的 V 领挂脖白色礼服模仿她的动作，让摄影师按下快门。

这是玛丽莲·梦露在《七年之痒》中创造的奇迹。在这部情节简单亦如当时简单生活的轻喜剧中，梦露一如既往演一位“白痴美人”，单纯性感，很容易诱惑到男人但也会轻易为男人动情的这么个角色。如果不是这个镜头，此片也在影海片浪中被淹没了。当时的梦露远不及现在名气大，女一号的戏码不多，这是她流传至今比较完整的片子之一。

这是一条世界级的裙子，芳华未尽的梦露早早地走了，留在记忆中的永远是她年轻的容颜，性感美人不曾迟暮许是幸事，只是，西风独自凉——谁念？

梨花之白

《时光倒流70年》的穿越显得有渊源而深情，女主角艾丝是一位戏剧演员，一袭优雅的低胸蕾丝绣珠片白色长裙，鬓边一朵白色绢花，白色的羽扇，在舞台上梨花一枝，纯洁动人，古典的韵味很难用语言去形容。她看到观众席上的男主角瑞查，情不自禁地篡改了台词，变成了向他表达爱意的内心独白。回到后台摄影师为她照相，起初她有点不耐烦，可一发觉瑞查也来到了后台，她慢慢转过头去，凝神望着他目光开始变得温柔似水，笑容缓缓舒展，这一绝美瞬间成为永恒。70年后瑞查看到这张照片，他的魂魄很明显地受到了她的感召，所以他无论如何要回到那个年代。这是一张神奇的照片，在我看来，无论谁看了都觉得她含情脉脉地在凝视着你，仿佛在向你诉说着什么，从眼里一直看到心里。这袭白衣见证了她与瑞查最美好的一刻，所以艾丝一直将它完好保留直至生命逝去。

初相识时她问："是你吗？""是我。"他答。

一见钟情不需要时间，相爱不需要理由。

为了那朵洁白的山茶花我赤足追到悬崖边，它凝神片刻渐渐飘向那深蓝的夜空，我想将它捧在手心纵身一跃却醒了，脚微微地痛……有时我分不清究竟是在梦中还是在现实……电影，于我，如一场华丽的梦。

奥斯卡45秒，你会说些什么

刘畅

现在我宣布，本届奥斯卡最佳男（女）主角奖的得主是……你！对，就是你，这不是做梦。不要想和所有的人拥抱，你在台上的时间也只有45秒，当心，别被绊倒了。

OK，你已经顺利走到了台上，和大家分享你的喜悦吧，只有45秒。什么？时间太短？拜托，难道你想把从小到大帮助过你的人的名字都一一念出来感谢吗？哦，天啊，你难道没听过罗伯特·德尼罗的感言吗？——感谢我的父母生了我，还要感谢我的祖父母和外祖父母生了他们。瞧，多么简洁。

什么？你激动得不想说话？那就来点儿有个性的，比如像导演斯皮尔伯格在2000年获奖时那样，来一段诗朗诵。

好吧，我知道这对你有些为难，那我们来看一下往届奥斯卡获奖者的那些有趣的感言吧。

1942年，负责颁发最佳作曲奖的欧文·伯林也是竞争该项奖的被提名者之一，当他拆开信封时，发现获奖者正是自己。他十分风趣地宣布："此奖颁给了一个好小伙子，我从小就非常熟悉他，他的名字就是欧文·伯林!”

1948年，简·怀曼得到了奥斯卡奖。由于她在得奖影片中扮演了一名聋哑母亲，于是她在台上说：“我因在影片中一言未发而获奖，我想我最好还是再次保持沉默。”

1952年，奥斯卡奖最佳女主角奖得主雪莉·布思在上台时差点儿摔倒，她巧妙地致辞：“我经历了漫长的艰苦跋涉，才到达事业的高峰。”

1957年，尤尔·伯连纳因主演《我和国王》而获最佳男主角奖，他开玩笑说：“我希望这个奖没有搞错。如果错了，我也不会还给你们的。”

1958年，最佳作曲奖得主弗里德里克·洛伊刚动过心脏手术，他说：“我从我那颗有点儿破碎的心的深处感谢大家。”

1971年，最佳男配角奖得主本·约翰逊像煞有介事地宣布：“我的话也许会在全国引起震动，也许全世界每个人都会把我的话牢记心中。”他戏剧性地停顿了一下，然后说，“再没有比我更合适的获奖者了。”

1984年，音乐片《莫扎特》荣获8项大奖，得奖者莫里说：“我今天之所以获奖，是因为莫扎特本人没有参加角逐。”

2000年，最佳男配角奖得主迈克·凯恩得奖后很激动，真诚地对竞争对手汤姆·克鲁斯说：“如果你得了这个奖，你的薪酬很快就会下降。你知道配角的薪酬有多低吗?”

2003年，亚德林·布洛迪获得奥斯卡最佳男主角奖，上台时感言道：“我没写获奖感言，因为每次我提前写好的时候，我都不能获奖。”

怎么样，这些精彩的获奖感言对你有所帮助吗？天啊！你已经开始滔滔不绝了，等一下，千万别忘记，只有45秒……

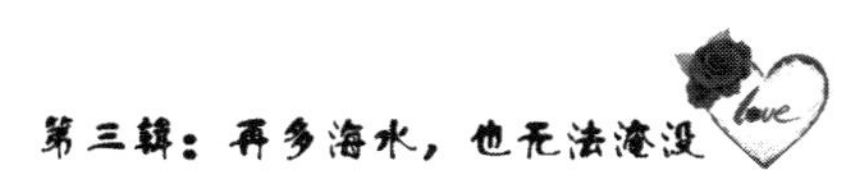

再多海水，也无法淹没

李小刀

“就是上帝亲自来，他也弄不沉这艘船”，带着这样的自信，“泰坦尼克号”启航了。它耗资7500万英镑，从龙骨到4个大烟囱的顶端有175英尺，高度相当于11层楼。它有5.9万匹马力，排水量达到了规模空前的6.6万吨。值得一提的是，全船分为16个水密舱，连接各舱的水密门可通过电开关统一关闭，良好的防水措施使得它在任何4个水密舱进水的情况下都不会沉没。

后来发生的事情让这艘船的故事家喻户晓，特别是一部电影让这艘船在中国有了非常高的知名度。即便在多年以后“旧瓶装新酒”，照样能在中国掀起票房高潮。

有人看到了爱情，有人看到了壮观，有人看到了灾难，有人在等着船头飞翔的浪漫一刻……宏大工业成果的象征、财富的风光与幻灭、种种传说的附着与演绎……一艘船就这样沉了百年之后依旧劈波斩浪。

但在这其中，最让人为之百味杂陈的，还是在灾难到来时，这艘船上所闪烁出的人性的光彩。在经过了百年之后，我们仍旧能够从那慢慢深入冰冷海水中的船上，发现那永恒不灭的人性的光。

在船的左舷，救生艇只载妇女和儿童；在右舷，则在妇女优先逃生之后允许男性登艇。一支 8 人乐队在指挥华莱士·哈特利的带领下，站在救生艇入口的阶梯附近为撤离“泰坦尼克号”的乘客继续演奏轻快的爵士乐和庄严的圣歌《上帝与我们同在》，直到最后一刻。

在这其中，让我最为感念的，是那种真正的“绅士”：世界著名管道大亨本杰明·古根海姆穿上了最华丽的晚礼服，说：“我要死得体面，像一个绅士。”他给太太留下纸条，“这条船不会有任何一个女性因为我抢占了救生艇的位置而留在甲板上。我不会死得像一个畜生，会像一个真正的男子汉”；亿万富翁约翰·雅各布·阿斯德询问负责救生艇的船员他可否陪同正怀着身孕的妻子马德琳上艇，船员说了一句“妇孺先上”之后，他就回到甲板上，安静地坐在那里，直到轮船沉没，倒下的大烟囱把他砸进了大西洋中；美国“梅西百货公司”创始人斯特劳斯和夫人当时也在船上。当有人向 67 岁的斯特劳斯先生提出，“我保证不会有人反对像您这样的老先生上小艇……”斯特劳斯坚定地回答：“我绝不会在别的男人之前上救生艇。”而 63 岁的斯特劳斯夫人刚上 8 号救生艇，又马上改变主意，回来和斯特劳斯先生待在一起。“这么多年来我们都生活在一起，你要去的地方，我也去！”她把自己在艇里的位置

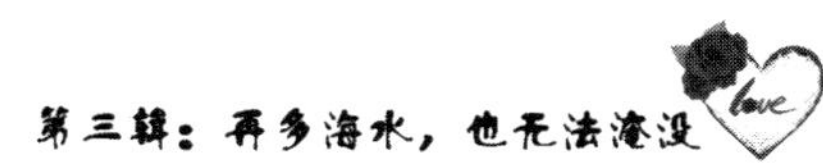

让给了一个年轻的女佣，并把自己的皮毛大衣甩给她，说：“我再也用不着它了!”

要说有钱，人家是真有钱。像阿斯特四世，就是当时著名的房地产大亨。灾难中他把已有5个月身孕的妻子送上救生艇，因为他是影响股市的关键人物，也曾被命令上救生艇，但他愤怒地拒绝，“我喜欢最初的说法（保护弱者的古老守则）”，把位子让给了三等舱的一个爱尔兰妇女。

在对“泰坦尼克号”的研究中，昆士兰理工大学行为经济学家大卫·萨维奇发现，很多英国乘客为了保持绅士风度，排队等候救生艇，结果失去最后的机会而葬身大海。他总结，爱德华七世时代是社会上推崇绅士风度的巅峰时代。即使在最后关头，史密斯船长还大声提醒英国男人：“男人们，别忘了我们是英国人!”

什么是“贵族”，什么是“绅士”，什么是“男人”，从一艘叫作“泰坦尼克”的船上得到了如此震撼人心的回答。即便穿越百年之后，当我们回头审视身边层出不穷的“当众撒钱”、“富二代炫富”、“富二代飙车撞死人”、“‘跑车男’当街殴打环卫女工”之类的新闻时，怎不让人心中百转千回，百味杂陈!

电影《泰坦尼克号》中躺在正在入水的套房床上相互拥抱的老年夫妇原型正是上面提到的美国“梅西百货公司”的创始人斯特劳斯和他太太罗莎莉。在纽约市，矗立着为这对夫妇修建的纪念碑，上面写的是“再多再多的海水都不能淹没的爱”。

是的，虽然有种种的失误、混乱，有男扮女装爬上救生艇逃生的日本铁道院副参事细野正文（回到日本后被解职，受到媒体公开指责，在忏悔与耻辱里过了10年后死去）……但正如再强大的黑夜也抵挡不了清晨的一缕微光一样，总有能够穿越时空的、永恒的、属于人类内心世界的光芒照亮那茫茫的冰冷海面，即便再多海水，也无法淹没。

光影流年中的电影院

花生与子宁

1895年12月28日，法国人卢米埃尔兄弟在位于巴黎卡普辛路14号的咖啡馆内，用“活动电影机”将自己拍摄的《工厂大门》放映至银幕上。虽然影片时长仅一分钟，但此举却被认为是叩开电影艺术之门的最初尝试。

百余年后，电影产业飞速发展，如今纵观全球电影业，各类商业大片争相亮相，各路影帝影后争奇斗艳。

然而真正的经典，往往禁得起时间的磨砺，耐得住人心的反复。今天，就让我们抛开繁杂，静心来细数那些在光影流年中历久弥新的电影院吧。

在自己的影院放自选电影

从巴黎圣米歇地铁站出来，沿着圣安得艺术街向西南行，我们便来到了法国著名电影街——香波隆街。大约60年前，法国电影人特吕弗、戈达尔和夏布洛就是在这条200米长的小巷子里，掀起了法国电影新浪潮之路。栖身于此的圣安得艺术电影院始终是各国电影导演及影迷最爱的去所之一。

1971年，一个为了看部老电影可以跑遍整个巴黎的男子侯杰·迪曼提，为实现自己开家电影院的理想，他租下了圣安得艺术街上的一间纸板仓库，并将其改建成一家两厅电影院。影院的开幕影片是瑞士导演阿兰·塔内的《火之精灵》，这部独家放映的片子在票房和口碑上均获好评，在此上映长达一年之久。3年后，他决定买下这家电影院，并顺势取得隔壁街道另一家电影院集拉克影棚。1979年，迪曼提将影棚更名为“圣安得艺术电影院第三厅”。

法国的艺术影院是一种世界上独一无二的艺术电影经营体制，一群充满理想的小电影院经理把那些被人们称作“作者电影”或“艺术电影”的高品位影片与其他影片加以区别，并在自己的影院给予特别支持。

高举“电影研究”旗帜的圣安得艺术电影院成功经营出一批喜爱“作者电影”的忠诚观众，并赋予这座电影院独特的活力与个性。尽管这种品味独特的选片方式会承受票房压力，但是，可以在自己的电影院为观众放映自己所选择的电影，大概也是一种幸福吧。

拒绝明星与浮华的电影院

与法兰克福、慕尼黑相比，德国首都柏林充满了工业建筑、令人匪夷所思的胡乱涂鸦以及不那么光明磊落的“地下文化”。但让当地人深感自豪的是，这里坐落着全欧洲最好的，被称作“胜似十个电影高校”的“军火库”电影院。

成立了50年的“军火库”电影院藏身于柏林最古老的建筑物之一——德国电影博物馆地下。这座建造于1695年至1730年的巴洛克式建筑，最初是用来展示从勃兰登堡州和普鲁士运来的军火。

20世纪60年代中期，蜚声海外的柏林电影节陷入疲态，政治变革及冲突在电影节所放映的电影中难有体现，一些小型电影节却在充分地反映和讨论着当时的社会现实。

在这种情况下，德国著名电影人乌希·格里高尔与同人们携手成立了德国电影爱好者协会，并创办了“军火库”电影院。

尽管德国艺术科学院为他们提供了放映场地，由于没有其他任何经济来源，他们只好在家里办公，整家影院也只有两个专职人员，一个负责放映，一个担任会计。

格里高尔认为，电影院是文化交流和政治讨论的场所，“军火库”影院专门放映实验先锋电影，拒绝明星和浮华。他们一直在努力不让德国电影因“生活安逸，视角狭隘”而变得没有厚度，显然，他们做到了。

如今，这个收费会员制的影院已拥有会员近5000人，并成为许多欧洲电影节的合作伙伴。

好莱坞的中国风

对于电影爱好者来说，美国洛杉矶是寻梦的地方。位于好莱坞大道上的洛杉矶中国剧院（2013 年更名为荷里活 TCL 中国大剧院）是全美最著名的影院。在过去的近 70 年中，很多好莱坞巨片曾在这里举行首映式，这里也不止一次举办过奥斯卡颁奖仪式。

1927 年，美国电影院开发商希德·格劳曼准备创建一座世界上最华丽的电影院。出于对神秘东方文化的热爱，他选择将电影院设计成“中国主题”，这里有从中国运来的寺钟和宝塔，在影院入口处，还有一条身高 90 英尺（约合 27 米）的巨大手工雕龙在守卫。

剧院每年约有 400 万人次的观众和游客前来观摩演出或参观。在剧院的“影城中心”区，你可以亲身体验著名影片中的经典场面：乘船进入侏罗纪公园，在古代雨林中接触不同种群的恐龙生态；乘坐木乃伊主题室内过山车，时而进入阴森坟墓，时而进入昆虫洞穴；在“未来水世界”观赏电影真人表演，演员们充满激情的表演和逼真的爆破场面，会让你感觉真的穿越到电影世界。

70 年历史的同声翻译影院

始建于 1928 年的上海大光明电影院享有“远东第一影院”

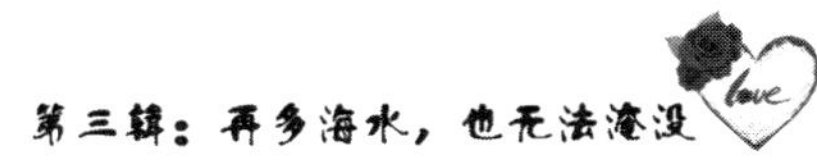

的盛名。这个坐落在上海人民广场文化圈内的亚洲首座宽银幕、立体声影院，京剧大师梅兰芳先生曾亲自为大光明电影院开张剪彩。

在建成初期，它以恢宏的布局、优雅的环境而名扬海内外，尤其是由匈牙利著名建筑师乌达克设计的，具有西方现代派风格的奶黄色外立面、圆弧形顶部大厅和荷花形三层屋顶，更是让影院成为上海的经典性建筑。

很多人知道“大光明”是中国第一家四星级电影院，却不知道它早在20世纪30年代就在硬件上领了风气之先。早年的大光明影院主要放映美国八大公司出品的影片，其中包括美国前总统里根主演的《卿何薄命》和《一夜风流》、《翡翠谷》等多部奥斯卡获奖影片。为了让观众能够更好地欣赏这些电影，1939年11月，大光明电影院在全国率先引进了同声翻译耳机设备，在每个座椅背后都安装了一个小方匣，里面有电线与发音机相连。观众多付一毛钱，就可以租借耳机连上小方匣，听到翻译小姐们纯正的同声翻译。

2009年，大光明影院完成了历时一年多的修复，影院保留了放映大厅的原有格局，更换了座椅、音响及通风设备等，还在顶楼建造了一个“露天花园”，让观众在欣赏电影之余，还可以饱览上海滩经典景致。

我是印第安人，我不懂

王开岭

走吧，人间的孩子！
与一个精灵手拉着手，
走向荒野和河流。
这世界哭声太多，
你不懂。

——叶芝《偷走的孩子》

一

很久了，主流世界由三种强人组成：追随人格神（比如耶稣、佛祖、孔圣人）的人，不信奉任何神的人（比如唯物论者），什么都不信的人（虚无主义者）。

很久了，我们渐渐忘了世上还有一种人：他们讴歌自然神，他们是大地的信徒，他们拥有最古老和神秘的品质——“清晨”的品质；其精神气质近乎儿童，目光清澈，性情烂漫，

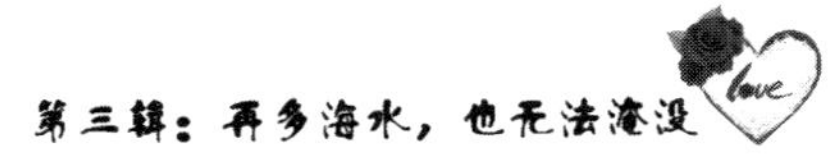

行为富有诗意……

他们被称为某土著或某部落。

因为小、弱，因为没有征服的念头，于是被征服了。

甚至像山谷里的歌声一样，永远消逝了。

我不是其中一员，但一想起神秘、丰富、美好、天真这些词，就忍不住怀念他们。

我称之为“清晨的人”如今很少很少。

阿尔伯特·爱因斯坦恳求同胞：把爱的范围“扩大到所有生灵及整个大自然吧”。有一群人，他们一开始就这么想，就这么做。

他们奉大地为生父，视万物为兄弟；他们通晓草木、溪流、虫豸的灵性，俯下身去与之交谈；他们从不傲慢，不追求包括自己在内的任何物种的特殊化；为了生存，他们不得不采摘、捕鱼，但他们小心翼翼，怀着爱、感激和歉意；他们坚信大地不属于人，而人属于大地；他们认为鹿、马、鹰、草茎和人同属一家。与崇拜某一事物的族群不同，他们爱的是全部，是大自然的全体成员和全部元素。

因火一样的肤色和赤裸的胸膛，他们自称“红人”。

历史上，他们被叫作印第安人。

二

公元 1851 年，美国政府欲以金钱交换印第安人的土地。

为求得和平，他们接受了。在华盛顿州布格海湾，前来签约的一位叫西雅图的酋长，面对城市和白人，发表了这样的演说："在我们的记忆里，在我们的生命里，每一块晶亮的松板，每一片沙滩，每一缕幽林里的气息，每一种引人自省的，鸣叫的昆虫都是神圣的。你我的生活方式完全不同，印第安人的眼睛见到你们的城市就觉疼痛。你们没有安静，听不见春天里树叶绽开的声音、昆虫振翅的声音，听不到池塘边青蛙在争论。你们的噪音羞辱我的双耳。这种生活，算活着？我是印第安人，我不懂。"

我是印第安人，我不懂。

后来，美国的一个大城市以这位酋长的名字命名——西雅图。

有一个当代故事：一个常年住在山里的印第安人，受纽约人邀请到城里做客。出机场穿越马路时，他突然喊："你听到蟋蟀声了吗？"纽约人笑道："您大概坐飞机太久了，产生了幻听。"走了两步，印第安人又停下，说："真的有蟋蟀，我听到了。"纽约人乐不可支："瞧，那儿正在施工打洞呢，您说的不会是它吧？"印第安人默默地走到斑马线外的草地上，翻开了一段枯树干，果真，那儿趴着两只蟋蟀。

城市人的失聪，是因为他的器官只向某类事物打开，比如金钱、键盘、电话、证券、计算器等。印第安人的听力不是"好"，而是正常和清澈——未被污染和干扰的正常，没有积垢和淤塞的清澈。印第安人耳朵里常年居住的，都是纯净而纤细的东西，所以只要那些东西一闪现，他就会收听到。

作为忠告，作为签约的条件，西雅图酋长请求白人："记得并教育你们的孩子，河川是我们的兄弟，也是你们的，以后，请你们以手足之情对待它们，请你们把地上的野兽当兄弟。我听说，成千上万的野牛尸体躺在草原上，是白人从火车中射杀了它们！我们只为生存才去捕猎，若没了野兽，人又算是什么呢？若兽类尽失，人类亦将寂寞而死。发生在野兽身上的，必将回到人类身上，若继续弄脏你的床铺，你必会在自己的污秽中窒息。"

可惜，这些因火车和枪弹而自负的工业主义者，并未被插着羽毛的忠告给吓住。他们不怕，他们什么都不怕！

清晨之人的声音，傍晚之人怎能听得进去呢？

犹太作家辛格说："就人类对其他生物的行为而言，人人都是纳粹。"

北美大陆的野牛最盛时有 4 亿至 5 亿头，19 世纪中叶尚有 4000 万头，但随着白人的进入，50 年后，仅剩数百头。

随之，人也跟着遭了殃。1874 年，印第安人的领地上发现了金矿，白人断然撕毁和平协议，带着炸药、地图和酒瓶出发了。很快，野牛的血泊变成了人的血泊。

三

印第安人的"清晨"陨落了，只剩下星条旗的黄昏和庆功的焰火。

李奥帕德说："许多供我们打造出美国的各种野地已经消失了。"

美利坚，是基于北美的广袤与童年基因而诞生的，是流亡欧洲几个世纪的自由精神遇到辽阔大陆的结果。而它功成之日，却蹂躏了赋予它最大美德和恩泽的母腹——野地。由此，它再也无法复制古希腊的神话，只能以现代的名义去铸造一个以理性、逻辑和法律见长，而非以美丽著称的国家。

我常想，印第安人的挽歌，是不是人类童年的丧钟？世间没有了孩子，还有诗意的未来吗？

西雅图的话，像黎明遥挂天际："我是印第安人，我不懂。"

是啊，清晨的人怎么能懂得黄昏的事呢？

如果能够选择，我也想做一个印第安人——那些如今很少很少的人，哪怕清晨开始，清晨死去。

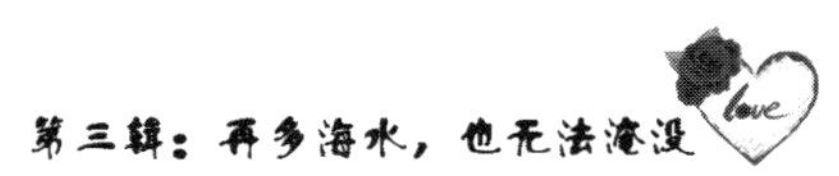

湮灭的燕事

王开岭

1

每逢“雀巢奶粉”、“雀巢咖啡”，总念及失散多年的燕窝。

我最近一次遇见它，约8年前，在北京白塔寺附近，电视剧《四世同堂》曾拍摄于此。途经一门楼时，忽闻一缕怯怯的叽喳声，像从雾里钻出来的。至今，那声犹在耳畔，难以名状，却是对“呢喃”的最好注释。循着那声，我瞅见了久违的燕窝，在门楼内侧的横梁上。

我笑了，是一簇嗷嗷待哺的雏燕。

朱门虚掩，有副对联：翩翩双飞燕，颉颃舞春风。

横批：非亲似亲。

好一户知书达理、其乐融融的人家！在那盆燕窝下，我翘望了半天，舍不得走。分手时，想起一首儿歌，“小燕子，穿花衣，年年春天来这里……”想必，这家小主人也是天天唱的吧？

燕窝最堪称“呕心沥血”。

它是点点滴滴吐唾的结晶。其址选于檐下或梁上，雌雄双燕含辛茹苦衔来泥粒、草茎，以唾液凝成碗状，内垫软物，一个家便落成了。让人垂涎的名肴“燕窝”，乃燕族中金丝燕和雨燕的家，据说采摘时，常见巢畔咯血滴红，甚有亡燕陈尸，皆劳累所致。燕之心血、津唾、爱巢，经人的腹欲幻变，竟成了美味、珍馐。

一个半世纪前，欧洲战乱，因营养不良，婴儿夭折率很高。一位叫亨利的瑞士男子心急如焚，他将鲜牛奶和谷米粥混合，发明了一种雏儿饮品，无数饥饿的童年被拯救。不久，亨利创办了一家食品公司，冠名“雀巢”。此后经年，公司越来越大，屡有人提议更名，皆被亨利家族拒绝。

何以对小小雀巢如此钟情呢？我想，大概因意象之美吧。巢，总是触发人们对“家”、“哺乳”、“温情”、“安全”、“信任”等的联想。

巢，一个高浓度的爱词。

3 年前一个冬日，再过白塔寺，我大吃一惊，旧街拆迁，一片狼藉。

那栋曾让我眷恋的门楼也不见了，只剩歪倒的石礅。

心里一阵惘然，试想，数月后某个春日，当南徙的旧燕如约归来，这儿将上演怎样的情景……

古时候，人常把山河羁旅、家国破碎的黍离之情与燕事连在一起，像什么“暗牖悬蛛网，空梁落燕泥”、“满地芦花伴我老，旧家燕子傍谁飞”，而燕的心境，却少有人揣度。面对故园颓毁、梁栋无踪，那寻寻觅觅的徘徊、声声断断的哀鸣、空空怅怅的彷徨，又寄与谁呢？

我不敢想象归燕的神情了。它还蒙在鼓里，不知千里外的变故。愿它迷了路另投他乡吧，转念一想，不对，燕子记忆力极好，且天性忠诚。

“燕子归来衔绣幕，旧巢无觅处。”这一幕注定要上演。

2

鸟族中，与人关系最密的当属燕，尤其家燕。

它用近在咫尺、同宿共眠的依依亲昵——证明了人间原来并不可怕。

它以登堂入室、梁上君子的落落大方——证明了市井的慷慨与温情。

“翩翩新来燕，双双入我庐。”（陶渊明）

“自喜蜗牛舍，兼容燕子巢。”（李商隐）

燕身俊长，背羽蓝黑，故称玄鸟。尤其它翅尖尾叉，开合似剪，欧洲“燕尾服”就汲此灵感。唐人李峤，淋漓刻画了其形神：“天女伺辰至，玄衣澹碧空。差池沐时雨，颉颃舞春风。”古诗文中，燕几乎是被歌咏最多的，“燕”字被召入名氏的频率也最高。

师从物性，向自然学习，乃古人惯常的精神功课。燕的貌态和习性，不仅给人带来审美愉悦和灵感，更在思想与伦理上刺激和提携着人心，成为一支重要的人文资源。这一点，从其称呼中即可显现：春燕、征燕、归燕、新燕、旧燕、喜燕、劳燕、双燕……

“几处早莺争暖树，谁家新燕啄春泥。”（白居易）

“燕子不归春事晚，一汀烟雨杏花寒。”（戴叔伦）

相传，燕于春天社日北迁，秋天社日南徙，所以，它便成了惜时的最佳情物。

南来北往的疾行之色，给燕披上了一抹吉普赛气质，你可感伤为游民的动荡与飘沛，亦可领会成人生的诗意与辽阔。尤其于现代国人，这种天高任鸟飞的流畅，这种免户籍之扰的自由，招人羡慕。

看来鸟事比人事简单、自然比人际宽容啊。

燕的归去来兮、巢空巢满，更从行为和心灵美学上，渲染了人世的悲欢离合。早在《诗经》年代，人即以燕事比喻送嫁，“燕燕于飞，差池其羽，之子于归，远送于野”（《邶风·燕燕》）。尤其燕的万里识途和履约而至，更让人生出欣慰和暖意，正像杜甫《归燕》所赞：

“春色岂相访，众雏还识机。故巢傥未毁，会傍主人飞。”

在恋旧、忠诚、守诺等情操上，燕比犬执着，比人可信。

而且，燕的归来，以千山万水为脚力成本，更让人感动。

人对燕的宠幸，还有一大缘由：情爱审美。

鸟族中，燕是出了名的勤勉，除筑巢之累，更体现在哺雏之劳上。

“片片仙云来渡水，双双燕子共衔泥。”（张谔）

“晴丝千尺挽韶光，百舌无声燕子忙。”（范成大）

白居易的《燕诗示刘叟》描绘更详：“梁上有双燕，翩翩雄与雌。衔泥两椽间，一巢生四儿……须臾十来往，犹恐巢中饥。辛勤三十日，母瘦雏渐肥。喃喃教言语，一一刷毛衣。”

而且，这份伟大的家务，离不开一个字：双。一夫一妻制的燕子，素以恩爱著称，视觉上的颉颃翩跹、出双入对，经人的情感镜片，即成了相濡以沫的伉俪之美。

这种生儿育女、如胶似漆的情态，怎不撩人心呢？

“思为双飞燕，衔泥巢君屋”、“在天愿作比翼鸟，在地愿为连理枝”……动物伦理，就这样深深鼓舞并提携着人的伦理。

祥鸟、瑞鸟、爱情鸟的地位，就这样定了。

3

“燕藏春衔向谁家。”

几千年里，人一直把燕访视为大吉，欢天喜地恭迎，小心翼翼伺奉，不仅宅第开放，檐梁裸呈，甚至夜不闭户。一方面民风敦厚，治安环境好；一方面燕子勤早，方便其外出。

在闽南乡下，见民居两耳有高高翘起的飞檐，颇有“细雨鱼儿出，微风燕子斜”之象，一打听，原来叫“双飞燕”，真是形神兼备。我想，模仿即热爱吧。

“莺莺燕燕春春，花花柳柳真真，事事风风韵韵。”

在人类栖息史上，喃语绕梁、人燕同居——堪称最大的佳话与传奇。在我眼里，甚至是比“风水”更高的自然成就和美学理想，乃天人合一、安居乐业之象征。

然而，随着院落平舍被取缔、高楼大厦之崛起，一个颠覆性的居住时代降临了。开放变成了幽闭，亲蔼变成了严厉，盛情变成了冷漠，慷慨变成了吝啬……

这注定了做一只当代燕子的悲剧。

这远非“旧家燕子傍谁飞”的问题了，而是无梁可依、无檐可遮、无台可歇、无舍可入。

杜牧在《村舍燕》中道：“汉宫一百四十五，多下珠帘闭琐窗。何处营巢夏将半，茅檐烟里语双双。”是啊，既然殿堂紧闭，那就改宿乡墟吧，野舍虽简，却不失温暖。可对一只现代燕子来说，即没这幸运了，无论城乡，皆为冷酷的户窗和铁蒺藜的防盗网。

人在囚禁自己的同时，也羞辱了燕子的认亲。

燕和贼，面对一样的难题，陷入相似的境遇。

人居的封闭式格局，意味着燕巢的覆没。

“卷帘燕子穿人去，洗砚鱼儿触手来。”流传几千年的燕事，真要与人烟诀别了吗？若此，于人又有何损失呢？

多是务虚的失落，比如风物景致、美学意境上的，比如少

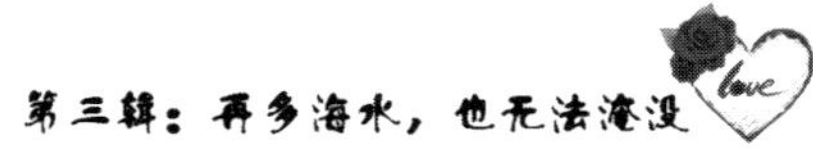

了端详燕容的机会，少了托物寄情的对象……总之，不外乎诗意的减损，于极端务实和糙鲁之心，当然不算什么。

不知人祖是否与燕族有过长相守的誓盟？

炊烟的升起、茅舍的诞生，孕育了人燕厮磨的俗习，如今却闭门谢客，这算不算背信弃义和严重毁约呢？

是人类不忠，还是人在背叛自己？背叛自己的童年和发小？

4

无可奈何花落去，似曾相识燕归来。

最近一次邂逅，是初春的郊野，稀稀拉拉，像几粒黑柳叶，随电线一起飘忽……在我眼里，那影子是忧伤、茫然的，是失魂落魄的。

世界究竟怎么了？

它不会懂。它所能做的，只有修改自己。

它要修篡上万年的家族遗传，改变栖息习性，学会风餐露宿……并用几千年的光阴去调教子肆，将骨子里与人为邻的基因一点点剔除、涤净，恢复远古的流浪，恢复它在猿祖裹树叶、住山洞那会儿的天性。

呜哉，安得广厦千万间，大庇天下燕士俱欢颜？

史上最美味的大学食堂

林怀青

1925 年秋天，燕京大学校长司徒雷登发现了一件怪事：自己的学生不在学校好好吃饭，老往对门的清华大学跑，而北京城的车夫也发现这一段时间往城外清华大学跑的人特别多，清华大学到底发生了什么事这么吸引人呢？也许有人会说，这一年清华大学不是成立了国学研究院吗？还请了著名的“四大导师”：王国维、梁启超、陈寅恪、赵元任。那些人大概都是去听四位大师上课的吧？

答案是：否。

慕名到清华大学来的人慕的不是那几位大师的名，而是慕饭店“小桥食社”的名，他们是来吃饭的！这一点也不奇怪，因为中国没有一个人不愿意给好吃的捧场，但没有多少人愿意给学术大师捧场。

这个小饭店这样火，到底有什么特殊之处呢？想一想倒是也没啥，不过有一点是世上所有的饭店都无法与之相比的——它的创办人是赵元任夫人杨步伟。

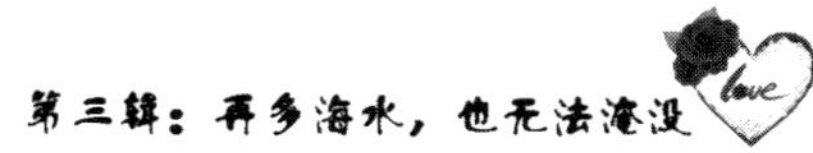

如果我们知道了杨步伟女士有多厉害，就会知道她开的饭店为什么想不火都不行了。

杨步伟的特殊性在于，她是一个以奇妙的方式，把各式各样的民国大人物串联起来的人。民国的大人物像中了魔法似的，都在她的生命中亮过相。

首先，她的祖父——杨仁山，是金陵刻经处的创办人，中国佛教协会的创始人，谭嗣同、张勋等人都是他的门生，因为这些关系，杨步伟到哪里都有人另眼相看。

民国大总统黎元洪是她父亲的把兄弟和曾经的下属，杨步伟小时候，黎元洪在杨家住，经常被杨步伟捉弄——被窝里时不时就会发现她放的大冰疙瘩。因为这个，黎元洪一直记得这个淘气的小姑娘，直到杨步伟成年，他当了大总统，还童心大发，会见时，会在背后捂住杨步伟的眼睛玩“猜猜我是谁”的游戏，每当这时，杨步伟总是能从他的湖北黄陂口音中听出那人是她的“黎叔叔”。

柏文蔚，对小姑娘杨步伟似乎有些朦朦胧胧的爱，还没等杨步伟中学毕业就请她做了军队中学的校长，而杨步伟也不负所托，把这所学校搞得有声有色，最后，连柏文蔚的老父亲都对她敬佩得五体投地了。

张作霖本来是和杨步伟没啥关系的人，但有一天，杨步伟从日本回国，坐火车经过奉天车站，迷迷糊糊中听见车下有军乐队大声喧哗，她撩开窗帘一看，有一个矮矮的、弱弱的、文人模样的人正在送一位客人上车，她信口问了一句同车的人是谁，人家告诉她：张作霖。历史就是这么爱和杨步伟逗趣，似乎刻意要让她见上这位大名人一面。

赵元任就更不用说了，是她的丈夫，但是他们结婚前的经历是很奇特的，杨步伟本来想把赵元任和自己的女友李贯中撮合在一起，但没想到赵元任偷偷爱上了自己，而她也发现自己爱上了赵元任，就这样，他们结婚了。

这个单子如果一直列下去，就是一部民国史，但是言归正传，接着说杨步伟在清华园做的“好事”。

杨步伟《一个女人的自传》：

清华本校里有两间大厨房，到轮流请客时，总是那几样菜，所以我们最怕人家请吃饭，自己家厨子也不好用，几天元任就觉得厌了，所以从做中国菜的厨子到做西餐的厨子，从北边的厨子到南边的厨子，常换来换去的。我就又来出主意了，和几个太太商量，我们何不共请几个好厨子——做点心的、做菜的，我们还可以教他们做各省不同的菜和点心，这样岂不有很多不同的东西来吃，家里又省了用厨子的麻烦，价钱除了本钱以外只加出三间小屋的租钱和厨子的工钱就是了，轮流托一位太太管，大家都赞成。

但是一起了头，就人多主意多了，有的赞成开正式馆子赚钱，有的要出股，有的想管这个管那个，有的主张要北方厨子，有的主张要南方厨子，大家一点不一致。我知道又找了麻烦，便提议让我先拿出400块钱来做，好的话再扩充，不好就算玩玩好了。到北平找了三个五芳斋的厨子，一个做菜的，一个做麻糕的，一个做汤包和点心的，要了学校大门外小桥过去的三间小屋子起头修理，不过只做一个公共的厨房而已。岂知被学生知道了，不知写了多少信要求来吃，而那些亲自来要求的，一天给大门都要跑破了。我说学校里的规矩，学生都归学校包饭，不能出来吃的，并且学校大门又须六点关闭，不便留学生吃饭，并且点菜花钱太多也不好，而赵先生在评议会，不能破这个规矩。他们说他们自己请求学校当局去，我想一定不准的，我何不做个空头人情呢，就回他们："若是学校准我就答应。"可是包饭的人数不能超过30人。没有料到开评议会时，他们真去请愿去了，校长和评议会的人一口答应，并且对元任说："你太太要开馆子了！"元任气得不得了，跑回来和我大闹，说我："坐在家里不耐烦，又来出花样！快快停止，不然不知要多少麻烦来。"我说不要你多事麻烦，全归我，你有好菜吃就是了。

他知道我的脾气，我要干总是要干的，绝对不会中止，只好任我去闹，我们两个人就是如此地过了四十多年，我是处处要找麻烦，元任是处处要省事。学生们的要求虽然答应了，可是我对他们说了，第一我们是大家闹着玩的，只当是一个公共的厨房，并不是做生意，第二我只拿了400元本钱，可不够你们大家欠账来吃，要吃只可以定人数包饭，每月先付后吃才可以，因为对学生要欠起账来真是一个麻烦事，以30人为限，而他们都答应了，一下午就交了450元来（15元一个人），再来的只得向隅而叹了，学校改了十点关门，我就让学生须六点来吃，九点一定要回校。（我想现在还记得当日吃饭的人是陈之迈、孙碧琦、王慎名等，因为他们都是在馆内常坐之客，并且我学的做菜也是那时才起头注意的。）

本定了第一天的第一跑堂的是郝更生先生，管账的是孔敏中太太，帮忙拿菜的是何林一太太、马约翰太太、刘廷藩太太和我，一共六个人，第一个定菜的是王文显家，不过都是大家好玩而已。头一天又进城买菜，鲜的、干的买了不少，最可笑的是王文显太太洋车后挂的十只活鸡一路叫，她吓得只叫洋车夫停下来，一停鸡又不叫了，一走又叫起来，就一路走走停停。（我现在写到这儿，还和元任两人对桌子笑得不止呢。）

买了一百多元的菜以为可以用好多天了，没料到第一天各家来订菜，和学生来吃的竟有二百多人，这个桌上来要的菜，那个桌上的人拿去了，我们只希望吃完了的人，快走，也没想到问他们要钱，孔太太大叫“没给钱”，“第一名”跑堂的郝更生先生也不愿干了，买的菜吃得光光的，而钱没收回来，学校到十一点才关门，吴公之先生要两样菜等了真是半天也拿不出来。第二天他就送了一副对子：“小桥流水三间屋，食社春风满座人”。第二天我只好请他两位吃饭，如此一来大家都送起对子来了。更可笑的事就是本来头几天各家都要一两样菜，没有想到临时那样忙都拿不到菜，教职员和学生每天都去二百多人，过后忙不开给我们三四家的用人都叫去做事了，连去吃饭和看热闹的人都得站起来帮做跑堂的，每天一直到晚上十一点钟还未吃完，每天都是百元以上的材料加进去还不够，忙到半

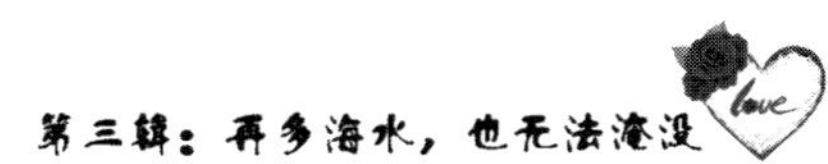

夜才能回来。元任说："如何喉咙都哑了？自讨苦吃！"我只好笑笑，但是第二天一早又得办货，不能让它开几天就关门啊，只得一天一天地忙下去。

还有一个最外行的事，就是用五芳斋的菜单，来的人总是点不同的菜，如何能办那么多的材料呢，所以赶快改主意，把菜样减少、分量加多，好弄点。以后连燕京的人都来了，我想，忙不过来就拒绝他们，洪威廉（煨莲）太太自己来还两面生了大气得罪好些人。因为这是西直门外第一家正式有厨子做菜的馆子，厨子可找得真不错，以后连城里的人都来叫酒席，例如李济之先生老太爷的生日，周寄梅先生请客都会来几桌，闹得到处都知道，好些朋友安心和我起哄。特地去叫菜，弄得加人加开支，厨子还嫌我限制生意，我也实在麻烦了就把买卖让给他们去做了，本钱也多半自己吃了，在他们接管以后学生中就有欠的了，所以我自己写了一副对子说，"生意茂盛，本钱干尽"。

杨步伟本来是一个有名的西医大夫——当时的中国还没有几个女大夫。但从此和烹饪有了不解之缘，后来到了美国，竟然写了一本《中国食谱》，这本书的英文翻译过来是"在中国怎么做饭和吃饭"。杨步伟不过是写着玩玩而已，没想到连续重印了几十次，她一下子成了美食名人，闹得全美国都请她去演讲。这个因缘就是当年的"小桥食社"开启的。

菜谱的畅销让杨步伟在自己的丈夫面前有了永远的玩笑话题：丈夫赵元任写了几十本书，但加起来卖的数量还没有她一本书卖得多。不过，厨艺的精进也让杨步伟越来越离不开厨房了——他们到达美国后，经常有学生、故友来她家蹭饭吃，赵家成了有名的美食中心。其中一个朋友、后来的著名语言学家王士元曾经回忆说，当他去赵元任家访问的时候，谈了好久，需要借用一下洗手间，赵太太告诉他洗手间在二楼。王士元到了二楼，但洗手间电灯的开关怎么也找不着，情急之下只好黑着灯进去用。就在王士元方便的时候，突然在黑暗中听到洗手间里哗啦哗啦的水声，他大吃一惊，赶紧整理好衣服，四处摸索了一阵后才找到了电灯开关，当灯光大亮的时候，他发现了此中秘密——原来，洗手间的大浴缸里养了好几条硕大的鲤鱼！鲤鱼还在浴缸里快乐地翻水花呢！

王士元这个令人惊奇的发现也许道出了杨步伟式的中国菜烹饪秘诀——一定要新鲜。正因为如此，才不得不拿浴缸来养鱼，这样才能保证随时做出地道的中国菜给客人吃。

和上帝一起流浪

——犹太人哈尔滨避难记

阿成

很多人知道犹太人曾是一个四处流浪没有家园的民族，也有不少人知道宋朝时就有犹太人来中国定居，他们最后悄无声息地融入了这片善于包容的土地，再也无从分辨。更有人知道“二战”时期上海的犹太人虽无生命之忧却命运惨淡。但是，恐怕少有人知道，“二战”时期中国最寒冷的边城——哈尔滨，却被犹太人认为是最温暖的地方。

老擦鞋匠的爱情

哈尔滨，说它寒冷也好，曾是沼泽地也好，但毕竟那里是一个相对祥和、安全，同时又颇为富庶的土地。所以，“二战”期间，到哈尔滨居住的并不全是来自欧洲的流亡者，以及他们在这里“创造”出来的漂亮的、妙不可言的混血儿，其中还有不少来自长城以南的中国同胞。

在流亡者社区涅克拉索夫大街上擦皮鞋的老头儿，是从山东青岛过来的。

青岛地势起伏跌宕，濒临大海。这种海洋性气候和自然景观，成了许多德国人流连忘返的地方。德国风格的建筑也四处开花，不少德国女孩在日记中写道：在这里生活几乎跟在德国一样……德国人最喜欢穿长筒皮靴。有位洋作家在一篇小说中写过这样的话："德国人的到来，使街头充满了浓厚的皮鞋油味。"这句话，特别适用于"二战"期间的青岛。

擦鞋匠从山东农村流亡到青岛后，立刻选择了擦皮鞋这个行业，而且一干就是二十年。他几乎把自己一生中最美好的青春全都扑在擦皮鞋上了。对皮靴的认识达到了炉火纯青的地步。在他主动和那些洋顾客聊天当中，了解了不少世界各地的皮鞋知识及趣闻，而且不知不觉地还学会了一些德语的日常对话。这对他提高皮鞋的鉴别能力起到了至关重要的作用。无论哪国的皮鞋，只要他瞟上一眼，就立刻能分辨出那是什么牌子的皮鞋，哪个厂家，是第几代产品。并且，他还能说出这双皮鞋出自哪国的哪位设计师之手。用的是什么面料，是什么品种的牛皮，是中年、少年，还是老年牛的牛皮，这牛是哪儿产的，在哪个国家的哪个牧区，以及这头牛是冬天杀的还是秋天杀的，等等。你只要在他那儿擦皮鞋，你就等于免费获得了一次有关皮鞋方面的有趣知识。

在一个暮春时节的好天里，老擦皮鞋匠给流亡社区里的基兰德医生擦皮鞋。他干得非常认真，仿佛他面对的是一件了不起的艺术品似的。于是，基兰德医生多付给了他几个钱，但却遭到了老擦皮鞋匠的拒绝。

老擦皮鞋匠非常诚恳地说：“先生，不要您的钱，能亲手擦这双不平凡的皮靴是我的荣幸。记得，我在青岛的时候，曾为一个德国人擦过一双同样牌子的皮靴。当时我并不懂得这双皮靴是怎样的高贵，只觉得它不同寻常。后来，是那个德国人告诉我，这个牌子的皮鞋在全世界只有六双……”说着，老皮鞋匠激动得眼睛都潮湿了：“先生，您真幸运，您知道，这双皮鞋是出自谁的手艺吗？是伯尔，他是一个伟大的鞋匠。”说完，老皮鞋匠伏下身子，轻轻地吻了这双不同寻常的皮鞋。

这一切，都被在一旁等候擦皮鞋的犹太女人看在眼里。基兰德医生离开老擦鞋匠之后，由于异常兴奋，两条腿僵硬得几乎不会走路了。犹太女人鄙夷地看着他醉汉似的背影远去。

这个从德国流亡来的女人有四十多岁了，是个助产士，长得居然有点像乌克兰人，黑头发，脸色苍白，两只眼睛像圣母一样充满了忧郁的神色。她是一个寡妇。在战争年代，犹太寡妇真是多如牛毛啊。

那天，德国助产士也穿着一双很不错的靴子。当这双靴子踏在擦鞋匠的箱子上的时候，擦鞋匠彻底惊呆了，他抬头尊敬地看着靴子的主人，显得异常激动：“夫人，您这是一双德国靴子。”

“您说得很对！擦吧。”

“而且是战前货。”

“是的。现在部分地区的战争还没有结束呢。”

“它产在德国的慕尼黑。”

“是的。您去过……”

“是一九××年十月慕尼黑啤酒节上奖励给啤酒小姐的奖品之一。”

“是的……”

“它是全德国最好的手艺人做的，只有一双。它的妙处在于赛前就已知道了啤酒小姐脚的尺码……”

德国女人终于吃惊了，她问道：“您怎么知道？”

擦皮鞋匠抬起头，一脸诚恳地说：“我虽然厌恶纳粹，但我热爱德国，热爱德国的皮鞋。”

这种突如其来的爱，很容易让身处异乡的德国女人动情……

在一个优美的哈尔滨之夜，擦皮鞋匠来到了这个犹太女人的住所。他们在一起彬彬有礼地喝茶。后来又喝了酒，畅谈了德国，这是这个德国犹太女人流亡到哈尔滨之后讲话最多的一个夜晚……

这的确是一个适合谈情说爱的美妙之夜。

老胡木匠和犹太女人

混血儿小胡木匠，是犹太流亡者社区最具艺术眼光的木匠了。坦率地说，在哈尔滨干木匠活儿，没有点艺术眼光是不行的。

小胡木匠是一个非常自负的年轻人。他干活儿的时候，处处喜欢挑剔，对材料、染料、零七八碎的小五金等，要求得都很严格。他几乎无处不在地表现自己的聪明。干活的过程中，对别人的建议，他理都不理。有时候还会挖苦对方几句，让对方自讨没趣。但不管怎么说，你必须得承认，小胡木匠的手艺在哈尔滨的确是最好的。他的住宅也是犹太流亡者社区中最优美的建筑之一。

小胡木匠的母亲是犹太人。她的老家在莫斯科，出身贵族，有很好的教养，会美术，会演奏一些乐器，歌也唱得不错，并且她坚持每天写日记。她会拉丁文和法文。她是一个亡命哈尔滨的寡妇。到哈尔滨之后，她很快嫁给了一个姓胡的中国木匠。

在小胡木匠长到十岁的时候，老胡木匠突然不辞而别。不久，哈尔滨的流亡者们知道，老胡木匠在他的山东老家还有一个老婆和两个儿子，而且他的两个儿子都很大了。从关里闯关东的男人在关东找一个女人“结婚”，组成一个临时的家庭，并不是什么新鲜事。要知道，闯荡江湖的人生命意识是很强的。对他们“规定”一生中应当有几个女人的做法是很蠢的。世界上总会有一些完全按照自己的想法生活的人。

老胡木匠突然不辞而别以后，小胡木匠的母亲几乎每天的清晨和傍晚，都要去哈尔滨那条通往外地的大路口张望。这个犹太贵族女人希望那个老实的中国人还能回来。而且她坚信，他一定能够回来的！无论下大雪，刮大风，她都一如既往。如果下大雨，她还会另外带上一件雨衣。她对小胡木匠说，万一他的父亲就在这一天回来呢？难道让爸爸妈妈共同穿一件雨衣吗？

小胡木匠笑着摇头，表现出一副无可奈何的样子。他想起了那个英国绅士说的话：女人如果被爱情俘虏了，就没有理性可言了。他的母亲也是女人啊。

家里用餐的时候，她总要给老胡木匠留一个座位，摆上刀叉，斟上一小杯葡萄酒，说："吃吧，老爷子。我爱你！"

小胡木匠都听习惯了，脸上一点表情都没有了。

小胡木匠的母亲非常爱这个中国老人。这个中国老人从不酗酒，也不吸烟，她对他提出的任何要求，他都会默默无声地去做，而且没有一点怨言。她觉得自己在这个中国老人面前特别充实。而且，这个中国老人非常体贴她。这样的好男人在全俄罗斯也找不出一个来。每当犹太人和俄国混血儿到她这里来聚会的时候，这个中国老人就会默默地躲在厨房里，为他们煮茶，做点心，或者默不作声地给壁炉添柴火，像一个忠实的老仆人。

她也常想，这个厚道的中国老人回自己的老家去看望原配，就说明他是一个值得信赖的人，一个有情有义的人。她就更加坚信，那个中国老人也一定会这样对待自己的。当然，这需要时间。只要人活着，时间总是够用的，她想。

哈尔滨的冬天很快又来了。夜里下过一场大雪，足有半米厚。清晨伊始，犹太流亡者社区里人声鼎沸，每家每户都出来

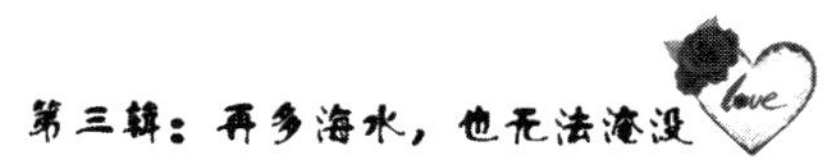

扫雪了，这是一个令人愉快的早晨。

扫雪的人们发现，小胡木匠的母亲正挽着一个老人，从大路口那儿向这边走来，这些扫雪的流亡者，都停止了手中的活儿看着。几个年岁大的人，终于认出来了，那个老人就是小胡木匠的父亲。当他们夫妻从流亡者当中走过的时候，人们鼓起掌来。每一个人都过去亲吻这个老人和他的女人。

“谢谢，谢谢。”他们夫妻这样说着……

小胡木匠也正在清除自家栅栏院外的积雪。他看见母亲搀扶着一个老人向自己走来时，不由得呆住了。内心的一个真实的声音在告诉他：“这是父亲!”小胡木匠在这一刻，第一次清醒地意识到自己是中国人！这个老人由母亲搀扶着来到他的面前，小胡木匠按着中国人的风俗，扑通一声跪在了雪地上。

老人扶起了儿子说：“孩子，你受苦啦……”

小胡木匠的母亲，这个高贵的犹太女人，脸上露出了欣慰的笑容。

考布切夫

早期的哈尔滨，是一座洋文化味道很浓的城市。

在辛亥革命之后，哈尔滨光电影院就有好几家，像杰克坦斯影院，像建于1908年的敖连特电影院（现在的和平电影院，它是我国最早的电影院），像“巨人”电影院、“水都”电影院、托尔斯泰电影院、马迭尔电影院等。而且，当时哈尔滨的铁路俱乐部还经常举办露天音乐会。早在 1925 年，哈尔滨就有了格位诺夫高等音乐学校，1930 年时就有了犹太人安德列耶娃的芭蕾舞学校，以及犹太人的艺术沙龙“荷花”画室等。除此之外，还有无线电广播、报纸刊物、冰上运动、选美活动、帆船竞赛等。纯中国味的有京剧、评戏、武术、书法、国画，包括走街串巷的民间乐队等。中西杂处，各得其乐。

俄国的随军记者、摄影师考布切夫（犹太人）随着军队到哈尔滨来之后不久，干了一件让他一举成名的大事。1909 年 11 月 26 日，作为摄影记者，考布切夫随着俄国财政大臣戈果甫佐夫，去哈尔滨火车站迎接日本枢密院议长、前首相伊藤博文。但他无论如何也没想到，他竟“意外”地拍摄下了朝鲜志士安重根击毙伊藤博文的全过程。

事后，考布切夫把它制成一部纪录影片《伊藤博文在哈遇刺身亡》，在全世界公映，从而使他一举成名。

巨大的成功使考布切夫备受鼓舞，他立即着手创办了“考布切夫”电影院。在他的电影院里播放的，全部是他亲自拍摄的纪录片，如《1901 年哈尔滨自行车比赛》、《1911 年哈尔滨飞行表演》、《1911 年哈尔滨流行鼠疫》、《1932 年哈尔滨特大洪水纪实》等。他的影院播放《伊藤博文在哈遇刺身亡》时，电影院几乎场场爆满。

考布切夫几乎生来就酷爱摄影。他经常说，他是神派来的摄影使者，是神让他把人间的一切拍摄下来，让神的子民弃恶扬善。

然而，考布切夫却不是一个能经营电影院的人，就像一个小说家、画家不大可能是一个精明的商人或者成熟的首长一样。加上他的电影院只播放他本人拍的片子，再加上他本人又患有肺结核病，身体十分虚弱，再加上许多军队的工作让他无法脱身，军人以服从命令为天职嘛。他的电影院终于倒闭了。

在倒闭之前，他的影院连续放映了三天免费电影。当时的场面热闹空前。考布切夫把这一切也都拍摄下来留作纪念。要知道，时光是不能倒流的，只有胶片才会记录下这一切。而且，人们永远活在胶片上。

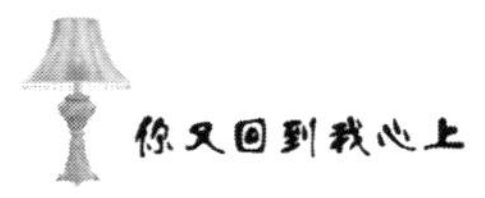

柯达带走了胶片时代

李斐然

131年前，美国人乔治·伊斯曼打算让每个人都能轻松留下自己的影像。为此，他创办了后来影响了全世界的柯达公司，他所发明的操作简单、携带方便的“傻瓜相机”飞向千家万户，柯达胶卷也出现在20世纪路边随处可见的胶片冲印店里。

那卷放在黄色长方形方盒里的胶卷承载了几代人的记忆，甚至还出现了“柯达一刻”这个词，专门指代生命中美好的时刻。直到现在，很多人还能哼唱出柯达广告歌曲的轻快旋律：“就让每一刻，掌握在你手中，别让它溜走。”

可惜，“镌刻美好一刻”的柯达没能留住自己。柯达官方网站于2012年1月3日发布公告称，由于柯达股价连续30个交易日低于1美元，纽约证券交易所已经向其发出了退市警告。据美国《华尔街日报》报道，如果柯达公司出售数码专利的计划失败，他们已经准备好在数周内申请破产保护。

柯达败落，像一个壮汉猝死，像一个勇士牺牲

从美国纽约证券交易所里盯着柯达一路下跌股价的工作人员，到遍布世界的胶片摄影爱好者，还有曾经用柯达胶卷留下过“柯达一刻”的人们，全世界都在关心这个始建于 1881 年的老公司的新变化。

听到的大多不是好消息。根据纽约证券交易所公布的数据，从 2011 年 1 月 11 日到 2012 年 1 月 5 日，柯达的股价跌去了 93.7%。国际评级机构穆迪和惠誉此前均将柯达公司的债券评级下调至“垃圾级”，去年 12 月的美国《财富》杂志甚至将它评为“美国 500 强 10 大烂股”第三名。

如果把时钟拨回 20 世纪，没有人会把柯达公司跟“不景气”这个词挂上钩。那时的柯达就像如今的苹果公司或谷歌公司一样势不可当。在巅峰时期，柯达公司的员工人数多达 14.5 万。来自全世界的工程师和科学家都乐意举家搬到柯达公司所在的纽约州罗切斯特市。

64 岁的罗伯特·沙恩布鲁克从 1967 年开始为柯达工作。在他的记忆里，那时候柯达人才济济。吃午饭的时候，人们不是去礼堂看电影，就是去篮球场打球，“我们给自己灌输这样的意识，我们能做任何事，我们不可战胜”。

“到柯达工作是我的梦想，就算在柯达扫地我也愿意。”82 岁的保罗·吉尔曼说。负责研发乳化液的他在柯达工作了 33

年，柯达超过 1.1 万项专利中也有他的努力。

柯达创始人伊斯曼还专门为员工创立了“工资奖金日”。每到这一天，柯达就会根据企业业绩向全体员工发放奖金，这笔钱足以让柯达员工买一辆好车，或者去高级餐厅大吃一顿。

“干这么有趣的事情还能拿薪水，这让我有负罪感。”回想起年轻时的样子，吉尔曼依然抑制不住自己的兴奋，“那时候，工程师和科学家们都希望在发明上有所突破。”

但从 2005 年开始，柯达几乎年年亏损，不得不一次次裁员。时至今日，柯达公司的全球员工人数已锐减到 1.88 万。就在 1 月 10 日，柯达再次宣布将重组并简化业务，削减开支。

“像一个壮汉猝死，像一个勇士牺牲。”作家章诒和这样形容柯达的败落，“无数家庭的团聚，无数老人的面容，无数女人的倩影，无数孩子的成长，都和柯达联系在一起。咋说垮就垮了?”

你负责按下快门，剩下的事情交给我们

尽显颓势的柯达公司一度风光无限。美国《福布斯》杂志将柯达公司形容为“极富传奇色彩的美国摄影公司”。在历史上，柯达定格了无数传奇的瞬间。

但是在柯达创始人伊斯曼 24 岁之前，他的人生轨迹都跟“摄影”毫无关系。由于家境贫寒，伊斯曼高中辍学，他在保险公司打过杂，在银行当过会计。直到他打算去多米尼加共和

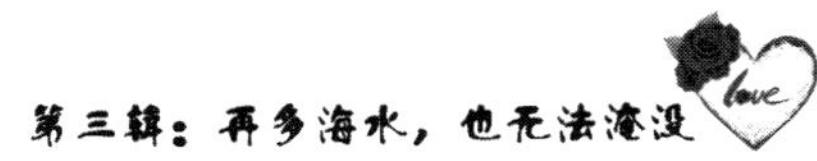

国首都圣多明各旅行，同事建议他带上一台相机，记录下这次难得的旅行。

那是1878年，当时照相机像微波炉一样大，还要用调制好的特殊制剂涂在干净的玻璃上当底片。要命的是，这种底片必须马上使用，干了以后就不再感光。

这样一来，伊斯曼的旅行不仅要带上随身衣物，还要扛上笨重的相机、厚重的玻璃板、三脚架、一瓶又一瓶的药水以及满满一壶水。

伊斯曼最不能接受的是，这些笨重的家伙还不算完，要想拍照，他还要自己多掏5美元，来学习如何使用这么一堆复杂的设备。

最后，伊斯曼没有去旅行，而是留在家里反思：如何让照相变得像拿铅笔写字一样简单？

白天他在银行上班，晚上回家后他就钻进母亲的厨房搞胶片成像实验。有时候，当母亲起床到厨房准备早餐的时候，会发现疲惫的伊斯曼和衣躺在厨房灶台旁边的毯子上呼呼大睡，水池里则是他一直在鼓捣的瓶瓶罐罐。

1888年，这个满脑子发明念头的美国小伙所创办的伊斯曼干版公司，利用涂布机将感光乳剂涂在透明的软片片基上，世界上诞生了第一卷胶卷。为了让照相变得更容易，伊斯曼还研制了一个长得像方方正正小箱子的相机，里面装载着100张胶片，人们只要用完后把胶片送回伊斯曼公司冲洗就行了。

再也不必花钱学习复杂的胶片冲洗技术，再也不必扛着笨重的行李去照相，伊斯曼的公司骄傲地打出宣传语："你负责按下快门，剩下的事情我们来做！"

为了让每个人都能照相，伊斯曼公司将相机定价很低，甚至开创了"买胶卷赠相机"的先河。伊斯曼不断将一代又一代操作简易的"傻瓜相机"送到普通人的眼前——价格低廉，无须手动测距对光，轻便易携，可以随手放进口袋里。摄影从一小部分人的"特权"变成了美国街头每个人都能享受的"开心一刻"。

生意越做越大的伊斯曼决定给自己的发明取一个新名字。虽然坊间有关于这段取名经历的传说，但该公司的官方传记写道，一切其实很简单，只是一些字母的排列组合。

"我一直非常喜欢 K 这个字母，它充满力量，尖锐犀利。新名字需要用 K 开头，用 K 结束，剩下的事情只是需要填满这中间的空白，让它形成一个发音朗朗上口的词语。"伊斯曼解释说，"就这样，'柯达'（Kodak）诞生了。"

亲儿子整死了好爸爸

印有柯达黄色标志的胶卷曾经风靡全世界，如今人们唏嘘的同时也满怀疑问。美国《大西洋月刊》用它的文章标题问道："是谁杀死了柯达？"

人们的答案各不相同，但大多数人都把矛头指向同一个敌人——当下最热门的数码摄影。

讽刺的是，发明全世界第一台数码相机的正是如今被它逼入绝境的柯达公司。言辞犀利的评论者将这个事实形容为“亲儿子整死了好爸爸”。

1975 年，时任柯达应用电子研究中心工程师的史蒂夫·塞尚创造了世界上第一台“数码照相机”——重 8.5 磅，由 16 节 AA 电池驱动，照片记录在磁带里。

这就是柯达公司的“未来相机”项目。跟热爱发明的创始人伊斯曼一样，柯达公司从不缺乏创新。如今数码相机所使用的许多技术，都是柯达工程师的专利——CCD 图像传感器、OLED 显示器、全世界第一个摄像头、第一个 35 毫米彩色胶卷、全世界第一台数码单反相机……

柯达公司并非对未来没有考虑，他们在“未来相机”项目报告里如是写道：“随着技术的进步，摄影系统必将对未来的拍照方式造成实质性的影响。未来相机的照片将存储在一种稳定性极佳的存储器里，可从相机内取下以进行播放。照片将保存在胶卷、磁带或视频光盘上，并且相机存储介质将可重复使用。”

拖住这个摄影王者前进脚步的，竟然恰恰是它的成功。虽然掌握最先进的技术，但作为传统胶卷领域不二的霸主，柯达不敢贸然迈入当时尚不明朗的数码市场，谨慎地观望着市场。

起初，举棋不定的柯达并没有太大损失。直到 20 世纪 90 年代末，世界上绝大多数照片仍采用胶片感光技术拍摄，美国传统胶卷市场的销售增长速度曾高达 14%。柯达彩印店在中国的数量达到8000多家，这个数字是肯德基门店的10倍，麦当劳的18倍。这些不仅带给柯达丰厚的收益，也更加坚定了它继续保守观望的市场策略。

2000年，柯达公司靠每台相机亏损60美元为代价，占据美国数码相机市场第二大份额，可是从那时起，市场的胶卷需求开始停滞，公司陷入困境，开始大量裁员，缩减开支。

曾在柯达的数字部门担任产品经理的麦考伊说，在他看来，柯达的衰落绝非不求创新。“早在2000年，我们就知道拍照手机会主导市场。”麦考伊说。他和同事开发过许多无线产品，甚至还开发过一款平板电脑原型机。

但是，似乎每一次转型关头，柯达公司都押错了宝。2002年，当竞争对手富士公司的产品数字化率已经高达60%的时候，柯达还不足25%。柯达公司大举削减相机业务预算，把钱投入喷墨打印机，以期靠它在市场上大翻身。

可惜，柯达输了。生于胶片，死于数码，这个一路遥遥领先的发明大王，被挡在终点线前销售利润的围栏上，狠狠地摔倒。《大西洋月刊》评价道：“柯达善于发明，却不善于将这些发明转换成商业利润。”

如果没有柯达，世界将会怎样

如果坏消息继续从柯达公司的财务部门传出，也许这个名字很快将成为历史。回顾历史，倘若把柯达从20世纪的历史里抽出来，眼前的世界可能变成完全不同的景象。

且不必说人们可能还要继续跟笨重而复杂的老式相机打交道，旅行也不会有太多的照片留念。更何况，没有柯达，就没有世界上第一台数码相机。

不过，另一件事可能更为重要。对于很多热爱电影的影迷来说，如果历史抹去了柯达，也许我们就要跟看电影说拜拜了。

1892 年，美国发明大王爱迪生找到了伊斯曼，这对携手合作的发明家将 40 毫米的库存胶片修剪到 35 毫米，然后，爱迪生将这种胶片每四帧穿孔，创造了一项发明专利——电影放映机。虽然这项专利被当时法院的法官宣判无效，但爱迪生的 35 毫米胶片和活动电影放映机却在日后催生出电影乃至整个电影工业。

“因为数字技术的飞速发展，拥有 130 多年历史的美国柯达公司面临破产。这个不幸的消息意味着胶片时代的终结，也意味着《温故一九四二》将是本人使用胶片拍摄的最后一部电影。”著名导演冯小刚不禁在微博上感叹，“一个时代翻篇了，挥之不去的是胶片留在心里的味道”。

柯达用它的胶卷定格了人类社会飞速发展的时代：

——你所看到的第一张来自太空的地球照片，是由月球探测器上的柯达胶片拍下的。为了拍摄登上月球的阿姆斯特朗，柯达公司专门为阿波罗 11 号生产了专门的相机。

——世界上第一张 X 射线拍摄的照片显示的是伦琴妻子

的手，这张胶片也是柯达生产的。随着彩色胶片的出现，柯达胶片还可以检测参与“曼哈顿计划”的核物理科学家受了多少辐射。

——“二战”期间，柯达微型胶卷技术把英军的37个“胜利邮件”压缩到一个。

亲爱的朋友们，我的工作已经做完，还等在这里做什么呢

对于热爱柯达的粉丝来说，柯达的离开并非意外。当柯达公司在2009年宣布停产旗下最有名的胶卷Kodachrome的时候，这款风靡全球74年的胶卷就给所有摄影迷打了一剂预防针——胶片帝王要离开我们了。

当这款胶卷在1935推出的时候，《泰晤士报》甚至专门发表了一片文章，赞美这卷神奇的胶卷：“它有五层色彩涂布，这使其颜色浓艳无比，但不要以为它是化学家捣鼓出来的玩意儿，发明者是两个音乐家。”

作为美国《国家地理》杂志的专用胶片，Kodachrome的成像被摄影师们形容为“充满诗意，优雅动人”，“数码相机的照片还需要后期修片，而当你把Kodachrome取出相机的时候，照片就已经开始熠熠闪光了”。

可是，到了2011年年底，美国唯一一家能够冲洗这种胶片的小店——位于堪萨斯州的杜威恩摄影店宣布不再收件，柯

达胶卷的神话就此告终。

柯达公司将最后一卷 Kodachrome 送给了美国摄影记者史蒂夫·麦克里。1985 年他用 Kodachrome 拍摄的阿富汗女孩，成为《国家地理》封面。在他 40 多年的记者生涯里，他用这款神奇的胶卷拍摄了 80 万张照片。

为了给 Kodachrome 拍出最有意义的最后一张照片，麦克里来到了美国帕克森墓地，逝去的美国内战退伍军人埋葬在这里。他举起相机，对准了墓地里的雕像，按下了快门。雕像上恰好摆着红色和黄色的花朵，和柯达胶卷盒子上的画面一模一样。

“这名士兵的雕像望向远方，他好像是在回顾过去，又像是在展望未来。”已经 60 多岁的麦克里说，“Kodachrome，一个胶片时代结束了，就像是短暂的生命，它永远地离开了我们。”

在纽约罗切斯特大学的校园里，柯达之父伊斯曼的雕像也保持着望向远方的姿势。虽然他一手建立起的柯达公司给许多人的生活带来的翻天覆地的变化，但伊斯曼却终生郁郁寡欢。5 岁丧父的他一直和母亲相依为命，终生未婚。他甚至感叹说，自己在 40 岁之前从来没有笑过。

晚年时，他建立了一栋 3.5 万坪的豪宅，有 37 个房间，13 个卫生间，9 个壁炉，还有 5 个花房和 1 个菜园。家里有一个大型图书馆，每天还有专人为他演奏管风琴。即便如此，晚年的伊斯曼并不快乐，他饱受孤独和疾病折磨。

1932 年，伊斯曼邀请朋友到家里做客，向他们宣布遗嘱：所有财产赠予罗切斯特大学，豪宅也送给罗切斯特大学校长，他可以随时居住，这栋豪宅后来成了柯达博物馆。

随后，他起身送走了朋友们，回到书房，举起手枪，对准自己的心脏。刺耳的枪声过后，冲进房间的仆人只看到血泊中的柯达之父。

这位柯达之父留下了一张纸条："亲爱的朋友们，我的工作已经做完，还等在这里做什么呢？"

第四辑：最浓郁的情感

天上的那件事

王开岭

它时宏时细，忽远忽近，亦低亦昂，倏疾倏徐……它是北京的情趣，不知多少次把人的目光引向遥空。

——王世襄《北京鸽哨》

对老北京来说，有两缕声音最让人魂牵梦萦：鸽哨与空竹。

安静的年代，无论串胡同，还是伫立庭院，只要稍留神，耳朵里就会飘入它们。两种声音的音色又近乎姊妹：嗡嗡嘤嘤，如梦如幻、清越绵长……不同的是，一个在高处疾掠，一个于低空回荡。

尤其鸽哨，乃皇城根最大牌的嗓子。没有它，没了这动静，京城的空气便仿佛睡着了，丢了魂儿……

如今的北京，鸽哨难觅了。

大家很少再集体仰望什么，天上的那件事——那件最美妙的事，那些溜冰似的、滑着弧线的翅膀，那群雨点般的精灵，不见了。

天寂寞了，云枯瘦了。即使晴空，因没有了翅膀和音符，也像白痴。

奥运前夕，北京人民广播电台灌了一张 CD：《听，北京的声音，2008 秒》。

雕刻市井之声，描画古都音容，这是个很童话的创意。据说最费周折的是录鸽哨。起初难觅养鸽人，他们仿佛蒸发了，不知被高楼大厦撵到了何处。总算找到了一户，但环境太嘈杂，车水马龙，根本没法录。末了，遇上了在宋庆龄故居做义工的郑永祯。郑师傅酷爱鸽子，退休后主动来这里驯鸽，其弟则擅长配哨，可谓珠联璧合。谁知又遇上个大麻烦：附近住着位高官，嫌闹腾，不让鸽子带哨上天，要择时机……

郑师傅还做了件有意义的事，一件大事：帮王世襄养鸽子。

世襄先生是个最好介绍又最难定义的人。往复杂了说，乃文物家、史学家、民俗家、美食家、收藏家、鉴赏家；朝简单了说，就是个一辈子爱玩、懂玩、玩透了的老小孩。而所有玩习中，畜鸽听哨为至爱。他甚至编著了《北京鸽哨》、《明代鸽经》、《清宫鸽谱》等书，将鸽哨的源流、制式、造法、音效一一详解。

先生戏称自己乃“吃剩饭，踩狗屎”之辈。何出此言呢？先生说：“过去养鸽子的人，对鸽子就像待孩子。自个儿吃饭不好好吃，扒两口剩饭就去喂鸽放鸽。他们还有个习惯，一出门不往地上看，却往天上瞅，常常踩狗屎。”

鸽哨声声的年代，老北京人都有翘首的习惯，想必那会儿，驼背的也少吧。据说，梅兰芳担心眼皮耷拉，曾专门养鸽子，或仰颈，或远眺，到晚年眼睛尚未变小。

王世襄回忆说："过去几乎每条胡同上空都有两三盘鸽子在飞。悦耳的哨声，忽远忽近，琅琅不断。"养鸽，行话多，圈内不叫养鸽，叫盘鸽。24只算一拨儿，要盘最少两拨儿，飞起来才好看。盘鸽至少早晚两次，若不勤飞，鸽身囤肉赘膘，就废了。

哨的制式和使用更讲究，按世襄的说法，有葫芦类、联筒类、星排类、星眼类……细分又有三联、五联、十三星、十一眼、双鬼连环、众星捧月……编排不同，绑式不同，音色音律各异。据传从商代起即有人畜鸽了，而对制哨名家的记载，约始于两百年前。

应该说，正是鸽和哨，排遣了天空的寂寞。

我最早对鸽哨的印象来自电影，尤其在以北京、西安为背景的片子中，它几乎是故事开场的第一声，又总和钟鼓楼、四合院配在一起。想必在导演看来，鸽哨亦是生活空间的必需元素吧。后来我才知，其实影视里的鸽哨，全部是音效合成的，或者是口技，真实的鸽哨很难采集，因为录音师在地面，噪声加上建筑的反射音，录了也没法用，只能进音棚合成。

世襄老人曾言一笑话，说他看央视某节目片头："升国旗，多么庄严，接着是壮丽山河、长城。随后从老远飞过来鸽子，等近了一看，啊，怎么是那种叫'落地王'的西洋肉鸽啊!"

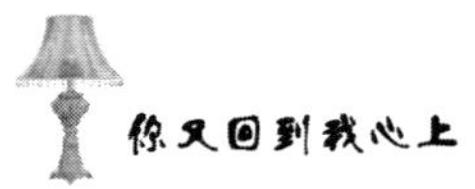

老人钟爱的是中华观赏鸽。

原来，担负鸽阵和佩哨任务的并非普通鸽子，而是观赏鸽。信鸽耐力好，适于马拉松式长途飞行，却不懂飞行技巧。而广场鸽、庆典鸽和媒体画面中的鸽子，多是无飞翔天赋的肉鸽，在养鸽人眼里，属“盘”不起来的阿斗，只能滥竽充数、鱼目混珠。中国民间曾孕育过400多种观赏鸽，像黑点子、紫点子、老虎帽、灰玉翅、黑玉翅、紫玉翅、铁翅乌、铜翅乌、斑点灰、勾眼灰等，体态和鸽名一样俊美。经过“除旧”、“文革”和大规模的城市改造，还剩多少，无人知晓了。

据说，世襄晚年最大的遗憾，即没地儿畜鸽。所以，他将此事托付给郑师傅和名人故居的一个旮旯，并寄望北京奥运会上腾空而起的是中华观赏鸽。

“它不像信鸽，一放全跑了，而是围着巢舍成群盘旋。养好了可一盘白、一盘灰、一盘紫。鸽哨传出钧天妙乐、和平之音，定能为‘人文奥运’添上最亮丽、最生动的一笔。”年已九旬的世襄亲书《关于奥运会放飞观赏鸽的献议》，正式呈交奥组委。谁都明白，老人想借奥运东风，托一把摇摇欲坠的鸽文化。

奥运开幕那夜，我守在电视前，祈祷老人能如愿。终于，该放鸽了，“鸟巢”里升起的竟然不是翅膀，而是少女的纤纤玉手和声光烟幕……

张艺谋不愧为导演天才，但整晚，我为一位老人黯然神伤——一位被放了鸽子的养鸽人。

在京这些年，我只在东城和高碑店几片拆剩的平房区邂逅过鸽阵。不多，大概一两盘的样子，飞得吃力，有些恍惚，很难配得上“翱翔”一词。这也怪不得它们，到处高楼大厦，犹如在石林中穿梭，怎敢不小心翼翼、如履薄冰。

其实，我不希望它们飞得更高、更远。北京的楼如雨后春笋，起得太快、太突兀，在空中找稳定的地标是件难事，鸽子会迷路的。

翅膀在流浪，有翅膀的人被放逐。

世襄的鸽友们，那些“游手好闲”者，既买不起城里的房子，更撑不开水泥的天空。

如今，谁是天空的主人？尘埃、噪音、尾气、高楼、机翼？

没了平宅院落、辽阔天庭，没了清洁的空气、幽静的环境……也就毁弃了鸽子的宿舍和道路，剥夺了鸽哨的释放空间和路人的仰望空间。

城市的飞鸟时代，真的落幕了？

除了那件事，还有什么能让人突然驻足，对着天空久久着迷？还有什么能让我们从生活中停下，养成仰望的习惯？

没了那件事，我们会不会变成一群只顾低头觅食、左刨右挖，在地上找东西的动物？

京城又要阅兵了，激动人心的机翼将呼啸着掠过天安门。你说，什么时候，京城的天上能随处可见鸽哨编队呢？

多物美价廉的事啊！无油耗，无污染，无惊扰。

童年的街

木心

两旁店铺，中间路，长逾二百米，便可被称作街。如果路很宽，那会是大道，道边也开设商号，而呼应不着，只好让路面为主，浓荫的列道树亦无以济。因此街是指由两旁的店铺形成的景致，连绵不断，再过去容或拐弯而有变，多半真的稍转晦隘，稍转明敞，愈善蜿蜒的街愈使人信服、迷惑。

那街仍是那样子，街的四季感，乍看是漠漠然的，如果会看，细看，又很显著，各家商店总有应时的货品，簇列在惹眼处，虽然不是本店的主角，季节宠幸了它们，俨然一时之冠。

几乎要说街是愈窄愈隽妙，唯其路狭，两旁的房屋真正面对面，譬如这厢朝东，那厢就朝了西，上午下午，明暗更位，说起来总是一条街，街史不会是通史断代史，而只是稗史秽史——荣年、衰年、火灾、兵灾，在此张业生息数十载的人，再猥琐的街，都有几件异闻奇案可讲，一条街至少要出一个傻子，一名恶棍，一位美人。

所以街有眚气、瑞气，淡淡的，淡淡地，细缊笼罩，躁性子的人怎能看得出，而纯然是一望而知。街是活的，没有废街死街，即使为战争残伤的街，仍有生命孜孜其间，不久似是而非似非而是的重建起来，再过些时日愈来愈像以前的街了，其实是已忘掉早先的样子。

小街比大街强。

会睡，会醒，会沸腾，会懒洋洋。晨曦朦胧，每条小街都很秀气，屋顶屋脊尤其秀气，亦可说清晓的街是只见屋顶屋脊的，随着天光渐亮，窗了，门了，人了，车了……正式的白昼都这样开始，店铺的邻接全无牌理，酒食、邮局、陶瓷、牙医、果蔬、文具、理发、药房、绸布、鞋匠、南北货、钥匙、糕饼糖果、钟表、鱼行肉庄、酱油……都好像城府很深，却又丝毫不在乎，一个人的生活要那么多的店来养还不够哩，没有谁敢说这家店与之永远无关。

春来了，药房檐下，笼里的八哥对着钟表行叫，糕饼铺子盘盘翠绿的糯团热气如烟，棉鞋的木楦收起，刚完工的单鞋搁在门口的斜板上，文具店无端地挂出一面僵硬的新国旗，牙科诊所临街的橱窗，红是红白是白的全副义齿，瓶插杜鹃花，其实牙齿离开口腔就很恐怖。

使小街充满春意的还不是这些，温风中有运河的水腥，油菜花袭人的烈香，潮润的泥土也沁胸，酒坊的糟味使百步之内喜气盎然，房屋高高低低，便有日光一匹一匹倒在街上，行者从明段走入暗段又走入明段……薄的衣衫都算春装，红晕，自己觉着别人看不出的汗，说些门面话，没有一件不实际的事，要发生都发生在附近，小街的艳阳天轻轻易易就此成全，外来的过客是无知的，想停也停不住，一条街是一个拉长了的小国，非常保守而排外，南街与北街就时常互不服气，榨油工人和刨烟工人每每械斗。那么夏季的街就夏得厉害，杂货铺最霸道，扇子、草席、苍蝇拍、纱罩、木拖鞋、蚊虫香，统统摆出来占了街面，新席子的草馨使人简明地想起以前的夏天，一年中首次闻到西瓜的清芳也忽有所悟似的，西瓜是瓜中圣君，黄瓜是忠仆，桃子是美妇人，冬瓜是大管家，丝瓜是好厨娘，樱桃一辈子孩儿气，郁李是紧肉的少年郎，菠萝是戎装的武士，石榴脸难看，笑好看，梅子沉默，杨桃谦逊得像树叶，枇杷依偎着，却是玲珑自私——从暮春至仲夏，街成了瓜果世界，绸布店生意也兴隆，夏季是裸季，裁缝铺反而忙，由于顾客催得急。

夏天的街糟蹋得不成样子，要等西风起，一雨，再雨，勉为其难地炎暑褪尽，菱角上市，菱角是很自卫的，菱角为何要这样自卫，柿子很福相，也柿子而已。不过每年的秋天总像是在那里弃邪归正，人们收敛而认真起来，夏是磨难，是耗费，秋俭约，浪子回了家似的，人老些，街老些，秋要深倒是慢的，中间还夹着小阳春，之后才逐日深下来，夕阳照着清仓大拍卖的布幡，有一种萧条的快感，直率的悲凉。

冬令服装应市，流行什么就流行什么，无商量余地，通都大邑中的时髦风尚固然残酷，而小地方的街上，时髦与否，供家求家也很有默契。冬天的街要看它在雪中，在雪后，尤其雪夜，人都不见了，花布的床幔内有身影移动，路灯黄黄的钝光，照见木杆四周腾旋的雪片，整条街黑上白、白上灰，灰是天空，大雪中行过一条街，往往就独占一条街，有人提着竹丝油纸的灯笼，低头走，两边街沿的积雪映得微红，红过去就不见了，更夫按时巡逻，击柝示警，鸣锣报时，那老者油污龙钟，状如鬼魅。

可惜冬天下雪下大了，所有的街都类同，雪也是很专断的。

放晴，融雪的街真是算了吧，别在融雪的街头约会，即使是次要的约会。

小街的人们，在朝夕相见一览无遗的生活中，能保持几分隐私，是甘腴的。举短短两百米长的街为例，算它五十户，中国标准是五口之家，那么两百五十人光景，其中必有慈母严父贞姑淫娃豪侠宵小智囊饭袋……为什么三百人还不到就复杂得这样，啊，那是比较，比较出来的呀，不比较就一色平凡无奇。他们她们自己也在比较，男人是口上不比，心里比。女人是心里比，口上也比……这种本街方言，诡谲近乎密码，新搬来的人听了也等于白听。正是此一小范围中纷至沓来的因果报应，使人醺然凛然，使人更容易黏糊在一起，更熟练于苛责和宽容，构成了小街上不舍昼夜的如水年华，生活需要亲和坦诚，生活也需要怨怼诓骗，仅乎其一面，日子就淡乏了。现代人暴得一点钱，真是胆小，生怕怨怼诓骗，宁可弃捐亲和坦诚，躲入大楼的某个格子中。现代人又把生活和工作分开，一边全是花，一边全是叶，清则清矣，趣则没趣。小街上的人们生于斯，作于斯，卿卿我我，咬牙切齿，送的东西要讨还了，半个月不到又送了东西过去。生活是琐碎的，是琐碎方显得是生、是活——小慷慨、小吝啬、小小盟誓、小小负约，太大了非人性所能挡得起，小街两旁的屋里偶有悬梁或吞金服毒者，但小街上没有悲观主义，人们兴奋忙碌营利繁殖，小街才是上帝心目中的人间。

价值来自偏爱，能与之谈街的人少之又少，兰波，他喜欢门的上半部，墙侧的鬼画，街角小店中褪色的糖果，他翻翻画报就可以写诗，是一位逛街的良伴。兰姆脾气佳，兴会浓，他爱伦敦的老街，那是伦敦的老街可爱呀，并没有更要紧的意思。兰姆说：童年的朋友，像童年的衣裳，长大了，就穿不着了——在不再惋惜童年的朋友之后，也只能不再惋惜童年见过的街。

一切价值都是偏爱价值。

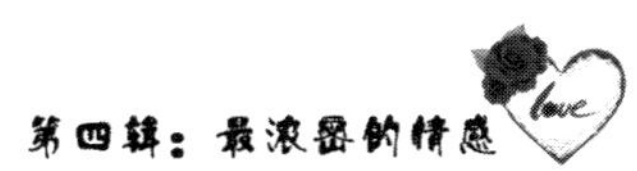

味儿

北岛

关于北京，首先让我想到的是气味儿，随季节变化而变化。

冬储大白菜味儿。立冬前后，各副食店门前搭起临时菜站，大白菜堆积如山，从早到晚排起长队。每家至少得买上几百斤，用平板三轮自行车儿童车等各种工具倒腾回家，邻里间互相照应，特别是对那些行动不便的孤寡老人。

大白菜先摊开晾晒，然后码放在窗下门边过道里阳台上，用草帘子或旧棉被盖住。冬天风雪肆虐，大白菜像木乃伊干枯变质，顽强地散发出霉烂味儿，提示着它们的存在。

煤烟味儿。为取暖做饭，大小煤球炉蜂窝煤炉像烟鬼把烟囱伸出门窗，喷云吐雾。煤焦油和水汽从烟囱口落到地上，结成一坨坨黑冰。赶上刮风天，得赶紧转动烟囱口的拐脖儿——浓烟倒灌，呛得人鼻涕眼泪，狂嗽不止。更别提那阴险的煤气：趁人不备，温柔地杀你。

灰尘味儿。相当于颜色中的铁灰加点儿赭石——北京冬天的底色。它是所有气味儿中的统帅，让人口干舌燥，嗓子冒烟，心情恶劣。一旦借西北风更是了得，千军万马，铺天盖地，顺窗缝门缝登堂入室，没处躲没处藏。当年戴口罩防的主要就是它，否则出门满嘴牙碜。

正当北京人活得不耐烦，骤然间大雪纷飞，覆盖全城。大雪有一股云中薄荷味儿，特别是出门吸第一口，清凉滋润。孩子们高喊着冲出门去，他们摘掉口罩扔下手套，一边喷吐哈气，一边打雪仗堆雪人。直到道路泥泞，结成脏冰，他们沿着脏冰打出溜儿，快到尽头往下一蹲，借惯性再蹭几米，号称“老头钻被窝儿”。

我家离后海很近。孩子们常在那儿“滑野冰”，自制冰鞋雪橇滑雪板，呼啸成群，扬起阵阵雪末，被风刮到脸上，好像白砂糖一样，舔舔，有股无中生有的甜味儿。工人们在湖面开凿冰块，用铁钩子钩住，沿木板搭的栈道运到岸上，再运到李广桥北面的冰窖。

趁人不注意，我跟着同学钻进冰窖，昏暗阴冷，水腥味夹杂着干草味。那些冰块置放在多层木架上，用草垫隔开，最后用草垫木板和土封顶。待来年夏天，这些冰块用于冷藏鲜货食品，制作冰淇淋刨冰。在冰窖里那一刻，我把自己想象成冷冻的鱼。

冬天过于漫长，让人厌烦，孩子们眼巴巴盼着春天。数到“五九”，后海沿岸的柳枝蓦然转绿，变得柔软，散发着略带苦涩的清香。解冻了，冰面发出清脆的破裂声，雪水沿房檐滴落，煤焦油的冰坨像墨迹洇开。我们的棉鞋全都变了形，跟蟾蜍一样趴下，咧着嘴，有股咸带鱼的臭味儿。我母亲几乎年年都买水仙，赶上春节前后悄然开放，暗香涌动，照亮沉闷的室内。在户外，顶属杏花开得最早，随后梨花丁香桃花，风卷花香，熏得人头晕，昏昏欲睡。小时候常说“春困秋乏夏打盹，睡不醒的冬三月”，那时尚不知有花粉过敏一说。

等到槐花一开，夏天到了。国槐乃北方性格，有一种恣意妄为的狞厉之美。相比之下，那淡黄色槐花开得平凡琐碎，一阵风过，如雨飘落。槐花的香味儿很淡，但悠远如箫。

而伴随着这香味的是可怕的“吊死鬼”。那些蠕虫吐丝吊在空中，此起彼伏，封锁着人行道。穿过“吊死鬼”方阵如过鬼门关，一旦挂在脖子上脸上，挥之不去，让人浑身起鸡皮疙瘩，难免惊叫。

夏天是一年中最快乐的时光，主要是放暑假的缘故吧。我们常去鼓楼“中国民主促进会”看电视打乒乓球，或是去什刹海体育场游泳。说到游泳，我们沉浮在漂白粉味儿和尿臊味儿中，沉浮在人声鼎沸的喧嚣和水下的片刻宁静之间。

暴雨似乎来自体内的压力。当闷热到了难以忍受的临界点，一连串雷电惊天动地，青春期的躁动得到某种程度的释放。雨一停，孩子冲向马路旁边，一边蹚水一边高叫：“下雨啦，冒泡啦，王八戴上草帽啦……”

不知为什么，秋天总与忧伤相关，或许是开学的缘故：自由被没收了。是的，秋天代表了学校的刻板节奏，代表了秩

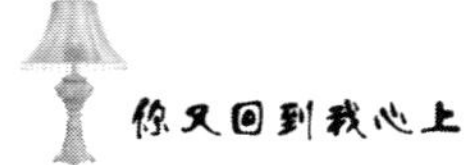

序。粉笔末飘散，中文与数字在黑板上出现又消失。在男孩子臭脚丫味儿和脏话之上，是女孩的体香，丝丝缕缕，让人困惑。

秋雨阵阵，树叶辗转飘零，湿漉漉的，起初带有泡得过久的酽茶的苦味儿，转而变成发酵的霉烂味儿。与即将接班的冬储大白菜味儿相呼应。

话说味儿，除了嗅觉，自然也包括味觉。味觉的记忆更内在，因而也更持久。

鱼肝油味儿，唤醒我最早的童年之梦：在剪纸般的门窗深处，是一盏带有鱼腥味儿的灯光。那灯光大概与我服用鱼肝油的经验有关。

起初，从父母严肃的表情中，我把它归为药类，保持着一种天生的警惕。当鱼肝油通过滴管滴在舌尖上，凉凉的，很快扩散开来，满嘴腥味儿。这从鳕鱼提炼的油脂，让我品尝到大海深处的孤独感。后来学到的进化论证实了这一点：鱼是人类的祖先。随着年龄增长，这孤独感被不断放大，构成青春期内在的轰鸣。

滴管改成胶囊后，我把鱼肝油归为准糖果类，不再有抵触情绪。先咬破胶囊，待鱼肝油漏走再细嚼那胶质，有牛皮糖的口感。

“大白兔”奶糖味儿。它是糖果之王，首先是那层半透明的米纸，在舌头上融化时带来预期的快感。“大白兔”奶味儿最重，据说七块糖等于一杯牛奶，为营养不良的孩子所渴望。

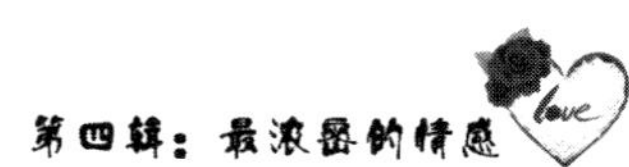

可惜困难时期，“大白兔”被归入“高级糖”，有顺口溜为证：“高级点心高级糖，高级老头上茅房”，可见那“高级循环”与平民百姓无关。

多年后，一个法国朋友在巴黎让我再次尝到“大白兔”，令我激动不已，此后我身上常备那么几块，加入“高级老头”的行列。

困难时期正赶上身体发育，我开始偷吃家里所有能吃的东西，从养在鱼缸的小球藻到父母配给的黏稠的卵磷脂，从钙片到枸杞子，从榨菜到黄酱，从海米到大葱……父母开始坚壁清野，可挡不住我与日俱增的食欲。什么都吃光了，我开始吞食味精。在美国，跟老外去中国餐馆，他们事先声明“No MSG”（不放味精），让我听了就他妈心烦。

我把味精从瓶中倒在掌心，一小撮，先用舌尖舔舔，通过味蕾沿神经丛反射到大脑表层，引起最初的兴奋——好像品尝那被提纯的大海，那叫鲜！我开始逐渐加大剂量，刺激持续上升，直到鲜味儿完全消失。最后索性把剩下半瓶味精全倒进嘴里，引起大脑皮层的信号混乱或短路——晕眩恶心，一头栽倒在床上。我估摸，这跟吸毒的经验接近。

父母抱怨，是谁打翻了味精瓶？

在我们小学操场墙外，常有个小贩的叫卖声勾人魂魄。他从背囊像变戏法变出各种糖果小吃。由于同学引荐，我爱上桂皮。

桂皮即桂树的树皮，中草药，辛辣中透着甘甜。两分钱能买好几块，比糖果经久耐吃多了。我用手绢包好，在课堂上时不时舔一下。说实话，除了那桂皮味儿，与知识有关的一切毫无印象。

一天晚上，我和关铁林从学校回家，一个挑担的小贩在路上吆喝："臭豆腐，酱豆腐——"我从未尝过臭豆腐，在关铁林怂恿下，花三分钱买了一块，仅一口就噎住了，我把剩下的扔到房上。

一个夏天的早上，我和一凡从三不老胡同1号出发，前往位于鼓楼方砖厂辛安里98号的中国民主促进会，那是我们父辈的工作单位。暑假期间，我们常步行到那儿打乒乓球，顺便嘛，采摘一棵野梨树上的小酸梨。

一出三不老胡同口即德内大街，对面是我的小学所在的弘善胡同。东北角的小杂货铺发出信号，大脑中条件反射的红灯亮了，分泌出口水——上学路上，我常花两分钱买块糖，就着它把窝头顺进去。

沿德内大街南行百余步，过马路来到刘海胡同副食店。门外菜棚正处理西红柿，一毛钱四斤；还有凭本供应的咸带鱼，三毛八一斤，招来成群的苍蝇，挥之不去。我和一凡本想买两个流汤的西红柿，凑凑兜里的钢蹦儿，咽了口唾沫走开。

沿刘海胡同向东，到松树街北拐，穿过大新开胡同时，在路边的公共厕所撒泡尿。那小便池上的尿碱味儿熏得人睁不开眼，我们像在水中练习憋气，窜出好远才敢深呼吸，而花香沁人心脾——满地槐花。昨夜必是有雨，一潭潭小水洼折射出天光树影。

拐进柳荫街一路向北，这里尽是深宅大院，尽北头高大的围墙后面，据说是徐向前元帅的宅邸。在树荫下，我们买了两根处理小豆冰棍，五分钱两根，省了一分钱。可这处理冰棍软塌塌的，眼看要化了，顾不得细品冰镇小豆的美味儿，两口就吸溜进去，我们抻着脖子仰望天空，肚子咕噜噜响。

出了柳荫街是后海，豁然开朗。后海是什刹海的一部分，始于七百年前元大都时期。作为漕运的终点，这里曾一度繁华似锦。拐角处有棵巨大的国槐，为几个下象棋的人蔽荫。几个半大男孩正在捞蛤蜊，他们憋足气，跃起身往下扎猛子，脚丫蹬出水面，扑哧作响。岸边堆放着几只蛤蜊，大的像锅盖。蛤蜊散发着腥膻的怪味，似乎对人类发出最后的警告。

我们沿后海南沿，用柳枝敲打着湖边铁栏杆。宽阔的水面陡然变窄，两岸由一石桥连缀，这就是银锭桥。银锭观山，乃燕京八景之一。桥边有“烤肉季”，这名扬天下的百年老店，对我等的神经是多大的考验：那烤羊肉的膻香味儿，伴着炭焦味儿及各种调料味儿随风飘荡，搅动我们的胃，提醒中午时分已近。

我们一溜烟穿过烟袋斜街，来到繁华的地安门大街。北望鼓楼，过马路向南走，途经地安门商场副食店，门口贴出告示：处理点心渣儿（即把各种点心的残渣集中出售），我们旋风般冲进去，又旋风般冲了出来，那点心渣儿倒是挺招人爱，可惜粮票和钢蹦儿有限。

沿地安门大街左拐进方砖厂胡同，再沿辛安里抵达目的地。“中国民主促进会全国委员会”的牌子，堂而皇之地挂在那儿，怎么看怎么像一句反动口号。

我和一凡先到乒乓球室大战三盘，饥肠辘辘，下决心去摘酸梨垫垫肚子。那棵墙角的野梨树并没多高，三五个土灰色小梨垂在最高枝头。踩着一凡的肩膀我攀上树腰，再向更高的枝头挺进。眼看着快够到小梨，手背一阵刺痛，原来遭“洋刺子”的埋伏。

从树上下来，吮吸那蜇红的伤口，但无济于事。从兜里掏出那几个小梨，在裤子上蹭蹭，咬了一口，又酸又涩，满嘴是难以下咽的残渣。食堂开饭的钟敲响了，一股猪肉炖白菜的香味儿飘过来。

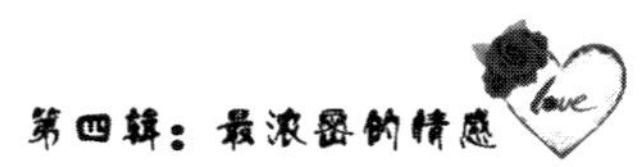

除夕情怀

冯骥才

除夕是一年最后一天，最后一个夜晚，是一岁中剩余的一点短暂的时光。时光是留不住的，不管我们怎么珍惜它，它还是一天天在我们的身边烟消云散。古人不是说过：“黄金易得，韶光难留”吗？所以在这一年最后的夜晚，要用“守岁”——也就是不睡觉，眼巴巴守着它，来对上天恩赐的岁月时光以及眼前这段珍贵的生命时间表示深切的留恋。

除夕是中国人最具生命情感的日子。所以此时此刻一定要和自己有着血缘关系的亲人团聚一起。首先是生养自己的父母。陪伴老人过年，有如依偎着自己生命的根与源头，再有便是和同一血缘的一家人枝叶相拥，温习往昔，尽享亲情。腊月里到火车站或机场去看看声势浩大的春运吧。世界上哪个国家会有一亿多人同时返乡，不都要在除夕那天赶到家去？他们到底为了吃年夜饭还是为了团圆？

此刻，我想起关于年夜饭的一段往事——

一年除夕，家里筹备年夜饭，妻子忽说：“哎哟，还没有

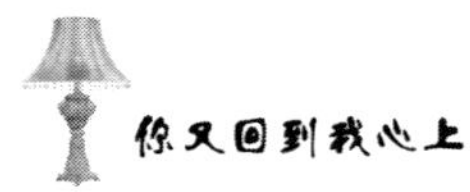

酒呢。”我说：“我忙的都是什么呀，怎么把最要紧的东西忘了！”酒是餐桌上的仙液。这一年一度的人间的盛宴哪能没有酒的助兴、没有醉意？我忙披上棉衣，围上围巾，蹬上自行车去买酒。家里人平时都不喝酒，一瓶葡萄酒——哪怕是果酒也行。

车行街上，天完全黑了，街两旁高高低低的窗子都亮着灯。一些人家开始享用年夜饭了，性急的孩子已经噼噼啪啪点响鞭炮。但是商店全上了门板，无处买到酒，我却不死心，无论如何也不能让这顿年夜饭没有酒。车子一路骑下去，一直骑到百货大楼后边那条小街上，忽见道边一扇小窗亮着灯，里边花花绿绿，分明是个家庭式的小杂货铺。我忙跳下车，过去扒窗一瞧，里边的小货架上天赐一般摆着几瓶红红的果酒，大概是玫瑰酒吧。踏破铁鞋终于找到它了！我赶紧敲窗玻璃，里边出现一张胖胖的老汉的脸，他不开窗，只朝我摇手；我继续敲窗，他隔窗朝我叫道：“不卖了，过年了。”我一急，对他大叫：“我就差一瓶酒了。”谁料他听罢，怔了一下，唰地拉开小小的窗子，里边热乎乎混着炒菜味道的热气扑面而来，跟着一瓶美丽的红酒梦幻般地摆在我的面前。我付了钱，对他千恩万谢之后，把酒揣在怀里贴身的地方。我怕把酒摔了，然后飞快地一口气骑车到家。刚才把酒揣进怀里时酒瓶很凉，现在将酒从怀间抽出时，光溜溜的酒瓶竟被身体焐得很温暖。

当晚这瓶廉价的果酒把一家人扰得热乎乎，我却还在感受着刚才那位老汉把酒“啪”地放在我面前的感觉。他怎么知道

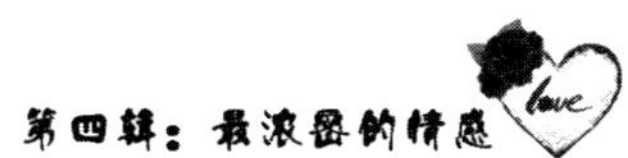

我那时为年夜饭缺一瓶酒时急切的心情？很简单——因为那是人们共有的年的情怀。

于是我又想起，一年的年根在火车站上。车厢里人满为患，连走道上也人贴着人地站着。从车门根本挤不上去，有人就从车窗往里爬。我看一个年轻人，半个身子已经爬进车窗，车里的熟人往里拉他，站台上工作人员往外拽他。双方都在使劲，这年轻人拼命地往车里挣扎。就在这时候，忽然站台上的人不拉了，反倒笑嘻嘻把他推上去。我想，要是在平时，站台的工作人员决不会把他推上去，但此时此刻为什么这样做？为了帮他回家过年。

年，真的是太美好的节日、太好的文化了。在这种文化氛围里，人人无须沟通，彼此心灵相应。正为此，除夕之夜千家万户燃起的烟花，才在寒冷的夜空中交相辉映，呈现出普天同庆的人间奇观。也正为此，那风中飘飞的吊钱儿，大门上斗大的福字，晶莹的饺子，感恩于天地与先人的香烛，风雪沙沙吹打的灯笼和人人从心中外化出来的笑容，才是这除夕之夜最深切的记忆。

除夕是中国人用共同的生活理想创造出来——并以各自的努力实现的现实。

冬天

朱自清

说起冬天，忽然想到豆腐。是一“小洋锅”（铝锅）白煮豆腐，热腾腾的。水滚着，像好些鱼眼睛，一小块一小块豆腐养在里面，嫩而滑，仿佛反穿的白狐大衣。锅在“洋炉子”（煤油不打气炉）上，和炉子都熏得乌黑乌黑，越显出豆腐的白。这是晚上，屋子老了，虽点着“洋灯”，也还是阴暗。围着桌子坐的是父亲跟我们哥儿三个。“洋炉子”太高了，父亲得常常站起来，微微地仰着脸，觑着眼睛，从氤氲的热气里伸进筷子，夹起豆腐，一一地放在我们的酱油碟里。我们有时也自己动手，但炉子实在太高了，总还是坐享其成的多。这并不是吃饭，只是玩儿。父亲说晚上冷，吃了大家暖和些。我们都喜欢这种白水豆腐；一上桌就眼巴巴望着那锅，等着那热气，等着热气里从父亲筷子上掉下来的豆腐。

又是冬天，记得是阴历十一月十六晚上。跟S君P君在西湖里坐小划子，S君刚到杭州教书，事先来信说：“我们要游西湖，不管它是冬天。”那晚月色真好；现在想起来还像照在身上。本来前一晚是“月当头”；也许十一月的月亮真有些特别吧。那时九点多了，湖上似乎只有我们一只划子。有点风，月光照着软软的水波；当间那一溜儿反光，像新研的银子。湖上的山只剩了淡淡的影子。山下偶尔有一两星灯火。S君口占两句诗道：“数星灯火认渔村，淡墨轻描远黛痕。”我们都不大说话，只有均匀的桨声。我渐渐地快睡着了。P君“喂”了一下，才抬起眼皮，看见他在微笑。船夫问要不要上净寺去，是阿弥陀佛生日，那边蛮热闹的。到了寺里，殿上灯烛辉煌，满是佛婆念佛的声音，好像醒了一场梦。这已是十多年前的事了，S君还常常通着信，P君听说转变了好几次，前年是在一个特税局里收特税了，以后便没有消息。

在台州过了一个冬天，一家四口子。台州是个山城，可以说在一个大谷里。只有一条二里长的大街。别的路上白天简直不大见人，晚上一片漆黑。偶尔人家窗户里透出一点灯光，还有走路的拿着的火把，但那是少极了。我们住在山脚下。有的是山上松林里的风声，跟天上一只两只的鸟影。夏末到那里，春初便走，却好像老在过着冬天似的；可是即便真冬天也并不冷。我们住在楼上，书房临着大路，路上有人说话，可以清清楚楚地听见。但因为走路的人太少了，间或有点说话的声音，听起来还只当远风送来的，想不到就在窗外。我们是外路人，除上学校去之外，常只在家里坐着。妻也惯了那寂寞，只和我们爷儿们守着。外边虽老是冬天，家里却老是春天。有一回我上街去，回来的时候，楼下厨房的大方窗开着，并排地挨着她们母子三人，三张脸都带着天真微笑地向着我。似乎台州空空的，只有我们四人；天地空空的，也只有我们四人。那时是民国十年，妻刚从家里出来，满自在。现在她死了快四年了，我却还老记着她那微笑的影子。

无论怎么冷，大风大雪，想到这些，我心上总是温暖的。

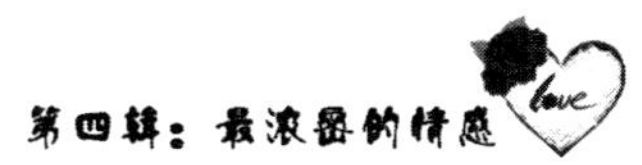

忽然想起了棉花

肖复兴

如今，在城里已经很少能见到棉花了。

这想法，是在偶然间一闪而过的。闪过之后，我有些吃惊。人真的可以不需要棉花了吗？城市真的可以离开棉花了吗？在人类发展史上，棉花的出现，曾经是何等的重要，它让人终于可以不用树叶、兽皮遮羞、取暖，而用棉花纺线织布，创造出了衣服。

如今，在城里衣服已经被服装甚至时装取代了。五颜六色的服装和时装，款式越来越新潮，面料用纯棉布的已经很少了。混纺品、化纤品，早已开始粉墨登场。即使原来要絮棉花的棉衣，里面早用羽绒了；原来要弹棉花套的棉被，里面早用太空棉了。

棉花，在城里越来越难见到了。

忽然意识到这一点，我不知道是有些伤感，还是高兴。是因为城市发展得太快、科技发展得太快，棉花已经被更新换代而显得名落孙山？还是因为我们已经越来越远离了淳朴天真的大自然，崇尚的再不是田野里热烘烘阳光和晶莹湿润雨露滋养出来的东西，而是那些人造的、合成的、经过分子式重新排列组合的化学反应之后的东西了？

如今，真是谁会再穿用棉花絮得老厚老厚笨重的棉袄棉裤呢？

棉花，当然渐渐离我们远去了。

记得小时候，甚至年轻的时候，在城里还能见到棉花。虽然不多，但是还能见到。那时，每年每人能有半斤棉花票，可以用这棉花票买到棉花。每半斤棉花用纸包好一圈，两头露着雪白雪白的棉花，再用纸绳系好，从商店提到家，身上沾着好多棉絮，很像是从田间棉花地里走来。棉花很轻，半斤是不小的一包呢，蓬蓬松松，提着棉花，连自己的身子都变得轻了，走起道来，像是踩着棉花一样飘忽。买棉花总能给人带来轻松。大概因为棉花本来就轻松、洁白的原因吧，将人的心情也絮得绵软了。

那时候，家里的棉被、棉衣，都是妈妈用棉花絮的。她老人家坐在床里边，把雪白的棉花摊开在自己身边，把棉花摊平，一层层絮下来，不一会儿，满床都是平展展的棉花了。她便像坐在一片白云彩里面了。而她的手上、眉毛上、头发上，沾满了棉花毛儿，满屋子里飘飞着棉花毛儿，处处看得见、闻得到来自田野的清新气息。尤其是当棉衣和棉被被絮好了新棉花，拿到院子里晾衣绳上一晾，穿在身上或盖在身上之后，能闻得见、感觉得到阳光的味道和分量，全是由于棉花可以像吸

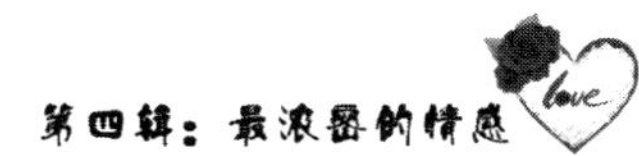

水一样将阳光吸满每一丝棉絮里去了呀……

如今，还能找得到这种感觉和乐趣吗？我们可以穿上羽绒服、盖上太空被，可以很保暖、很美观，但没有了棉花能给予我们的那种感觉了。

那时候，过年开联欢会时，我常和小伙伴们用棉花粘在嘴上和眼眶上面，当作白胡子、白眉毛，装扮成新年老人登台演节目。棉花，总能意想不到地帮助我们这些调皮的小孩子，便宜得不用花一分钱就成全我们好多好事。棉花，是我们童年要好的伙伴，温暖着我们伴着我们长大……

如今的小孩子们，可以花一元钱，买上一大团棉花糖。雪白、雪白的，像是棉花，毕竟不是真正的棉花。

青团

李晶

我知道，在童年里，我永远地饿着。仿佛，我的手里满是一把把长在春昼里的甜草的蕊心，喉咙里却想正好咽下一些长在清圆荷叶上的水珠；我的怀里，兜满了从秋天的高枝上摇落的野果，嘴里却又想着含一枚从冬日屋檐上垂下的冰凌。我总是对世界细节处的美食情缘充满了默契，更不用说村子里不时升起的曼妙炊烟了。我知道定是谁家又在做什么好吃的了。我得意地认为他们看到了我脸上永远不干的泪痕，于是要准备一些美食来抚慰我的无助。我一直意乱情迷地让这样细碎的幸福感在我心里穿行，等那些美食像小鱼一样游到我的面前——比如外婆的青团。

那必是一个雨天，外婆在河对岸呼唤我的母亲划船过去，她的手里是一只精致的竹篮。这条河，正是隔岸渔歌的宽度，河面平静。母亲的篙在岸边一点，水中一拨，船便到了对岸。我坐在船头，像只小小的鸭子。外婆的篮子里便是青团了。

青团的绿色是让人一见就会爱上的，以至于一往而情深。

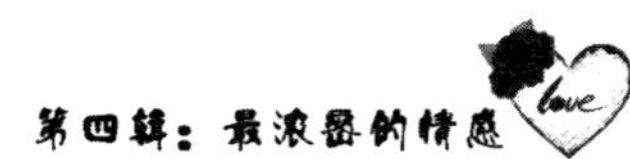

这种绿色，是把山间过于浓密的绿色变得柔和了，又把水底过于清淡的绿色变得稠郁了一些。我的外婆需要到远处的野地里去，刈来一蓬蓬的初春的艾草，细细地切碎，用葛布滤出青绿的草汁来，然后敷上一层糖精粉，再揉进嫩白的糯米粉中，便有了青团。但这还不是真正的青团，须放到锅中，隔水慢慢地煮了，这时，绿色的山融化了，绿色的水凝固了，仿佛整个春天都溶解在这几个小小的丸子中间了。揭锅的那一个瞬间，像极了是漫天春风中最灵幻的那一阵，将湿润田野中最馥郁的那一缕花香带了进来。

在春天，我们那里家家户户都愿意做青团，而且每家每户都能够做得很好。田里面的艾草多得割也割不完。穿着尚不肯脱下的冬天的棉衣，我们在田间寻找，原本以为真正是没有了，谁知向脚下一看，又有一大片。大人们经验更多，他们说先回去睡一觉，第二天一早来，就又会长出许多来的，而且都缀满了晶莹的露珠。春天的性情在于生长，谁都不愿把自己的能量收敛起来，艾草也是。

回到村子里，我们都把新鲜的艾草交给母亲，然后跑到豆腐店老板那里去借葛布。她总是不肯，似乎是怕腥甜的草汁玷污了她的葛布，从此做不出洁白的豆腐。但后来，渐渐地却肯了，又嘱咐一定要把做好的青团带几个给她吃吃。我们满口答应，却从来不曾记得。但第二年，老板还是愿意把葛布借给我们。我们这些孩子手里面拿着刚熟的青团，想跑到田野里去放风筝。但是我们没有风筝，杂货店的老板那里却有许多极漂亮的。我们买不起，就悄悄地把贰分钱硬币上的“2”的数字改成了“5”，然后就一脸正经地跑去买来了风筝。杂货店的老板从来不说什么，带着憨厚的笑靥把“5”分钱收下来。于是我们就顺利地来到了田野上，把风筝放到天空中，抬着头看着它渐渐远去。我们总望得出神，却不知道那些风筝有没有在望我们。我们在地上奔跑，就像风筝在天空中飞。天空一片蔚蓝，大地一片碧绿，那么地相似。我们从来都没有去分辨哪里是天空，哪里是大地。

我的外婆却极不愿意我跑远到田里去。她说田里那些不可一世的毒蛇，正渐渐醒来了，等着我们去，好把我们吃掉。她每年都跟我说这些，在她眼里，我其实一直都是一只容易走失而回不了家的小鸭子。但是，有一年的春天，我的外婆自己却回不了家了，她去湖边割艾草，却倒在了回家的路上。我的外婆在床上不省人事了很久，后来她醒了，却神志不清。

春天的雨还是不约而至，继续给河面戴上一层轻纱，漫溢出暖昧而朦胧的半透明来。但是我的外婆已经不在对岸了，外婆的竹篮也不见了。

家家户户还是坚持在做青团。我的母亲早上去地里做农活，晚上就会带回一些艾草来。这些艾草上没有湿漉漉的露水，却满是凉凉的暮色一般。到了第二天，便又瘦了一些。我的母亲于是改变做法。仍旧要滤出一些草汁来，揉成面团；但要把面团先擀扁，放入一些馅料，再包好去煮。我们家里惯用的是素蓉，就是把笋丝、香干丝、木耳丝、金针菇、雪菜丝放

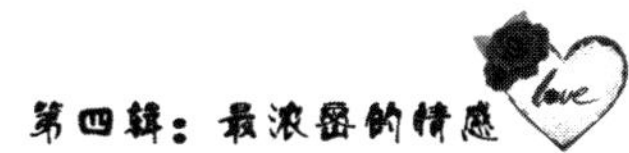

到一起煮咸了，再包到青团里面去。别的人家有用肉馅和豆沙馅的，那样一来，绿色便油腻了许多。

青团显然变了味道。春天变得多么含蓄啊，它藏到了一个角落里，或者是天空的一角，或者是大地的一角，我必须要细细地咀嚼才能体味。只是我母亲再也不能对我外婆说："娘，我把青团带来了。你来吃一吃。"

相思

李娟

清晨，当金色的阳光洒满小院，奶奶说要去看望姨奶奶，自然就会去小卖部买几包点心。

小卖部是村里最令我心仪的地方。高高的木柜台里站着一位阿姨和一位好看的大姐姐，大姐姐穿一件白底红花的上衣，爱笑，露出一排糯米般的牙齿。白皙的脸颊上有一对酒窝，春意荡漾。一双大眼睛水汪汪的，泊着一对黑葡萄。两条乌黑乌黑的大辫子，直垂在腰际，麻花辫子的发梢上扎一对粉色蝴蝶，腰身细细的，她每一次转身的样子极好看。村子里打麦场上放电影，我觉得电影里那首歌就是唱给她的：上河里的鸭子下河里的鹅，一对对毛眼眼照哥哥……我以为她就是那个毛眼眼的姐姐。

奶奶说，称一斤酥饼，一斤点心，我就听得心花怒放。

酥饼被大姐姐用夹子整齐摆放在棕色的粗纸上，再称上一斤白皮的点心，点心上缀着小红点，如同白胖胖的小娃儿额上贴的小红点，无限喜气。酥饼圆圆的，点缀几颗黑色的芝麻，像一张长着雀斑的小脸，可爱，可亲。咬一口香甜酥脆，唇齿留香。她铺好两张棕色的粗纸，粗纸上隐隐有麦秆，粗糙，原始，朴素。一层层的酥饼堆放成四方的宝塔形，然后在粗纸外包一块方方正正的红纸，大红底子上写着黑色的“福”字，透着俗世生活的喜庆和美好。姐姐头顶挂着一卷的草绳，草绳就在她白蝴蝶般的手指中飞快地缠绕着，灵巧而神奇，在我眼里，她像是个魔术师，一瞬间就包好了点心。我的头刚高过柜台，手把着柜台，踮着脚尖看着点心，嗅着一股淡淡的甜香，忍不住直咽口水。

奶奶掏出雪青色的手帕，小心翼翼地一层层打开来取钱。大姐姐收好钱，也不数，她头顶横着一根铁丝，上面常年挂着一个铁夹子，她将钱夹在铁夹子上，手臂一挥，只见一道优美的弧线，“呼啦”一下，夹子就到了阿姨的头顶，整个过程酣畅淋漓，洒脱流畅，一气呵成，那么美。

我拽着奶奶的衣襟，走在乡间的小路上，姨奶奶家不远，就在邻村。田野里玉米长得比人还高，像一道绿色的屏障。玉米吐着金黄的胡须，豇豆开满淡紫色的蝴蝶花，像一群爱说笑的小丫头，凑在一起，吱吱喳喳说个不停。黄瓜爬上架子，穿着嫩黄色花裙的花儿招惹来一群群的蜜蜂围着她们跳舞。田埂上偶然会见到一两个金黄的大南瓜，胖墩墩的，像隔壁的二胖吃饱了正躺在地上睡觉呢。我跟着奶奶的小脚，盯着她手里的两包点心，包点心的粗纸隐隐渗出油来，越看嘴里越馋。心里盼着快到姨奶奶家，就可以一饱口福了。我一边走路，手一刻也闲不下来，一会儿拔一朵淡粉色的打碗碗花，一会儿摘一朵紫色的牵牛花，奶奶看见我摘打碗碗花，就训我，小祖宗，快扔掉，摘了会打掉饭碗的。

现在，在街上的西饼店里，形态各异的点心规规矩矩躺在精致的盒子里，盒子上扎着粉色的蝴蝶，像是穿着纱裙的公主。可是，我却无限怀念包着粗纸写着福字的点心，有一点俗，却俗得那么美。它像一位小家碧玉，朴素，干净，温馨，它不解风情，不施粉黛。似贾樟柯电影里的小街，电线杆，昏黄的灯光，斑驳的矮墙上刷着标语，高大的梧桐树和白杨树哗哗地唱着歌，充满质朴与温情，我仿佛回到我童年的小街。

一天，在一家西饼店看见一盒龙须酥，洁白的银丝盘结在小盒子里，犹如老妇人头上的发髻。盒子上竟有两个字：相思。买来咬上一口含在嘴里，丝丝缕缕，长长短短都是相思。它香甜酥软，甜得有些腻人，而且香料的味道太重，远不及我童年吃过的点心。含着它，就看见奶奶颤颤巍巍迈着小脚，走在田间的小路上。路的两旁是一望无际郁郁葱葱的庄稼，虫声唧唧，花草缤纷。她手里提着两包点心，风吹起她满头的银发，我望着，望着，看她渐行渐远，再也看不见。泪湿了眼角。

合欢树

史铁生

10岁那年，我在一次作文比赛中得了第一。母亲那时候还年轻，急着跟我说她自己，说她小时候的作文作得还要好，老师甚至不相信那么好的文章会是她写的。“老师找到家来问，是不是家里的大人帮了忙。我那时可能还不到10岁呢。”我听得扫兴，故意笑：“可能？什么叫可能还不到？”她就解释。我装作根本不再注意她的话，对着墙打乒乓球，把她气得够呛。不过我承认她聪明，承认她是世界上长得最好看的女的。她正给自己做一条蓝地白花的裙子。

20岁，我的两条腿残废了。除去给人家画彩蛋，我想我还应该再干点别的事，先后改变了几次主意，最后想学写作。母亲那时已不年轻，为了我的腿，她头上开始有了白发。医院已经明确表示，我的病目前没办法治。母亲的全副心思却还放在给我治病上，到处找大夫，打听偏方，花很多钱。她倒总能找来些稀奇古怪的药，让我吃，让我喝，或者是洗、敷、熏、灸。“别浪费时间啦！根本没用！”我说，我一心只想着写小说，仿佛那东西能把残废人救出困境。“再试一回，不试你怎么知道会没用?”她说，每一回都虔诚地抱着希望。然而对我的腿，有多少回希望就有多少回失望，最后一回，我的胯上被熏成烫伤。医院的大夫说，这实在太悬了，对于瘫痪病人。这差不多是要命的事。我倒没太害怕，心想死了也好，死了倒痛快。母亲惊惶了几个月，昼夜守着我，一换药就说：“怎么会烫了呢？我还直留神呀!”幸亏伤口好起来，不然她非疯了不可。

后来她发现我在写小说。她跟我说：“那就好好写吧。”我听出来，她对治好我的腿也终于绝望。“我年轻的时候也最喜欢文学。”她说。“跟你现在差不多大的时候，我也想过搞写作。”她说。“你小时候的作文不是得过第一?”她提醒我说。我们俩都尽力把我的腿忘掉。她到处去给我借书，顶着雨或冒了雪推我去看电影，像过去给我找大夫，打听偏方那样，抱了希望。

30 岁时，我的第一篇小说发表了。母亲却已不在人世，过了几年，我的另一篇小说又侥幸获奖，母亲已经离开我整整 7 年。

获奖之后，登门采访的记者就多，大家都好心好意，认为我不容易。但是我只准备了一套话，说来说去就觉得心烦。我摇着车躲出去，坐在小公园安静的树林里，想：上帝为什么早早地召母亲回去呢？迷迷糊糊地，我似乎听见回答：“她心里太苦了。上帝看她受不住了，就召她回去。”我的心得到一点安慰，睁开眼睛，看见风在树林里吹过。

我摇车离开那儿，在街上瞎逛，不想回家。

母亲去世后，我们搬了家。我很少再到母亲住过的那个小院儿去。小院儿在一个大院儿的尽里头，我偶尔摇车到大院儿去坐坐，但不愿意去那儿小院儿，推说手摇车进去不方便。院儿里的老太太们还都把我当儿孙看，尤其想到我又没了母亲，但都不说，光扯些闲话，怪我不常去。我坐在院子当中，喝东家的茶，吃西家的瓜。有一年，人们终于又提到母亲："到小院儿去看看吧，你妈种的那棵合欢树今年开花了！"我心里一阵抖，还是推说手摇车进出太不易。大伙就不再说，忙扯些别的，说起我们原来住的房子里现在住了小两口，女的刚生了个儿子，孩子不哭不闹，光是瞪着眼睛看窗户上的树影儿。

我没料到那棵树还活着。那年，母亲到劳动局去给我找工作，回来时在路边挖了一棵刚出土的"含羞草"，以为是含羞草，种在花盆里长，竟是一棵合欢树。母亲从来喜欢那些东西，但当时心思全在别处。第二年合欢树没有发芽，母亲叹息了一回，还不舍得扔掉，依然让它长在瓦盆里。第三年，合欢树却又长出叶子，而且茂盛了。母亲高兴了很多天，以为那是个好兆头，常去侍弄它，不敢再大意。又过一年，她把合欢树移出盆，栽在窗前的地上，有时念叨，不知道这种树几年才开花。再过一年，我们搬了家。悲痛弄得我们都把那棵小树忘记了。

与其在街上瞎逛，我想，不如就去看看那棵树吧。我也想再看着母亲住过的那间房。我老记着，那儿还有个刚来到世上的孩子，不哭不闹，瞪着眼睛看树影儿。是那棵合欢树的影子吗？小院儿里只有那棵树。

院儿里的老太太们还是那么欢迎我，东屋倒茶，西屋点烟，送到我跟前。大伙都不知道我获奖的事，也许知道，但不觉得那很重要；还是都问我的腿，问我是否有了正式工作。这回，想摇车进小院儿真是不能了，家家门前的小厨房都扩大，过道窄到一个人推自行车进出也要侧身。我问起那棵合欢树。大伙说，年年都开花，长到房高了。这么说，我再看不见它了。我要是求人背我去看，倒也不是不行。我挺后悔前两年没有自己摇车进去看看。

我摇着车在街上慢慢走，不急着回家。人有时候只想独自静静地待一会儿。悲伤也成享受。

有一天那个孩子长大了，会想到童年的事，会想起那些晃动的树影儿，会想起他自己的妈妈，他会跑去看看那棵树。但他不会知道那棵树是谁种的，是怎么种的。

味蕾上的故乡

马国福

每个人的心中都有一座属于故乡的宫殿，每个人的味蕾上都有一碗属于故乡的面，宫殿用来储藏自己的情感，面食用来安慰自己空洞的肠胃。故乡如花，在味蕾上长久地盛开着，一瓣一瓣洋溢着故乡所特有的气息和美感。

大凡从西北出来的人，对面食情有独钟。一方水土养一方人，一方饮食滋养一方文化，这钟情是与生俱来的，是渗透到血液里的。西部的面食种类很多，最为代表性的就是拉面，其次是刀削面，再次是拌面。这几年，以兰州拉面为代表的西部面食在南方的城市异军突起，其实，南方人不了解，在西部，尤其是青海一带，人们最喜欢的是面片。

在故乡，几乎每户人家每天都要吃面片。毫不夸张地说，在故乡，懂事的小孩子都会揪面片。做法并不难，把面揉均匀，然后分成几团，用擀面杖压成一尺长，一指厚，呈圆饼状的面团，再用刀一条一条均匀分割开来，在面团表皮上滴上几滴菜油，用干净的塑料包起来，防止放在面板上时间长了面皴了，揪起来不利索。等锅里的水烧沸。然后将分成条状的面一条一条用双手压扁，两手揪住面条的两头，用力一扯，条状的面一下子拉得很长，再用力在面板上甩一下，一指厚的面，变得有几张纸那么薄，然后将面条的一头搭在手腕上，两手对称地捏住面条的另一头，不停地一片一片揪成指甲大小，扔进沸腾的锅里。就这样一根一根地揪，面片雨点一样下到锅里，过不了几分钟面片就熟了。这才是揪面片的第一步。如果要吃炒面片，那还要费一番功夫。将羊肉或者猪肉切成肉丁炒熟，再将切碎的大葱、土豆、青椒、西葫芦混在肉丁中炒，等土豆等炒熟后，将沸水中的面片用滤网捞出来，和到肉丁、大葱、土豆中，起锅的时候，撒点味精或者花椒，最后将切成丁的西红柿放进锅里，炒几下，让西红柿入味，至此，一碗炒面片才做好。

当一碗热气腾腾的面片端上桌时，肉香、葱香、西红柿香扑鼻而来，碗里要白有白，要绿有绿，要红有红，不但是视觉上的享受，而且是一种味觉上的享受。这只是面片最基本的吃法，讲究的人家炒面片时还要和入一寸鞭炮长的粉条，起锅时再撒一些香菜。这样做出来的面片味道更佳。

离开故乡多年，每年春节回家的时候，不论在飞机上还是火车上，只要启程的那一刻，我心底里早已想好了，回家的第一顿饭不吃别的，只吃面片，而且是母亲和姐姐亲手做的面片，我在电话里给她们夸下海口，一进家门，非吃三大碗不可，我挑剔的胃已被他乡的大米鱼肉困禁得太久了。我知道，一到家，我就有改善口福的希望了。可是回到家，面对香气喷喷的面片，吃到两碗，已大汗淋漓，尽管还想吃一碗，但是我已经吃不下了，只恨自己的胃不争气。

在他乡的时候，米饭吃得久了，尽管每天的菜肴很丰盛，但我总觉得肚子里缺少些什么，每周我总会到大街上寻找拉面馆，一进店门，我会迫不及待地问：老板，有面片吗？来一碗面片，要放青椒、西红柿。乘着空闲，老板和我聊天，他说“一听到你要吃面片，就知道你是青海人”。我笑笑，反问：青海出来的人，哪有不爱面片的？面片上桌的时候，我感觉一下子拉近了和故乡的距离，故乡已不再是一个遥远的地域概念，久违的故乡的气息，亲人的气息通过一碗热气腾腾的面片清晰地洋溢在面前。

我曾在一片文章中写道，尽管我穿西装，打领带，西装革履出入办公室和一些酒店，但打出的饱嗝中总有土豆的味道。我热爱面片，热爱故乡的粮食蔬菜，我以这世俗的热爱来慰藉我在他乡落寞的乡愁。

故乡是一个人最原始情感的圣母，而与故乡有关的那些面食，则是渗透到骨髓里的一种文化。面片里蕴含着故乡的风物，那被高原风吹黄的麦子，被黄河水滋养大的蔬菜，无不是我生命趋于成熟的见证。面片，面片，你就是飘扬在故乡湛蓝天空下的经卷，每一卷都印满了游子浓浓的爱恋。当一片一片的面片，雨点一样落进我的肠胃时，我知道，圣母一样的故乡，让我这游走他乡的游子回到了她温暖、宽厚、仁慈的胸怀。

你又回到我心上

希子因

我的家乡，有很多好吃的：烤羊肉、浆水面、臊子面、油泼面、芝麻酱涮牛肚、牛肉丸子砂锅、羊尾砂锅、胡辣汤、粉汤羊血、八宝稀饭、酸汤水饺、热炒凉粉、水盆羊肉、小笼包子……还有竹笆市的老樊家（不是樊记）肉夹馍，也更是让人魂牵梦绕。

记得有一回出差回去，我带着摄制组从火车站打车直接去了竹笆市，吃老樊家肉夹馍。咬了第一口，我的鼻子一酸，泪水就在眼里打转。吃完了才给父母电话，说回来了。

那次我看到一个玉树临风的男子，衣着很讲究，脚边堆了很多的行李，每件行李贴了国际航班纸贴。他坐在饭馆门外的桌边，看上去刚刚吃完肉夹馍，坐在那里喝水愣神儿，看到我们摄像机有那个台的台标，就微笑着看着，终于说：来这边拍节目？我说，也是回家，下了火车先来吃这个。

他眼睛就模糊了，说，我从巴黎直接飞回来探亲，也是先来这里吃个肉夹馍。5 年没吃了。

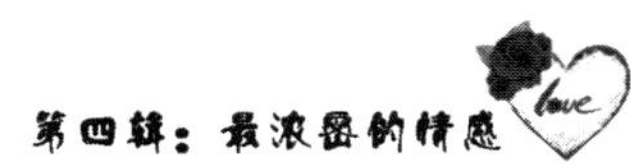

男子离开时，专门过来跟我握握手，无言无语，只是深深点点头。我也紧紧跟他握个手，他推着大堆行李离开时，我的眼睛也模糊了。

想想我走的那时节，要的东西还太多，要事业，要爱情，要见识，要经历人生……如果那时我知道我想念家乡的吃食会想到悲伤的程度，还会不会背井离乡地远走了呢？

其实十几年前我离开家乡来北京前，有一份不错的工作，在家乡的省电视台做主持人。

那时日，我嫌弃家乡，嫌它土，嫌它不够繁华，嫌它节奏缓慢，昏昏沉沉。

我就这样去了北京。我在北京待着，忙着经历我的人生，从一个迷瞪的女孩变成目光冷静的女人，而那时家乡似乎在渐渐模糊渐渐远去渐渐被淡忘。但是，一年一年又一年地过去，有一天，家乡却突然回到我的心上。

那天我在北辰上面的快餐店找吃的，见一碗稀寡的汤水里死气沉沉泡着大块大块的被胡乱撕扯下来的饼子，一个人问小姐，这是什么？小姐说，这是羊肉泡（指羊肉泡馍，下同）。

她竟然说那刷锅水一样的汤泡一些剩饭饼子是我的羊肉泡！真是气死我了！

我的羊肉泡，是在那小街深巷里，骑着自行车，七拐八拐，远远闻到香味，就到了。羊肉泡的汤，是用羊骨头羊肉小火轻轻地慢慢地炖了几十个钟头的。还有那泡的饼子，是用一半死面一半发面，烤炉把握火候烤出来的。讲究烤出菊花的图案来，叫作白吉馍。会吃的人，自己慢慢掰，每一粒都掰得跟绿豆一样大小。传说做饭的大师傅是看客下菜的，你掰得越好，他就为你煮得越好吃。

吃一碗羊肉泡，人生就变得那么巴实了，也许这就叫作一方水土养一方人。离开家乡的我，很多时日，都在为生活奔忙，于是渐渐地以为忘记了。

有一日看到几个南方人穿着单薄的西装在北京冬天寒冷的街头踟蹰着寻找吃食，一个哆哆嗦嗦说，赶快买张机票下午就回广州啦，他们北京冷成这个样，又没啥吃呀，他们北京人就会刷羊肉！他把涮羊肉有意说成“刷”羊肉。听了我就莞尔地笑，但是嘴一咧，眼泪就来了。我的羊肉泡呢？我的家乡呢？我羡慕他们下午就回到温暖的家乡广州去了。

我总是想象我独自一人回到家乡，一个人要一碗羊肉泡，坐在那里把青色的海碗搁在膝盖上，慢慢把饼掰碎。我会选餐馆外的一张小木桌，桌子后面是深深的古巷，南边不到 100 米就是城墙。城墙上不知谁挂起了红灯笼，天一黑，灯笼就亮了。

就这样想远了去。那时北京的天黑了，远远近近的灯光和嘈杂。

乡愁一下子就包围了我。我知道它会就此弥漫，直到我生命的终结。

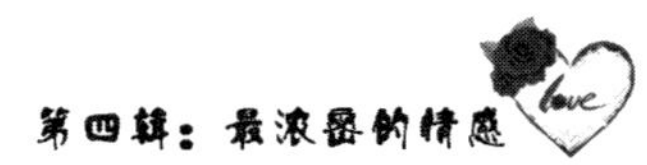

饺子，心中的一根弦

张晴

说起饺子，每个中国人都不陌生。外国人对中国的饺子，也充满了难以抗拒的好奇、欣赏与佩服。

饺子是主食中我的最爱。一提到饺子，我常常都会想起妈妈，想起养育我的故乡——那个远在千里之外的甘肃小城。小时候在故乡吃妈妈包的饺子，饺子香极了，而妈妈却很辛苦，从去菜市场买菜买肉到饺子煮熟盛到盘子里，都是妈妈一个人完成。故乡的肉类产品，都是连骨带皮连肥带瘦一起卖，大城市出售的肉馅，故乡人见都没有见过。每顿饺子，妈妈都首先要从骨头上把肉一块一块剔下来，然后又把皮从肉上剔下来，再然后是将大块的肉切成小块，最后一刀一刀剁碎剁细，每当听到厨房里响起“咚、咚、咚”的剁肉声时，我心里就盈满了即将要吃饺子的快乐。那快乐里，包含了妈妈所有的温情，那种温情保存在我心中，至今温度不变。

我曾经在一篇文章里写独自第一次在北京过春节的情景时，有这样一段描写：除夕到了，愈来愈浓的想家的情绪将我紧紧捆住，使我呆呆地坐在租来的小窝里动弹不得。北京连续刮了几天的大风，丝毫没有停下来的意思，致使除夕的太阳在天空中没挂多久，就被大风生拉硬拽地弄下去了，然后除夕夜就倏然来到了我的身边，窗外的天和树转眼不见，风，从门窗的缝隙进来，我从那缕缕寒意里，惊喜地闻到了妈妈包的饺子的味道，我贪婪地呼吸着那味道，幽香，幽香，在那缕缕幽香中，我看见妈妈系着围裙向我微笑，双手端着一盘热气腾腾的饺子，而那饺子的热气太大了，致使妈妈的笑脸显得很模糊，我努力眨了眨眼睛想要把妈妈看得更清楚，但结果却是妈妈和饺子都不见了，只有泪水在我脸上泛滥……

一方水土养一方人，一位母亲包的饺子总能牵动一群儿女们的心。不管这儿女们长得多大，走得多远，飞得多高，最让他们念念不忘的，总是记忆中母亲包的饺子。

饺子的包容性极强，五谷杂粮，蔬菜瓜果，禽类肉品，生猛海鲜，都可以掰开了揉碎了包进去。就像妈妈包容孩子一样，宽大的胸怀，无论你表现是好是坏，她总是将你全部接纳。

饺子的象征意味极浓：圆满、团圆、和睦、和谐、合家欢乐，凡人们心灵感觉温暖的味道，都跟饺子有关。逢年过节，要吃饺子；有朋自远方来，表达主人热烈的欢迎，也要吃饺子；家人要出门，临行前送行的还是饺子。来也饺子，去也饺子，饺子跟人与人之间的情感，关系是那么贴近，那么密切，那么让人感动，令人流连忘返。尤其是“冬至”到来之时，满

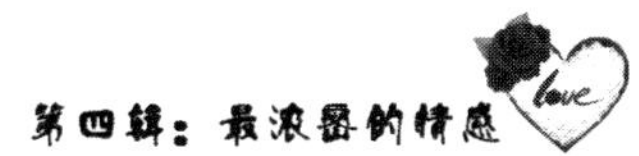

天空都飞舞着这样一条手机短信："轻轻地告诉你，今天是冬至，别忘记吃饺子！"一句朴素的话，一份简单的祝福，读短信的人，笑容挂在脸上，温暖浸进心里，内涵丰富的饺子，让你想忘也忘不掉。

大年除夕，包饺子的氛围，最能呈现家家户户和睦、团结、融洽的合作精神。一大家子人终于聚在了一起，共同制造一种名叫饺子的食物。每个人各司其职，和面的，洗菜的，拌馅的，擀皮的，捣蒜的，调兑佐料的，欢声笑语中，温馨无处不在。这个时候的小孩子们也是闲不住，听话的孩子，看着你手里揉的面团，会一副眼馋的样子巴巴望着你，然后声音小小地说：给我一点面，我也学习包饺子。顽皮的孩子，会趁你不注意，迅速揪一小团面跑开了去，任凭他捏成他喜欢的各种造型，直到将那一团面捏黑揉脏了为止。在顽皮孩子的眼里，他们揪去的，绝不是农民们粒粒皆辛苦的面团，而是极其好玩的橡皮泥。

说来惭愧，我是一个不会包饺子的人，主要是不会擀饺子皮。想吃饺子，只能去买。北京的超市里，速冻饺子非常丰富。我在冰箱里长年都备有饺子，但那只是为了忙碌时填一下肚子而已，那种饺子，无论如何都吃不出故乡的味道，吃不出温馨的味道，更谈不上妈妈的味道了。

好在北京的专业饺子馆很多，环境也不错，有空时，我就去专业饺子馆猛吃一顿，歌星孙悦的饺子馆刚开业时，很是频繁地去了一阵子，每次去，我都在想，孙悦除了喜欢唱歌跳舞外，她一定也和我一样，有一腔浓郁的饺子情结吧。

有段时间，我对营养与健康产生了浓厚的兴趣，去人民大会堂听了一次营养专家的演讲，方才知道，仅从营养角度去看，中国人的饺子，竟然是最没有营养的食物，因为馅在绞在剁在各种调料搅拌滤水的过程中，蔬菜和肉的细胞都被破坏，营养成分也随之流走。

这对于钟爱饺子的我来说，无疑是一个不幸的消息，但固执的我，却没有办法斩断与饺子结下的半生情缘，依然一如既往地喜欢着饺子，感恩着饺子，记忆着饺子。

饺子，就像心中的一根弦，轻轻一触，就会撩拨出一曲悠长的旋律，这旋律敏感而脆弱，惆怅中带着些许温暖，些许甜蜜，些许斩不断理还乱的丝丝愁绪。

饺子，包裹着妈妈所有的温情，也包裹着那令人梦湿沾巾的遥远的故乡，更包裹着人与人之间说不完道不尽的纯美情意……

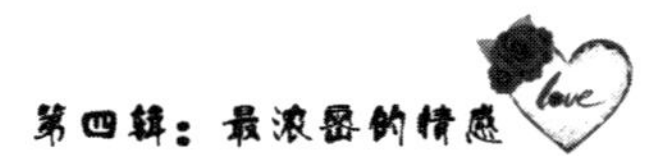

故乡的炒米

汪曾祺

小时读《板桥家书》：“天寒冰冻时暮，穷亲戚朋友到门，先泡一大碗炒米送手中，佐以酱姜一小碟，最是暖老温贫之具。”觉得很亲切。郑板桥是兴化人，我的家乡是高邮，风气相似。这样的感情，是外地人们不易领会的。炒米是各地都有的，但是很多地方都做成了炒米糖。这是很便宜的食品。孩子买了，咯咯地嚼着。四川有“炒米糖开水”，车站码头都有得卖，那是泡着吃的。但四川的炒米糖似也是专业的作坊做的，不像我们那里。我们那里也有炒米糖，像别处一样，切成长方形的一块一块。也有搓成圆球的，叫作“欢喜团”。那也是作坊里做的。但通常所说的炒米，是不加糖黏结的，是“散装”的；而且不是作坊里做出来，是自己家里炒的。

说是自己家里炒，其实是请了人来炒的。炒炒米也要点手艺，并不是人人都会的。入了冬，大概是过了冬至吧，有人背了一面大筛子，手执长柄的铁铲，大街小巷地走，这就是炒炒米的。有时带一个助手，多半是个半大孩子，是帮他烧火的。

请到家里来，管一顿饭，给几个钱，炒一天。或二斗，或半石；像我们家人口多，一次得炒一石糯米。炒炒米都是把一年所需一次炒齐，没有零零碎碎炒的。过了这个季节，再找炒炒米的也找不着。一炒炒米，就让人觉得，快要过年了。

装炒米的坛子是固定的，这个坛子就叫“炒米坛子”，不作别的用途。舀炒米的东西也是固定的，一般人家大都是用一个香烟罐头。我的祖母用的是一个“柚子壳”。柚子——我们那里柚子不多见，从顶上开一个洞，把里面的瓤掏出来，再塞上米糠，风干，就成了一个硬壳的钵状的东西。她用这个柚子壳用了一辈子。

我父亲有一个很怪的朋友，叫张仲陶。他很有学问，曾教我读过《项羽本纪》。他薄有田产，不治生业，整天在家研究易经，算卦。他算卦用蓍草。全城只有他一个人用蓍草算卦。据说他有几卦算得极灵。有一家，丢了一只金戒指，怀疑是女用人偷了。这女用人蒙了冤枉，来求张先生算一卦。张先生算了，说戒指没有丢，在你们家炒米坛盖子上。一找，果然。我小时就不大相信，算卦怎么能算得这样准，怎么能算得出在炒米坛盖子上呢？不过他的这一卦说明了一件事，即我们那里炒米坛子是几乎家家都有的。

炒米这东西实在说不上有什么好吃。家常预备，不过取其方便。用开水一泡，马上就可以吃。在没有什么东西好吃的时候，泡一碗，可代早晚茶。来了平常的客人，泡一碗，也算是点心。郑板桥说“穷亲戚朋友到门，先泡一大碗炒米送手中”，也是说其省事，比下一碗挂面还要简单。炒米是吃不饱人的。一大碗，其实没有多少东西。我们那里吃泡炒米，一般是抓上一把白糖。如板桥所说“佐以酱姜一小碟”，也有，少。我现在岁数大了，如有人请我吃泡炒米，我倒宁愿来一小碟酱生姜——最好滴几滴香油，那倒是还有点意思的。另外还有一种吃法，用猪油煎两个嫩荷包蛋——我们那里叫作“蛋瘪子”，抓一把炒米和在一起吃。这种食品是只有“惯宝宝”才能吃得到的。谁家要是老给孩子吃这种东西，街坊就会有议论的。我们那里还有一种可以急救的食品，叫作“焦屑”。煳锅巴磨成碎末，就是焦屑。我们那里，餐餐吃米饭，顿顿有锅巴。把饭铲出来，锅巴用小火烘焦，起出来，卷成一卷，存着。锅巴是不会坏的，不发馊，不长霉。攒够一定的数量，就用一具小石磨磨碎，放起来。焦屑也像炒米一样，用开水冲冲，就能吃了。焦屑调匀后呈糊状，有点像北方的炒面，但比炒面爽口。

我们那里的人家预备炒米和焦屑，除了方便，原来还有一层意思，是应急。在不能正常煮饭时，可以用来充饥。这很有点像古代行军用的“糒”。有一年，记不得是哪一年，总之是我还小，还在上小学，党军（国民革命军）和联军（孙传芳的军队）在我们县境内开了仗，很多人都躲进了红十字会。不知道出于一种什么信念，大家都以为红十字会是哪一方的军队都不能打进去的，进了红十字会就安全了。红十字会设在炼阳观，这是一个道士观。我们一家带了一点行李进了炼阳观。祖母指挥着，特别关照，把一坛炒米和一坛焦屑带了去。我对这种打破常规的生活极感兴趣。晚上，爬到吕祖楼上去，看双方军队枪炮的火光在东北面不知什么地方一阵一阵地亮着，觉得有点紧张，也觉得好玩。很多人家住在一起，不能煮饭，这一晚上，我们是冲炒米、泡焦屑度过的。没有床铺，我把几个道士诵经用的蒲团拼起来，在上面睡了一夜。这实在是我小时候度过的一个浪漫主义的夜晚。

第二天，没事了，大家就都回家了。

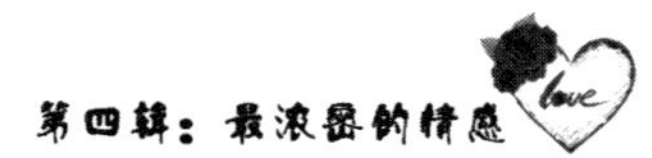

就想吃个烧饼

王芳芳

烧饼介于主食和点心之间，全国不分南北西东，各地都有，像面条一样做法多端，又百变不离其宗。也像面条一样富含乡情，人人都夸家乡的烧饼最好，可到底好在哪儿，也说不清楚。我查了下百度百科，说做法有一百多种：大饼、烤饼、芝麻烧饼、油酥烧饼、起酥烧饼、发面堆、掉渣烧饼、糖麻酱烧饼、炉干烧饼、缸炉烧饼、罗丝转烧饼、油酥肉火烧、什锦烧饼、炉粽子、杜称奇火烧、牛舌饼……

知道有这么多种，也不会有人一一找来去吃。不管怎么搞，它都是大路货，原料简单，价格低廉，摆在路边摊上卖，一炉子一案板一人足矣。除了少数出众的，很难作为名小吃列入当地风土，走南闯北的吃货们，在异乡钻街穿巷走断腿地觅美食，对它无暇一顾。它的功用，主要在于充饥果腹。

烧饼炉子在秋冬季节最有趣。秋风起兮天气凉，黄叶翻飞，在不远处，一个炉子，一个默默看着炉子的人，那一刻的感觉萧瑟中含着安宁。冬天早上，袖着手走路，看看远处的

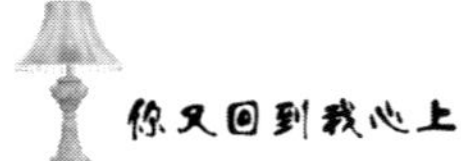

树，枝干纵横干瘦，如黑铁样，天空灰白，万物空寂，有时候还要下雪。然后看见一个卖烧饼的，他在那里埋首劳作，一回一回地伸头，一下一下地伸胳膊，把饼子在炉火里翻个边儿，卖烧饼的人都很少吆喝，沉静身影里有人世相逢的暖意。

我吃过的烧饼不少。最早是老家的“朝牌”，贴炉子里烤出来的长马鞍形烧饼，薄，几乎就两层皮夹着星点葱油。底面焦黄，正面柔白有韧性，淡淡的咸味，单吃意思不大，要夹刚出锅的油条。“朝牌”身形足够长大，把油条竖躺其中，一起做个对折，饼面合围处露出油条黄灿灿的头和尾，就手一口，面饼的寡淡、柔韧，油条的浓郁、松脆，恰成天作之合。

家常风味的绝妙适口，当时不觉得，多年之后会让人很怀念。冬天在苏州，山塘街的菜市场上，看到有摊子在卖烧饼与油条，那油条好粗壮，一根根理直气壮地指向早晨青蓝的天空。烧饼在旁边很低调，长相和老家的差不多。许多市民拎篮提兜地在排队买，我想味道一定不比寻常，但胃已经太撑了，只好一步三回头地离去。

由此可见，“朝牌”并非本乡特色，老家人还是津津乐道，给它安上了个荣耀典故。说宰相张英退休以后回到家乡，令人按大臣的朝笏做的形制，以表感激君恩之意。

皖南那边，有种梅干菜小油酥烧饼，又号黄山烧饼、蟹壳黄。其实颜色是浅浅的焦黄，小而硬实。这个很有名，许多去黄山玩的朋友，都会带一袋子回来送人。

黄山烧饼特色在于梅干菜和猪油，两样都是皖南人心头好，放在一起浓墨重彩，要配浓酽的茶做消闲点心最好，其先天的干硬与油腻都被化解了。所以食物也要配对的，就好像武侠小说里有夫妻搭档、雌雄双煞、神雕侠侣、双剑合璧、郎情妾意，必有令江湖人士闻风丧胆的手段。

我有个女朋友极爱它，某年尝过一次后念念不忘，有人去黄山那边，就叫帮忙带一袋子回来。这种烧饼适宜于贮存，能当干粮，皖南男人经商跑码头，行李里带着它们。也有攀龙附凤的传说，说朱元璋肚饥时吃过的，大加赞赏，登基之后不忘封之为“救驾烧饼”。此类传说全国各地都有，都难以当真。

我想吃的，是蚌埠的烧饼夹里脊。里脊就是普通的里脊肉用油煎过，重点在于烧饼，其特点——不是放炉沿上贴烤出来的，炉子里另有一金属的铛，饼子陈列其上，拿出来是整整一铛。饼面薄薄一小张，淡焦黄色，撒着芝麻，出炉时要用铁筷子在饼面上一戳，放出热气与香气。饼里面大有乾坤，类似于千层饼，但比千层饼薄很多的一层层，每层都极纤薄透明，如纸，软绵绵吹弹得破，咬在嘴里，韧而绵，有浓浓的猪油香与葱花香，另加点点椒盐的挑逗，空口吃都是极香的。

那时候我住在蚌埠张公山，菜市边上就有这饼摊，永远需要排队。买到的人并不急着走，到隔壁买几串油煎里脊肉，老板下手如风，将烧饼接过，竹刀从中间轻轻一劈，烧饼就可爱地张开嘴了，左手掐住，右手把几钢签里脊肉塞进去，往回一抽，油滴滴的里脊就留在饼子里面。一块块塞进塑料袋，大家才心满意足地拎着走路了。

这种烧饼加里脊的搭配，丰盛而充实，吃过以后对人生简直非常满意。我那时高中毕业，无所事事，专职替家里晚餐买饼，离菜市一公里的路，每天都兴冲冲跑过去，不觉得是负担。

自从离开蚌埠后，有10年没吃到了，有一天突然记起来，馋得抓心抓肺，四处寻摸不到，不知如何是好。特别地往蚌埠跑一趟吧，似乎又有点小题大做，又怕扑空，不知道它还在不在。

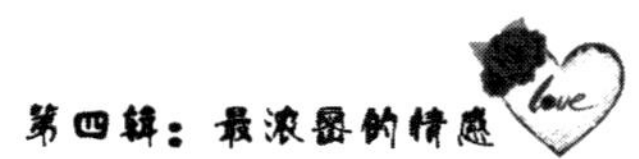

乡间邮电所

董永红

多少年来，乡间邮电所就这样连着亲人和远方的游子，一次次寄去父母无尽的牵挂，也一次次收到游子报来的平安。

在回老家的路上，透过车窗，我指着离公路不远的那个砖墙小院对孩子们说："快看，那就是咱们乡上的邮电所。20多年前，我经常跟着你们的爷爷奶奶来这里等信。"也许他们已经习惯了如今通畅的柏油马路和信息传递的高度发达，根本无法想象过去，而那熟悉的邮电所将我的思绪猛然牵回了从前。

20世纪80年代初，乡上只有一条通向外界的土路，从海原县城发往乡里的班车常因下雨路滑，三五天才来一次。冬天大雪封山后，几个月都见不着班车的影子。

当时哥独自去东北上学，父母亲轮换着每次赶集要去乡上的邮电所。一个多月过去了，还盼不到哥的信，母亲急得天天抹眼泪。父亲特意买了一本中国地图装在衣兜里，无论是在山坡上耕地的歇脚间隙，还是在晚饭后的煤油灯下，他总要摊开地图，拿着一丝细线一次次量算着从我们县城到东北的距离，不停地叹息哥不该去遥远的“天边”上学。还说从来没有出过远门的人，谁知道路上会碰到啥瞎事。父亲一念叨，就吓得母亲彻夜难眠。好在经过两个月的煎熬，我们终于收到了哥的信。从信中得知，他从家里出发到县城，再转汽车到中卫花了3天时间，从中卫上火车到东北又是整整7天7夜。哥一到学校就给家里写了信，可信在路上走了50多天。知道他平安到达了学校，我们悬着的心总算落地了。

父母思儿心切。乡上每隔3天逢一次集，我们老早就打听村上谁去赶集，如有去者，无论男女老少，请他们一定去乡上的邮电所看看有无我家的信。老家距乡镇近30里山路，乡亲们早上出发，下午才能赶回来。倘若没有急事，人们通常一两个月才结伴到乡上买油盐等物。如果村里没人去赶集，父母只能亲自去了，回家时将帮乡亲们捎带的盐、碱等东西背回来。时间长了，乡亲们就习惯于赶集时给我家捎信了。

这年初冬，大雪早早封了山。只要逢集的日子，父母仍然踩着厚厚的积雪奔波在家和邮电所之间。有一次父亲在路上滑倒了，摔得好些天都站不稳。记得那年春节之前的最后一次逢集，我和母亲又去了邮电所。那里已经有几个外村的老乡穿着棉袄，双手缩在袖筒里蹲在门口等信。一直到下午，邮车也没有来。邮电所的老冯对满脸失望的我们说：“信都压在路上了，等开春雪化才能来。你们把心放宽，回家好好过年。”

走出邮电所，空荡荡的街道冷风刺骨。返回的路上，母亲仍不时回头望着慢慢远去的邮电所。突然，不知从哪里来的一

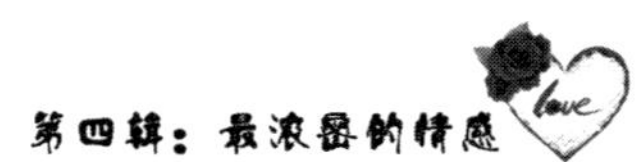

辆吉普车停在了街口。那时候乡下汽车很少，母亲还以为是送信的邮车来了，她拉着我的手转身向小车跑去。没等我们跑到跟前，小车就开走了。母亲抬起胳膊拭着额头的汗水说："他们肯定送信来了。"等我们跑到邮电所时，大门上拳头大的铁锁已结上了冰霜。

回到家，母亲就忙着给我们蒸过年的馒头。白胖胖的馒头出笼了，母亲拿着麦秆做的梅花蘸了颜色给馒头点花儿，抑制着眼泪说："我儿子在外面不知道咋受冻挨饿呢!"在我的记忆中，那个春节母亲的泪从没干过。直到来年二月二，我们一下收到了哥的几封信。母亲不识字，但能认得哥的笔迹。每次收到信，父亲都要给她念上十几遍，之后她就如得了宝贝似的捧在手里。

那些年，我们最期盼的就是能经常收到哥的信。不管是不是节日，有了他的信就是好日子，父母亲的眉头展了，我们也就高兴了。

因为家里穷，哥在东北上学几年，从没回过家。第二年刚入冬，听说县粮站招临时补破麻袋的女工，母亲就跑去了。为了多挣点钱，她给自己"抢"了一大仓库麻袋，一头扎进去补了起来。进入三九寒冬后，母亲在不能有一丝火星的仓库里冻得实在受不了，只好用麻袋把自己围起来。为了赶活儿，她几乎不喝水，每天啃几个冻硬的馒头，晚上只睡三四个小时。直到第二年开春，母亲终于把山一般的几万条麻袋补完了。当她以每条麻袋 3 分钱的酬劳领到工钱时，顾不得自己冻伤的双脚和磨得滴血的双手，就急忙赶到乡上的邮电所，把钱寄给哥。当我们老远看到母亲一瘸一拐地从山路上往回走时，禁不住疯跑着迎上去。母亲搂住我们，瘦得深深陷下去的眼睛里充满了柔和而慈爱的光芒。

又过了几年，我也到外面上学去了。再后来，弟弟也到外面读书了。多病的父母亲仍然步行在家和邮电所之间。记得有一年，我要交实习费，接连给家里写了几封信却得不到消息。就在我急得团团转时，终于收到了父亲寄来的钱和信。父亲在信中为没能及时给我寄钱深表歉意。我知道家里给我凑学费不容易，但总算收到了实习费，解了我的燃眉之急。直到假期回到家我才得知，父亲当时为给我凑实习费，卖羊时被羯羊撞倒，腰部受了重伤。一星期后，父亲拄着拐杖去邮电所给我寄钱，老冯问他说："我快退休了，你还得跑几年?"父亲笑着说："快了，等娃娃们奔上饭碗我就不跑了。"

是啊，多少年来，乡间邮电所就这样连着亲人和远方的游子，一次次寄去父亲无尽的牵挂，也一次次收到游子报来的平安。

如今，我们一路驱车高速行驶，仅用了5个小时就走完了哥当年3天才能走完的路，这不由得使人惊叹时代的巨大变化。

故乡的山顶上，轻风阵阵，我们纷纷下车张开双臂纳凉。此时，老家破旧的大门口，白发苍苍的老父亲正翘首盼望着我们回家。而在村后的远山上，母亲的坟头已经被野草淹没了。

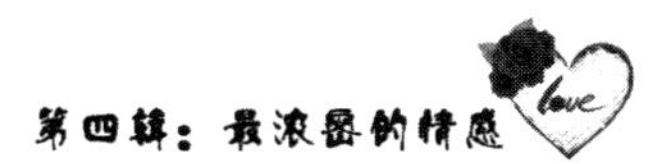

老裁缝车的味道

明凤英

多年以后，仍记得那些温馨的夜晚，一家人坐在小客厅里，一边听着收音机里8点档的小说连播，一边慢悠悠地缝衣服。

上小学的时候，镇上老北门古浚河流过的地方，有条“铁枝仔路”，路旁有家裁缝店，店门总是敞开的，八九台缝纫机当街摆开，市声人声硝烟嘈杂，裁缝师傅只管挺直了腰板，坐在缝纫机前。火车来了，平交道的铁线闸栏当唧唧放下来，脚踏车小汽车都停住；火车过去了，铁闸栏当唧唧收上去，脚踏车小汽车一起发动叫嚣起来。裁缝师傅手上的活儿一点没受影响。

午后，裁缝店常有学生来上课。老师在黑板上画剪裁图，贤淑的妇人小姐在下面抄画笔记，剪刀、画图粉饼、曲线尺、针线、布料都摊开来。学裁缝是有规矩的，仪态要庄重，举止要文雅，像茶道剑道一样。

我妈也是个裁缝，在这家裁缝补习班上过28天的课。

我家的缝纫机就安置在客厅外边的屋檐底下。我从学校放学回家，就在缝纫机边写功课。裁缝桌上堆满了一摞一摞布料、时装杂志和尺寸簿子。裁缝车嗒嗒响，熨斗蒸汽噗噗作声，车边机的白丝线梭子悠悠转动。

街坊邻居缝缝补补的杂活儿，我妈都包揽来免费缝制。慢慢地，洋装杂志上那些新式洋装套装、旗袍、迷你裙、喇叭裤、热裤，还有男式的衬衫、西装裤，她都能有模有样地做出来。

裁缝生意多起来，我妈忙不过来，需要帮手。家里现成好事的闲人有两人：一个是小四学生，我；另一个是在职少校军官，我爸。

每天放学回家，我书包一甩，裙子一捞，坐上小板凳，人家说我“小辫子，手飞快”，缝衣边、做布扣子、打盘花扣，这些都是我的绝活。我爸竟也能把针脚缝得整齐细致。晚饭过后，我们一家人坐在小客厅里，一边听着收音机里8点档的小说连播《七侠五义》，一边慢条斯理地缝衣服。

如此过了好些温馨忙碌的夜晚，直到我去台北上学。

我家那台兄弟牌脚踏缝纫机，一直用到1980年，转轴因使用过久打薄磨损不能再用了，厂家也不再生产这型号的零件，我妈才让人收了去。

1980年以后，台湾成衣加工业兴起，手工缝纫式微。街上、菜市场、百货公司成衣四处泛滥，以斤论价。我哥结婚的时候，嫂子陪嫁一台电动的胜家缝纫机，能正着车、倒着车、

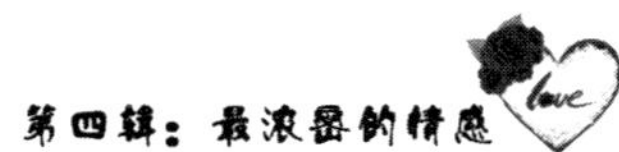

双线单线、曲线、暗压线的多种功能，还能把齿轮针型换下来，绣各色花样。只是不常用，摆在哥嫂房里，倒像是一件家具了。

听说，现在台湾有人专门收购旧式缝纫机，拆成八大块，都是好木头。上面有商标印记的，用在咖啡馆做“古早味”复古装饰。黑铁纹路踏脚板、车身则改装配套，刷上黑亮油漆，做成古董架子。大家都说，“很有味道”。

皮肤上的乡愁

林东林

我们对外界的摄入，在五官上其实是有分配的。在不断的进化和使用中，其实很容易落下一种感官，而过度地开发另一种感官。比如皮肤的感觉，就是最容易被我们忽略的。

记得有一次，我到宁波去，和一个朋友去看天一阁。没去看天一阁前，在巷子里进入眼帘的是一些老房子。那是在中营巷和天一巷，大都是一些等待拆迁的老房子，砖墙斑驳，野草横生，原来住的人家基本都搬空了。那应该是民国年间，或者更早一些时候的房子，基本都是私宅，上面有宁波市的文物保护单位标志，但也一样被油漆刷上了大大的“拆”字。

我自顾自地惋惜，在巷子里、院子里拍了很多张照片，唯恐有什么景致被漏下了。

朋友却很少拍照，她会摸一摸那些斑驳脱落的墙壁，会摘一些荒草的穗子和果实。后来她问我，你为什么不摸一摸它们呢？拍照是没用的，仍然是隔了一层，只有触摸到它们的温度和纹理，感觉到它们的萧瑟和荣枯，那一刻才是真正和它们在

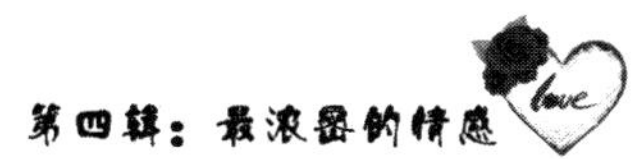

一起的。我突然一怔，是啊，从什么时候开始，我开始用眼睛观察多过真正的触摸呢？我的手什么时候藏起来了呢？

小时候到树林里去，我会用手摸那些干枯生涩的树皮，摸那些疙疙瘩瘩的树钉，那种树皮、树钉的坑坑洼洼和粗糙的纹理，会把手掌划得涩涩的、辣辣的，但是却很有质感；我还会在碧绿的苔藓上，摸那种绿色和阳光照在其上散发出的绒绒的温暖，会摘一片树叶把它揉碎，看着它的绿色汁液染满手掌，感受那种汁液的清爽、淡淡的冷以及它散发出的气味。

记得那片树林里还有一片沙土，跟别处的土质不一样的是，它没有黏性，也没有土块，都是那种细细的像沙粒一样的土壤，哪家建房子没有细沙了，可以挖一车代替使用。那种沙土握在手掌里，有一种细软的、温润的感觉。傍晚的时候，沙土里还有太阳的余温，我经常穿一条短裤、赤裸着上身卧在沙土里，细细的沙土覆盖在皮肤上，一点一点地传递着热量，直到沙土慢慢冷去，我才恋恋不舍地把身子拉出来，在夜色中穿着沙土的温度回家去。

直到今天，我还记得皮肤碰到各种各样的水的感受，早上的露水是清凉的，汗水是黏黏的、咸咸的，从井里打出来的水是刺骨的，小河里的水是流动的、拨弄皮肤的，池塘里的水是安静的、包围你的，各种水都滑过我的皮肤、到达过我的心扉，我心底还有它们的余温。

很多次，我打赤脚走在路上、草地里，或者树林中，有时候脚底被槐树的葛针扎到，有时候被路上的碎玻璃划到，或者被树根拉到。我就停下来坐在地上；把葛针或者玻璃，从脚底板里拔出来；拔不出来的就回到家，用绣花针的针尖拨出来。疼痛是难免的，但是你能感觉到那种丝丝连心的疼的状态，会感受到皮肤的紧绷和收缩，那是一种疼痛的经验。

一般来说，我们皮肤的感觉主要可以分为四种，也就是触觉、冷觉、温觉和痛觉。

从少年时候的田园世界，到了一个工业的世界之后，我们的皮肤感觉能力，其实下降得非常厉害。因为生活条件好了，我们不会再赤脚在路上走，不会被葛针扎到或被玻璃划到，所以疼痛的经验就少了；我们不会去玩泥巴，不会去爬树，不会去河里、池塘里游泳，我们的皮肤不再感受到自然的粗糙、细致和冷暖。一个工业化的世界、人造的舒适世界，不知不觉地把我们跟自然分割开来，我们不再感受冷暖，不再感受细致和粗糙，不再感受疼痛。

空调的使用，对我们的冷暖感觉是一大破坏，冷和暖的轻易使用，造成了我们自身温度系统的退化。我们都能感受到，即使是再炎热的夏天，我们也不再轻易出汗了；即使是再刺骨的冬天，我们也不会太冷了，因为从一个地方到另一个地方，都有暖气和空调，就连在车上的时候也都是温暖的。夏天不再七月流火，冬天不再冷彻刺骨，我们四季如春地麻木。

我们的触觉在消失，冷觉和痛觉也在消失，如果说还有一些温觉的话，那么我们其实一年四季都处在温觉中，那么这种无处不在的适宜的温度，也让我们对温有一种麻木了。

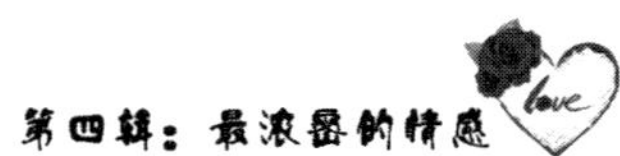

曾经看到一则新闻，是说日本人为了锻炼小孩子的意志，在白雪皑皑的冬天，让小孩子们赤裸着上身在冰天雪地里跑步，用极端的天气去培养他们的极端品格，挖掘他们的潜力。然而我却想的是，这样的方式固然是一种培养，但同时是不是也是一种破坏呢？小时候皮肤的冷暖感觉，其实是一生的感觉，在天寒地冻里建立起来的，应该是一种坚硬和迟钝吧！

在我们小的时候，其实人和人的身体接触，是频繁的。长辈们会抚摸你的头；老师会握着你的手写字，那写下的每个字，其实都是通过手掌传递过来的，带着老师的体温、抚摸和用心；父母会把熟睡的你从沙发上抱到床上；你会亲昵地揽着伙伴们的肩；会和邻居牵着手一起上学、春游。但是在长大之后，每个人觉醒的独立意识，会渐渐把这些排斥在外，女性之间似乎还好一些，而男性基本上彼此不会有身体接触，男女的身体接触渐渐成为唯一。

世间的各种交际礼仪，让我们成为一个个单独的个体，掌握着精准的、隐私的法则，小心翼翼地和别人接触，人与人之间，握手似乎成为最简单的、最平常的一种身体接触。但是在我们心底，其实最缺少的、最怀念的，还是小时候皮肤直接感受到的每个人的温度。

让我们如大自然般过一天吧

王开岭

两千多年前的某日，天蒙蒙亮，一对新婚小夫妻的枕语不幸被偷听了，且给记录了下来——

“女曰：鸡鸣。士曰：昧旦。‘子兴视夜，明星有烂。’‘将翱将翔，弋凫与雁。’”

斗胆翻译一下：妻子拱拱丈夫，醒醒，鸡叫了。丈夫揉揉眼，天才亮一半呢。妻笑嗔，别恋床了！你瞧天上的启明星多亮啊！丈夫一拍脑瓜，对，正值鸟儿起飞，我要赶紧去射猎！

接下来，是一段甜蜜蜜的小情话：“弋言加之，与子宜之。宜言饮酒，与子偕老。琴瑟在御，莫不静好？”

大意是：老公定能满载而归，我给你烹雁做菜，佐以美酒来干杯，愿咱俩白头偕老，你弹琴来我鼓瑟，生活多恬静啊！

古人真聪明，竟从自然界请出公鸡来司晨，自己只管酣睡，误不了事。

这首《诗经·女曰鸡鸣》，我视之为历史上最纯真的婚姻个案。感动我的，除了田园诗般的恩爱，除了那妻子的娇慧，

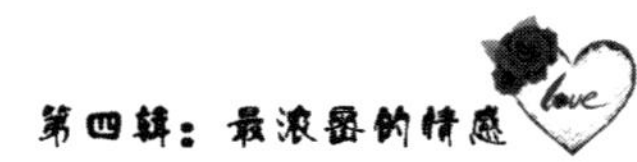

更有一点——和大自然同步的生活。

想起百年前梭罗的一句话：“让我们如大自然般过一天吧。”

古代人的生活是与大自然携手同行的。迎曦而出，沐夕而归；伴虫入眠，闻鸡而起；循天时而动，不负光阴华灿。天上阴晴圆缺，地上风吹草动，先人皆明察秋毫、奉若神诏。原因在于，他们视己为自然界的一员，没有特殊身份和待遇，不逾矩不越位，恪守生物本分，正像《三字经》所言：“犬守夜，鸡司晨，蚕吐丝，蜂酿蜜……”

不负天，方不枉生。

幸福源于知天时、依天意、循天道。

古人细考了动物一天的表现，用“铜壶滴漏”的计时法，把昼夜分为十二时辰：子、丑、寅、卯、辰、巳、午、未、申、酉、戌、亥，暗合十二生肖，既富情趣又含教化。比如“亥时”，依现代时间算，处于晚 9 点至晚 11 点之间。该命名源于猪（亥即猪），此时的猪熟睡正酣，所以“亥时”又称“入定”，意思是夜色已深，大家该安歇了。

那么，这种仿生论真合乎养生之道吗？

科学证明，人的深度睡眠发生在晚 10 点至凌晨 3 点。此时，人之体温、呼吸、脉搏进入低潮，易安神入眠，也是肝胆排毒和免疫系统更新之时。在此期间，人体若充分休息，则事半功倍，以最小成本获最大裨益。相反，若错过此时，续睡再长，也于事无补。睡眠好坏不在于时间长短，而在于是否对点，时辰是否准确。

健康的生活，一定是和大自然牵手，同呼吸，共起舞的。

莫负上天之约，莫和光阴作对，莫与大自然拧着来。要守规矩，如此才是君子之为，才叫端庄有仪，方能修身养性、健体益神，所谓“乐者，天地之和也；礼者，天地之序也”。

悟得这点，着实让我羞愧了一把。

从 20 岁起，我即落下个恶习：凌晨 2 点就寝，上午 10 点起床。按路遥的说法，叫“早晨从中午开始”。我算了一下，依古时辰，我大概“丑时”犯困、“巳时”醒来，入睡时伴我的是“牛”（丑即牛），此时牛正慢吞吞嚼草；而醒时，对应的是“蛇”（巳即蛇），蛇正躲在草丛里避日。

20 年来，点灯熬蜡，我耗了多少能源？误了多少良宵？漏了多少晨光？

睡眠时间不对，乃现代人精神萎靡的缘由之一。在昆德拉《为了告别的聚会》中，美国富翁巴特里弗对捷克人的生活的评价是：“在这个国家里，人们不会欣赏早晨。闹钟打破了他们的美梦，他们突然醒来，像被斧头突然砍了一下。他们立刻使自己投入一种毫无乐趣的奔忙之中。请问，这样一种不适宜的紧张的早晨，怎会有一个像样的白天……相信我，人的性格是由他们的早晨决定的。”

昆德拉的话向来夸张。不过，一个人和大自然同步醒来，充分利用早晨的清新营养神智，从而让一天有个好起点，这是没错的。

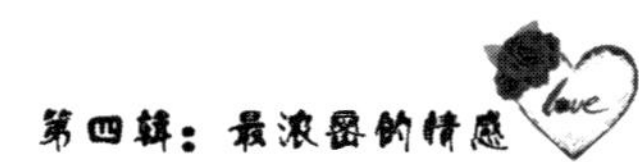

我下定决心，向两千多年前的那位丈夫学习，闻鸡起床。

不过很快发现，此乃妄想。甭说楼房不许养鸡，邻居会嫌你扰梦，就是能养也不成了，如今的鸡已背信弃义，昏不守时，瞎叫乱叫了。

何以出现这等事故？

科学家说，鸡脑里有个松果体，分泌褪黑素，晨光乍现，褪黑素受抑制，鸡便不由自主地高歌，知更鸟也是同理。而现在，人工白昼让夜失去了黑的本色，鸡被刺激得心神不宁，便出了乱子。真是生物钟灾难。

公鸡乱叫，古代视为凶兆。

《诗经》中有一首《风雨》，其中即提到鸡瞎叫，是这样说的："风雨如晦，鸡鸣不已。"

莫非，今日世界也如晦了吗？

那些生活已然消逝

李晓

有些生活，已经缓缓老去，退出了地球的大气层。所以我听到一个诗人在哀唱：当我们正在为生活疲于奔命时，生活其实已经离我们而去，我就特别地忧伤。

骑着一匹马，去看望万里云天外的朋友，那匹马走了三个月、半年……沿途有一道一道的驿站，碰到一些风餐露宿的赶路人。孤寂之中，可以和这些人席地而坐，以苍天为幕，以大地为背景，这样的谈话，心灵在长风中被洗濯，心思在天地之间浩渺。而对遥远的朋友的思念，让路上的马蹄声更急。深夜从住宿的驿站起来，看清冷月色中霜满大地，世界和想象都有一种朦胧的美。

柴门外，有狗吠声，那风雪夜归人，正是去外面喝酒的友人，裹着一身风雪回来了。朋友相见，在雪地中热烈相拥。红泥小屋内，柴火“噼噼啪啪”燃起，烧茶煮酒；屋外风雪声正急。倦意袭来，和友人抵足而眠到天明。而送别友人，又是那么伤感。“长亭外，古道边，芳草碧连天。晚风拂柳笛声残，

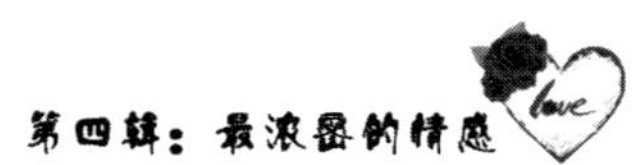

夕阳山外山。天之涯，地之角，知交半零落。一觚浊酒尽余欢，今宵别梦寒。”那年代浩如烟海的凄凄送别诗，完全发自肺腑。

再看看现实。网络和交通如此发达，连80岁的侯大爷，也只需坐2个小时的飞机，就可以去看看他的网络情人付老太太了。朋友见面，用得着红泥小屋内煮酒吗？不差钱，马上去海鲜大酒楼点鲍鱼和大虾吃个够。用得了抵足而眠吗？宾馆四处林立，喝酒后马上去开房。

所以刻骨的思念很少了。地球已成了一个村庄，村长也根本管不了那么多的事，古道热肠成了传说。所以不再“烽火连三月，家书抵万金”了，一封电子邮件、一条短信、QQ聊天、视频，就可以解决问题，顶多从卫生间出来就直奔机场，在飞机上睡一觉后彼此就成了眼前人。所以，我看到今天那些表达朋友情义的句子，和古代相比，总感到有些肉麻和言不由衷。

“一道鹊桥横渺渺，千声玉佩过玲玲。别离还有经年客，怅望不如河鼓星。”那时七夕，邀心爱之人遥望仿佛有汩汩水声传来的天河，与相爱的人缱绻相拥，七夕之夜简直令人销魂，爱情在天河荡漾下，像传说那么美。这些，都已成了古典的意境。看看现在的情人节，一枝玫瑰花可以卖到99元，一杯红酒可以卖到999元，但爱情呢，这原本的主演，似乎已被玫瑰、红酒、别墅和宝马车这些生活中的道具，所替代了。

还有那时的鸽子，在苍天中逍遥地飞，多么美。一只信鸽，它忠实地带着主人的家信，拳拳的嘱托，翩然降临在窗台的那一瞬间，与一架飞机的安全着陆相比，毫不逊色。而我在雾蒙蒙的天气里，远远看到一只鸽子“啪”的一声落地，再定睛一看，居然是一只肥胖鼓胀的笨重肉鸽，它一定难逃被杀戮的命运。

我童年的春节，奶奶洗净了一个腊猪蹄膀，放到快成古董的黑鼎罐里。她守在柴火旁，罐子里响起“咕嘟嘟、咕嘟嘟”的声音。我们一群小孩在山梁上奔跑着，放纸糊的风筝。那猪蹄膀要炖上一天一夜呢，等待的幸福比这更漫长醇厚。我的三爷爷放着牛，躺在草地上晒太阳，一晒大半天。有一天，我看见他竟在跟牛说话，幸福得像一个白痴。我的堂伯伯把一头猪像牛一样送到野外放养，吃那猪肉，我的嘴巴要香上好几天。我的母亲，去公社取一封挂号信件，要开两个村社的证明，而母亲等这样的一封信件，却是那么隐秘地喜悦。我——一个单薄的乡村少年，在夜晚追赶一只萤火虫，竟然足足走了好几里地。

我是不是病了？还在怀恋这些消失的生活，怀恋那个古典的世界。

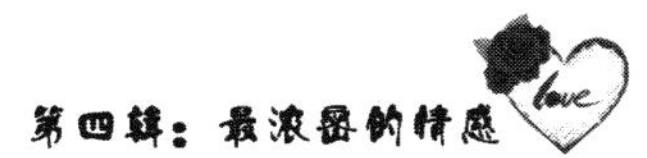

最浓密的情感

吴念真

我出生在一个矿区，是煤矿、金矿的矿区，金矿没有的时候，我爸爸就开始挖煤矿。你知道，这是一个非常危险的行业，在早期整个社会福利制度还没有很好的时候，矿区是一个充满灾难的地方，我常常觉得我们那个矿区是制造孤儿跟制造寡妇的。

我很怕故乡的冬天，很多雾，冷冷地坐在学校上课，一听到矿务所敲紧急钟，当当当，当当当，然后开始广播几号矿出事，假设你爸爸刚好也是在那个坑，我在教室里面的第一个反应就是，心里拼命祈祷，不要是我爸爸，不要是我爸爸。可能外面还在叫，我们还是默默地在上课，老师也会故意把窗户关起来，怕受影响。等一下就有一个老太太，很会办丧事的一个老太太，那感觉就像一个死神，她喜欢穿黑衣服，头发就绑在后面，从雾里面穿过来，从远远的地方走过来，我就祈祷，不要叫我。然后她叫某个小孩的名字，说“阿中，来接你爸爸回家”——就看到一个小朋友收书包，开始哭，出去，全场安静

——那样的画面永生难忘。那你当然会觉得不是我，有一种庆幸，可是你下课马上就会往坑口跑，所有人已经开始受不了了，你可以想象那种场面吗？小孩子跪在前面开始烧纸钱，一堆人哭，大家讨论怎么弄后事，有时候是一个，有时候是很多个，你在哭的不是因为他父亲的过世或是人的死亡，而是再过几天这个同学就不会再跟我们一起上课了，因为他可能就要去投靠亲戚，甚至去城市里面当童工。

那样一个矿区，它有一个好处就是，因为每个人都知道这个行业危险，每个人都知道明天不知道在哪里，所以人跟人学会一件事情叫互助。村子里如果刮台风，屋子被掀掉，第一个修的肯定是寡妇家，大家都去帮忙。因为家里没有男人。虽然那里的生活很辛苦，但会珍惜人跟人之间的情感。我年轻的时候看过一本书，克鲁泡特金的《互助论》，每次看到都很感动，觉得我们那个村庄基本上就是一个很穷但是非常完美社会的缩影。在那个村庄，基本上没有谁是李先生、王先生，不是阿伯，就是叔叔、阿公，女生不是阿姨，就是姑姑、就是阿嬷。

小孩子端一碗饭，就可以全村吃遍，但是同样你只要做错一件事，就会被打3次。我有一天只是在路上转弯处小便，伯伯过来，看到就一推我，说："你怎么在路上小便，女生如果看到多难看！"我那时候只是小学二三年级而已，就被打了一次。然后事隔半年之后，有一天那个阿伯跟我爸爸在树下聊天，看我走过去忽然间想起来了，说这个小孩有一次在路边小便，我打过他一次。我爸爸就说，过来。然后啪啪啪，又一

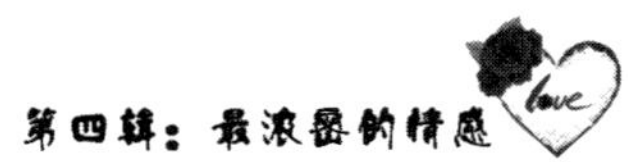

次。事隔一年之后，一次他太太去洗衣服，碰到我妈妈，她突然间又想到了：“我听我先生说，有一天那个谁啊就在路边小便，我先生打过他。”回来我妈妈二话不说，竹子一拿就是啪啪啪打。

那是一个生命共同体，你的丧事，大家是真心地悲伤着；你的喜事，大家是真心地替你开心。年轻的时候，人跟人之间是这样一种情感，就会期待走到哪里都遇见这样的人，希望你所处的社会就是这样的社会。可在城市工作，发觉不是，在台北，人跟人对面不认识，楼上楼下不认识。那种防备、不信任，很诡异，我无法理解这样的社会。

1975 年，我们那个村子被取消，现在回去时荒草漫漫，但是村落的人都还互相联络，婚丧喜庆都还参加。以前村子里有丧事都会自动编组，年轻的人会看棺木，老人家去山上找墓地，会写字的人去写悼词。像我这样的人什么都不能做，就去捧菜，旁边有个号，31、32，就是说我负责给第 31 桌和 32 桌端菜。现在慢慢老了，我开始做证婚人。

这个村子毁灭 36 年了，我父亲去世是 1989 年，他是矿工，矽肺，五十几岁生病，六十几岁受不了，自杀。那一天我弟弟先回去照顾妈妈，我在那边处理后事应付警察，因为是非自然死亡。我回到村里差不多晚上 10 点多，狂风暴雨，我弟弟回去时已经通知了叔叔伯伯。我晚上 10 点钟送爸爸遗体进门的时候，所有叔叔伯伯已经在那边跪下来，来自各地。

第二天治丧的时候，我弟弟说爸爸曾在夜里讲，他的丧事即便是半夜通知他的朋友，他也很自信他的朋友都会来。我爸爸还交代扛棺木这件事，叔叔伯伯都老了，都有矽肺，所以我们要雇人来扛。我有个叔叔就说，这种事情你不要烦了。

出殡那天，叔叔伯伯很早就来了，每个人自己拿草鞋来穿，草鞋上套着白布，意思是要扛棺木上山。从我家到平路路面有 20 级台阶，我是长子，要捧牌位在前面走。我在那边大哭，我哭不是因为我爸爸，在我爸爸最后一个月，该哭的我都哭了，我是看到十几个叔叔伯伯，六十几岁，都是矽肺，皮肤苍白，腿瘦瘦的，使劲抬上去，肌肉收缩，我看到十几双腿在抖，心里想我这一辈子如果有这样的朋友，即便是什么都没有做，也很自豪。

我对上一辈那种情谊、人跟人的真情很珍惜，所以在城市里会受不了，觉得这群人是寡情之物。经过最重、最浓密的情感之后，你再去一个地方，会没有办法把它当作你的故乡，你的乐土。

“枕边书”系列

定价：32.00元

定价：35.00元

定价：35.00元

定价：32.00元

主编简介

要力石，中国作协会员，编审，新华出版社总编辑。新闻出版总署颁发的新中国成立60年来“百名有突出贡献的新闻出版专业技术人员”荣誉获得者。著有《单独行走》《红楼梦阅读全攻略》等长篇历史小说、散文集和媒介研究著作11部。散文作品广受好评转载，有的入选中学教辅读本。

何芸（笔名小河，何小河），中国作协会员，新华通讯社《品读》杂志主编。著有童话集《幻想树》，散文集《爱星满天》等多部，及儿歌集、报告文学集等文学作品380余万字。部分作品被译成日、英、德等文字；获冰心儿童文学奖、宋庆龄儿童文学基金奖等多种奖项。

特别说明：本书在编辑过程中，未能联系上个别作者，请见书后予以谅解并及时与本社总编室联系（01063077116），奉上样书。